Días de despedida

JEFF ZENTNER

Dias de despedida

Tradução
GUILHERME MIRANDA

O selo jovem da Companhia das Letras

Copyright © 2017 by Jeff Zentner

O selo Seguinte pertence à Editora Schwarcz S.A.

Grafia atualizada segundo o Acordo Ortográfico da Língua Portuguesa de 1990, que entrou em vigor no Brasil em 2009.

TÍTULO ORIGINAL Goodbye Days
CAPA E ILUSTRAÇÃO Sarkis
PREPARAÇÃO Adriane Piscitelli
REVISÃO Renato Potenza Rodrigues e Érica Borges Correa

Dados Internacionais de Catalogação na Publicação (CIP)
(Câmara Brasileira do Livro, SP, Brasil)

Graudin, Ryan
    Dias de despedida / Jeff Zentner ; tradução
Guilherme Miranda. — 1ª ed. — São Paulo : Seguinte,
2017.

    Título original: Goodbye Days.
    ISBN 978-85-5534-063-5

    1. Ficção juvenil I. Título.

17-08010   CDD-028.5

Índice para catálogo sistemático:
1. Ficção : Literatura juvenil 028.5

[2017]
Todos os direitos desta edição reservados à
EDITORA SCHWARCZ S.A.
Rua Bandeira Paulista, 702, cj. 32
04532-002 — São Paulo — SP
Telefone: (11) 3707-3500
www.seguinte.com.br
contato@seguinte.com.br

f /editoraseguinte
𝕏 @editoraseguinte
▶ Editora Seguinte
👻 editoraseguinte
◉ editoraseguinteoficial

Para minha bela Sara.
Minha cor das nuvens de inverno à noite.
Meu ideal de música triste.

A morte rouba tudo menos as nossas histórias.
— Jim Harrison

UM

Dependendo de quem — quer dizer, *para* quem — você perguntar, eu posso ter matado meus três melhores amigos.

Se perguntar para a avó de Blake Lloyd, a vovó Betsy, provavelmente ela diria que não. Isso porque, quando me viu pela primeira vez hoje, ela me deu um grande abraço entre lágrimas e sussurrou no meu ouvido: "Você não é responsável por isso, Carver Briggs. Deus sabe e eu também". E a vovó Betsy costuma dizer o que pensa. Então é o que ela pensa de verdade.

Se perguntar para os pais de Eli Bauer, dr. Pierce Bauer e dra. Melissa Rubin-Bauer, acho que eles diriam talvez. Quando os vi hoje, os dois me encararam e apertaram minha mão. No rosto deles, vi mais luto do que raiva. Senti a desolação pela fraqueza dos apertos de mão. E desconfio que parte desse cansaço seja pela incerteza sobre me considerar ou não responsável de alguma forma por sua perda. Então eles resolveram considerar um talvez. A filha deles, Adair? Irmã gêmea de Eli? Éramos amigos. Não tão amigos como eu e Eli, mas éramos. Eu diria que a opinião dela é "com certeza", isso pelo jeito como ela me encarou, como se desejasse que eu também estivesse no carro. Ela me olhava exatamente assim agora há pouco, enquanto conversava com alguns dos nossos colegas de turma que foram ao velório.

Então temos o juiz Frederick Edwards e sua ex-mulher, Cynthia Edwards. Se perguntar para eles se matei seu filho, Thurgood Marshall "Mars" Edwards, acho que ouviria um firme "provavelmente". Quando vi o juiz Edwards hoje, ele se assomou diante de mim, vestido de maneira impecável, como sempre. Nenhum de nós falou por um tempo. O ar entre nós parecia duro e áspero como pedra.

— É bom ver o senhor — eu disse, finalmente, e estendi minha mão suada.

— Nada disso é bom — ele respondeu com sua voz imperiosa, tensionando os músculos do maxilar, olhando para mim de cima. Além de mim. Como se pensasse que pudesse se convencer da minha insignificância, se convencer de que eu não tive nada a ver com a morte de seu filho. Ele apertou minha mão como se fosse uma obrigação e a única maneira que tinha de me ferir.

Por fim, tem eu. Eu diria que definitivamente matei meus três melhores amigos.

Não de propósito. Tenho quase certeza de que ninguém acha que fiz isso de propósito; que entrei debaixo do carro na calada da noite e cortei as linhas de freio. Não, a cruel ironia para mim, como escritor, é a seguinte: eu escrevi a morte deles. **Cadê vocês? Me respondam.** Não é uma mensagem de texto especialmente boa ou criativa. Mas encontraram o celular do Mars (Mars estava dirigindo) com uma mensagem pela metade, respondendo como pedi. Tudo indica que era isso que ele estava fazendo, a mais de cento e dez quilômetros por hora, quando bateu na traseira de um caminhão parado na estrada. O carro entrou embaixo do reboque, e teve a capota arrancada.

Se tenho certeza de que foi minha mensagem a desencadeadora da série de acontecimentos que culminou na morte dos meus amigos? Não. Mas quase.

Estou entorpecido. Vazio. Ainda não cheguei ao auge da dor ardente e retumbante que certamente me aguarda nos próximos dias. É como aquela vez em que eu estava cortando cebola para ajudar minha mãe na cozinha. A faca escorregou e cortei minha mão. Houve uma pausa no meu cérebro, como se meu corpo precisasse entender que eu tinha me cortado. Eu sabia duas coisas naquele momento: 1) senti apenas um golpe rápido e um latejar incômodo. Mas a dor estava vindo. E como estava. E 2) eu sabia que, em um segundo ou dois, estava prestes a chover sangue em cima da tábua de bambu favorita da minha mãe (sim, as pessoas podem formar laços emocionais profundos com tábuas de corte; não, não entendo, então nem pergunte).

Então fico sentado no velório de Blake Lloyd e espero a dor. Espero começar a sangrar por todo canto.

DOIS

Aos dezessete anos, já sou um especialista em velórios.

O plano era terminarmos nosso último ano do ensino médio na Academia de Artes de Nashville. Então Eli iria para a Faculdade de Música de Berklee estudar violão. Blake, para Los Angeles, estudar comédia e roteiro. Mars ainda não tinha decidido para onde ir, mas sabia o *que* queria fazer: ilustração de quadrinhos. E eu iria para Sewanee ou Emory estudar escrita criativa.

O plano *não* era: eu esperando o velório do terceiro membro da Trupe do Molho começar. Ontem foi o velório do Mars. Anteontem, o do Eli.

O velório de Blake é na igrejinha batista branca que ele frequentava — uma das cerca de 37 567 igrejinhas batistas brancas na região metropolitana de Nashville. O lugar tem cheiro de biscoito de maisena, cola e carpete velho. Tem desenhos de Jesus parecendo um pirulito barbudo, entregando peixes azuis e verdes para uma multidão de bonequinhos de palito, todos feitos de giz de cera. O ar-condicionado não funciona bem para o calor do começo de agosto, e estou suando num terno azul-marinho que minha irmã Georgia me ajudou a escolher. Ou melhor, Georgia escolheu para mim enquanto eu ficava parado, zonzo. Saí do estupor por um breve momento para expressar que achava que deveria comprar um terno preto. Georgia explicou gentilmente que azul-marinho era aceitável e que eu poderia usá-lo depois do velório. Ela sempre se esquecia de dizer *velórios*. Ou talvez não dissesse de propósito.

Sento no fundo da igreja, com a testa encostada no banco diante de mim. Observo a ponta da minha gravata balançar para a frente e para trás, e me pergunto como os humanos chegaram a um ponto em que dizemos: "Opa. Espere aí. Para eu levar você a sério, você tem de usar em volta do pescoço uma faixa de tecido colorido com uma ponta estreita". O carpete é azul com manchas brancas. Fico pensando em quem desenha carpetes. Quem tem esse tipo de vocação. Quem diz: "Não, não! Ainda não está perfeito! Precisa de... manchas brancas! E agora minha obra-prima está completa!". Reflito sobre isso porque a certeza do absurdo do mundo é uma das poucas coisas que conseguem me distrair, e preciso muito de distrações agora.

Minha testa dói de apoiar na madeira dura e lisa. Tomara que pareça que estou rezando. Deve ser o tipo de coisa certa a se fazer em igrejas/ velórios. Além disso, me poupa de ter conversas vazias (algo que, na melhor das hipóteses, eu desprezo) com as pessoas que criam um zumbido triste e sussurrado ao meu redor, um enxame de gafanhotos enlutados. *Que terrível... Uma perda e tanto... Ele era tão jovem... Ele era tão engraçado... Era... Era... Era.* As pessoas se abrigam em clichês. A linguagem já é impotente o bastante diante da morte. Acho que é pedir demais para as pessoas se esquivarem de frases prontas nessas circunstâncias.

Tem uma multidão enorme. A família estendida de Blake do leste do Tennessee. O pessoal da igreja do Blake. Amigos do trabalho da vovó Betsy. Um monte de colegas nossos da Academia de Artes de Nashville. Eu me dou bem com a maioria deles, mas eles não são meus amigos. Alguns passam por mim e expressam rapidamente seus pêsames antes de seguir, mas quase todos me deixam em paz, e fico grato por isso. Quer dizer, fico grato se estiverem me deixando em paz por compaixão e não porque Adair já os convenceu de que sou um assassino.

Ouço um ruído ao meu lado, o acolchoado do banco sendo pressionado, um calor e depois o perfume ensolarado de madressilva. Se há alguma fragrância que se opõe à morte, é madressilva.

— Oi, Carver.

Ergo os olhos. É Jesmyn Holder, a namorada de Eli. Ex-namorada? Eles nunca chegaram a terminar. Acho que fazia uns dois meses que estavam juntos. Ela está com olheiras fundas. A tristeza cobre seu rosto como um véu.

— Oi, Jesmyn.

— Posso sentar aqui?

— Claro. — *Pelo menos existe uma futura colega de classe que Adair ainda não convenceu.*

— Acho que já sentei.

— Dizem que é mais fácil pedir perdão do que permissão.

—Você está sozinho? — Jesmyn pergunta. — Nos outros dois, você estava com uma menina.

— Era minha irmã, Georgia. Ela teve que trabalhar hoje. Desculpa não termos conversado nos outros dois velórios.

— Eu não estava muito a fim de conversar.

— Nem eu. — Puxo o colarinho. — Está superquente aqui, né? — Em geral, prefiro levar uma mordida de um dragão-de-komodo no saco a conversar sobre o tempo. Mas às vezes a gente precisa fazer esse tipo de coisa.

— Sim, mas meus genes filipinos estão lidando bem com isso — Jesmyn diz.

Ficamos em silêncio por um momento enquanto ela examina a multidão.

— Reconheço muitas das pessoas daqui dos outros dois.

Ergo um pouco a cabeça.

— Algumas são da AAN. Você ainda pretende estudar lá?

— Claro. Você não pensou que eu estava indo só por causa do Eli, né?

— Não. Quer dizer, sei lá. Não.

— Duas meninas da AAN entraram no programa de piano da Juilliard ano passado. É uma porcentagem enorme. Foi por isso que decidi vir, antes mesmo de conhecer o Eli.

— Que bom que vai mesmo assim. Não quis dizer nada.

— Tudo bem. Enfim, parece um assunto estranho para conversar agora.

— Tudo parece estranho para conversar agora.

— Pois é.

Na frente do salão, a vovó Betsy anda, aos prantos, até o caixão de cedro do Blake para passar a mão na superfície lisa da madeira mais uma vez antes da cerimônia começar. Fiz isso antes de sentar. O cheiro de cedro. Forte e limpo. Não tinha cheiro de algo que deveria ser enterrado a sete palmos. Estava fechado. Ninguém deixa as pessoas verem como alguém fica depois de algo como o Acidente. Por isso, em cima da tampa do caixão, em um pedestal de madeira, há uma foto do Blake. Ele está ridículo na foto de propósito. É um retrato profissional, tirado no estúdio Olan Mills ou Sears ou algum do tipo. Ele está com uma blusa dos anos 1980 comprada em um brechó e uma calça cáqui plissada. Está segurando um enorme gato persa com cara de poucos amigos. Ele não tinha nenhum gato. Pegou emprestado só para a foto. Típico do Blake. Um sorriso sincero e radiante cobre seu rosto redondo. Seus olhos estão fechados como se piscasse. Ele achava fotos em que as pessoas saíam piscando muito engraçadas.

Não pude deixar de sorrir quando a vi. Mesmo sob aquelas circunstâncias. Bastava o Blake aparecer onde eu estava que eu começava a rir de antemão.

15

— Por que você não veio com os seus pais? — Jesmyn pergunta, arrancando-me da minha memória.

— Eles estão na Itália comemorando vinte e cinco anos de casados. Tentaram vir, mas tiveram problemas para comprar as passagens e meu pai teve que lidar com o sumiço de um passaporte. Eles chegam amanhã.

— Que droga.

— Por que não está sentada com os pais do Eli?

Jesmyn cruza as pernas e tira um fiapo do vestido preto.

— Eu estava. Mas a Adair estava me passando uma energia bastante desagradável. Daí vi você aqui com essa cara de solitário.

—Vai ver é a minha cara de sempre.

Ela tira um cacho de seu cabelo preto-avermelhado da frente do rosto. Sinto o cheiro do seu xampu.

— Imagina que vergonha se eu viesse aqui para ser gentil e você não quisesse.

—Adair não vai ficar nada feliz com você sendo gentil comigo.

— É, bem, acho que a vida é feita de riscos.

Esfrego os olhos. Minha exaustão está começando a se manifestar. Não dormi mais do que algumas horas nos últimos três dias. Viro para Jesmyn.

—Você conversou com os pais do Eli ou com a Adair depois do acidente? — Enquanto pergunto, percebo que não faço ideia de qual é a opinião de Jesmyn sobre o caso todo da culpa. A privação de sono diminuiu minhas inibições a ponto de eu fazer perguntas que podem levar a respostas que não estou preparado para ouvir.

Ela abre a boca para responder, mas a cerimônia começa. Abaixamos a cabeça enquanto o pastor de Blake reza e depois cita palavras de conforto dos evangelhos. Isso me lembra mais o imenso velório de Mars na igreja metodista africana New Bethel do que a cerimônia particular e modesta de Eli na funerária dos irmãos Connelly. Os pais de Eli são ateus e aquele foi o primeiro velório no qual estive que não fez nenhuma menção a Deus. Dezessete anos e a envergadura da minha experiência funerária deve se equiparar a de pessoas com o dobro da minha idade.

Seis membros do coral da Academia de Artes de Nashville apresentam um réquiem. Eles fizeram o mesmo nas cerimônias de Mars e Eli. Lágrimas escorrem pelo rosto de Jesmyn como um atlas fluvial. Ela segura um lenço de papel enrolado e seca os olhos e o nariz, olhando fixamente para a frente. Não entendo por que não estou chorando. Era para eu estar chorando. Vai ver é como quando às vezes fica tão frio que nem nevar neva.

Um dos tios de Blake lê a Primeira Epístola aos Tessalonicenses 4,14-7 com seu forte sotaque do leste do Tennessee. Suas mãos grandes tremem. Sua voz hesita. *Se cremos que Jesus morreu e ressuscitou, assim também os que morreram em Jesus, Deus há de levá-los em sua companhia. Pois isto vos declaramos, segundo a palavra do Senhor: que os vivos, os que ainda estivermos aqui para a Vinda do Senhor, não passaremos à frente dos que morreram. Quando o Senhor, ao sinal dado, à voz do arcanjo e ao som da trombeta divina, descer do céu, então os mortos em Cristo ressuscitarão primeiro; em seguida nós, os vivos que estivermos lá, seremos arrebatados com eles nas nuvens para o encontro com o Senhor, nos ares. E assim, estaremos para sempre com o Senhor.*

Uma mosca pousa na minha frente e esfrega as patas traseiras. Esta mosca está viva e Blake está morto. O mundo é cheio de vida vibrante pulsando. Exceto pela caixa de madeira na frente do salão. Lá tudo está parado. E o que causou essa imobilidade foi a atividade mais banal e rotineira da minha parte. Mandar mensagem para os meus amigos. O equivalente humano a uma mosca esfregar as patas traseiras. É apenas algo que *fazemos*. Sem a intenção de matar seus três melhores amigos.

A vovó Betsy sobe mancando ao púlpito para prestar sua homenagem. Ela tem problema no joelho. Demora um longo tempo para se recompor antes de falar. Suas mãos estão vazias, como se planejasse dizer tudo o que estava em seu coração. A expressão em seu rosto diz que há coisas demais para se escolher.

Procuro não respirar demais ou muito alto no silêncio. Sinto a boca seca e uma dor de cabeça crescendo no fundo do meu crânio. Minha garganta dói como se tivesse algo preso ali. O muro precário que construí — que todos construímos para proteger os outros de suportar o espetáculo de nosso luto — está começando a ruir.

Vovó Betsy limpa a garganta e diz:

— A vida de Blake não foi fácil. Mas ele viveu com alegria. Amava sua família. Amava seus amigos. E era amado por eles.

O muro cai, liberando o mar cinza revolto que ele continha. Coloco a cabeça entre as mãos e apoio os cotovelos nos joelhos. Aperto a palma das mãos contra os olhos e as lágrimas escorrem quentes por elas. Estou tremendo. Sinto a mão de Jesmyn no meu ombro. Pelo menos a dor na minha garganta passou, como se eu tivesse estourado um abscesso cheio de lágrimas.

— Blake era engraçado — vovó Betsy diz. — Se vocês o conheceram, ele com certeza fez vocês rirem em algum momento.

As lágrimas escorrem pelos meus punhos e molham as mangas da minha camisa. Pingam no carpete azul com manchas brancas. Penso por um segundo em todos os lugares que transformei numa pequena parte de mim. Agora um pedacinho desta igreja contém minhas lágrimas. Depois que eu morrer, eles podem recortar o carpete e extrair meu DNA das lágrimas que derramei ali e me ressuscitar. Talvez seja assim que a ressurreição vai ser.

— Pensem nele todas as vezes em que alguém fizer vocês rirem. Pensem nele todas as vezes em que vocês fizerem alguém rir. Pensem nele todas as vezes em que ouvirem uma gargalhada.

Faço uma inspiração funda que me faz sentir trancos e calafrios quando o ar entra nos meus pulmões. Deve ter sido alta demais, mas não me importo. Sentei no fundo da igreja por um motivo. Pelo menos não senti ninguém virando para me encarar.

— Mal posso esperar pelo dia em que o verei de novo e darei um abraço nele. Até lá, sei que ele está sentado aos pés do nosso Salvador. — Ela faz uma pausa para se recompor antes de completar: — E ele com certeza está fazendo Jesus rir também. Obrigada a todos por virem. Isso significaria muito para o Blake.

O velório termina. Me levanto para ajudar a carregar o caixão. Não me convidaram para carregar o caixão do Mars nem do Eli.

Jesmyn ergue o braço e toca minha mão.

— Ei, quer uma carona pro cemitério?

Aceno com a cabeça, grato, voltando a mim, como se estivesse acordando de um daqueles pesadelos em que você chora até encharcar o travesseiro. É uma tristeza brutal, disforme, enlouquecida no absurdo dos sonhos. Você acorda e não lembra a razão de estar chorando. Ou lembra e estava chorando porque recebeu uma chance de se redimir. Então, quando percebe que era apenas um pesadelo, continua chorando porque sua chance de redenção é mais uma coisa que você perdeu. E você está cansado de perder coisas.

Ajudo a carregar o caixão de Blake até o carro funerário. Pesa uns mil quilos. Um professor de ciências uma vez perguntou para a gente: "O que pesa mais, um quilo de penas ou um quilo de chumbo?". Todo mundo respondeu chumbo. Mas algumas dezenas de quilos de melhor amigo em um caixão não pesam o mesmo que algumas dezenas de quilos de chumbo ou de penas. Pesam muito mais.

É uma caminhada curta da frente da igreja até o carro funerário à espera, mas, no calor da tarde abafada, chego ensopado à velha picape Nissan de Jesmyn.

— Desculpa, meu ar-condicionado não está funcionando — ela diz, tirando libretos de piano do banco do passageiro.

—Você não morre de calor toda vez que vai a algum lugar?

— Essa é a melhor maneira de me perguntar isso?

— Você não sofre extremo desconforto mas não uma morte literal toda que vez que vai a algum lugar? — Entro e abro a janela.

Fazemos o resto da viagem sem dizer nada, com o ar abafado banhando nossos rostos. Minhas bochechas parecem raspadas pelo sal seco.

Quando estamos a alguns quarteirões do cemitério, Jesmyn pergunta:

—Você está bem?

— Sim — Minto.

Alguns segundos depois:

— Não.

TRÊS

Trupe do Molho.

Todo grupo de amigos precisa de um nome. Nós éramos a Trupe do Molho.

Segundo ano. Tão perto do fim do ano letivo que estamos num perpétuo estado de besteira. É sexta à noite e acabamos de assistir à produção da escola do musical *Rent*. Foi ótimo. Mas, como era uma noite de sexta de primavera — cada um de nós cercado pelos três melhores amigos —, poderia ter sido o pior naufrágio de cocô fumegante (saca só essa metáfora complexa) imaginável que mesmo assim estaríamos eufóricos.

Por isso, estamos enchendo o bucho no McDonald's.

— Certo — Mars diz do nada, com a boca cheia de hambúrguer. — E se vocês tivessem que classificar todos os animais como cachorro ou gato?

Refrigerante saiu pelo nariz de Eli. Já estávamos dando risada da pergunta, e agora estávamos rindo de Eli secando a camiseta da Wolves in the Throne Room que ele usava como se estivesse implantada em seu peito.

Blake está sem ar.

— *Do que* você está falando?

Mars estende o braço para mergulhar uma batata frita no meu ketchup.

— Não, não, tudo bem. Saca só. Guaxinins são cachorros. Gambás são gatos. Esquilos são...

— Calma, calma — Eli diz.

— Mars, cara — Blake diz —, é óbvio que guaxinins são gatos. Gambás são cachorros.

— Não, calma — Eli diz. — Qualquer animal que você não consiga treinar é um gato. Não tem como treinar um guaxinim. Gato. Não tem como treinar um gambá. Gato.

— Espera aí, como você sabe que não dá pra treinar um gambá? — Mars pergunta.

— Dá para treinar gatos — comento. — Já vi uns vídeos no YouTube de gatos usando a privada.

Agora todos os três estão morrendo de rir, com dificuldade para respirar. Blake está se contorcendo de tanto dar risada.

— Por favor, me diz que quando você desmarca com a gente para escrever, fica sentado em casa assistindo gatos mijando e cagando em privadas de humanos e comemorando: "Isso aí! Gatos usando privada de humanos!".

— Não, mas já vi alguns desses vídeos. Ao longo da vida.

Lágrimas escorrem pelo rosto de Mars.

— "Ao longo da vida." O Blade falou "ao longo da vida". Ai, meu Deus. Ai, meu Deus.

Sacou? Carver significa entalhador; Blade significa faca. Blake tinha inventado esse apelido. É engraçado porque me visto como um cara que quer ser escritor e cuja irmã mais velha trabalha com antropologia e o ajuda a se vestir. Garotos que se encaixam nessa descrição normalmente não atendem por "Blade".

— Certo, pessoal. Furões. Furões são gatos compridos — Eli diz.

— Já vi um furão treinado, então com certeza dá pra treinar um furão — Blake diz.

— Para usar uma privada de humanos? — Mars pergunta.

— Não sei se existe privada de furão — Blake responde.

— Se dá pra treinar um furão, então retiro o que eu disse, porque furões com certeza são gatos — Eli diz.

— Certo, focas — digo.

— Hum… gato — Mars diz, observando o nada, pensativo.

Eli parece incrédulo.

— Espera, *como assim?*

— *Certeza* que dá pra treinar uma foca, cara — Blake diz.

— Não, espera — Eli interrompe. — Acho que o Mars está querendo dizer que ele acha focas parecidas com gatos.

Mars bate na mesa, chacoalhando nossas bandejas.

— Elas parecem. Têm cara de gato. E também adoram peixe. Gatos adoram peixe. Focas são gatos aquáticos.

As outras mesas estão olhando feio para nós. Não estamos nem aí. Lembra? Jovens. Vivos. Noite de sexta de primavera. Um banquete de fast-food diante de nós. Melhores amigos. Nos sentimos como lordes. Parece não haver limites.

Blake se levanta e termina a bebida com um gole barulhento no canudinho.

— Cavalheiros, preciso — ele faz aspas no ar — urinar, por assim dizer. Se me dão licença. Quando eu retornar, espero ter uma resposta sobre a questão do gato-foca.

Mars me dá um tapa nas costas.

— É melhor você ir com ele pra poder filmar.

—Você não entende, cara — eu digo. — Só curto gatos mesmo. — Gargalhadas de Mars e Eli.

Estamos nos aprofundando no debate sobre se gafanhotos, águas-vivas e cobras são cachorros ou gatos quando nos damos conta de que faz um tempo que não vemos Blake.

— Ei, pessoal, dá uma olhada. — Mars aponta para o playground infantil ao lado do McDonald's. Blake está balançando para a frente e para trás num daqueles cavalos de plástico presos por uma mola grossa. Ele está acenando entusiasmado para nós, como uma criança pequena, e gritando.

— Olha só aquele imbecil — Eli murmura.

— Ele vergonha — Mark diz.

— Espera, quê? — pergunto. — *Ele vergonha?* Ninguém fala isso. Estão faltando umas três palavras nessa frase, incluindo um verbo de ligação.

— Estou inventando. Alguém faz uma coisa idiota? A pessoa vergonha. Você faz uma coisa idiota? Você vergonha.

Balanço a cabeça.

— Isso nunca vai pegar.

Eli junta sachês de molho do nuggets do Blake ainda fechados e dá alguns para Mars.

—Vem, a gente precisa tacar isso nele.

Corro para acompanhar enquanto eles saem em disparada.

— Blade, você filma — Eli diz. Sou um ótimo escritor quando arremesso coisas.

Blake balança, gritando, rindo loucamente, girando no ar um chapéu de caubói imaginário e gesticulando para nós.

Sorrimos e acenamos — Eli e Mars dão tchau com uma mão, enquanto a outra, cheia de sachês, fica escondida atrás das costas —, observando por um momento ao mesmo tempo que filmo com o celular.

— Certo — Mars sussurra, ainda sorrindo e acenando bem empolgado. — No três. Um. Dois. *Três.*

Juntos, ele e Eli param de dar tchau e avançam, atirando os pacotes de molho. Mars tem um bom braço. Ele era obrigado pelo pai a praticar todo tipo de esporte. Eli é alto e atlético. Teria sido um bom jogador de basquete se conseguisse largar o violão de vez em quando e se não fosse tão avesso a impedir que seu cabelo preto comprido e encaracolado caísse na cara. Um teriyaki e um barbecue caem bem na cabeça do cavalo, abrindo e espirrando em Blake. Seus gritos de alegria se transformam em berros de indignação.

— *Aaah, o que é isso, seus filhos da puta?! Que nojo!*

Mars e Eli comemoram com um toca aqui, e eu faço o mesmo, meio sem jeito. Sou péssimo em toques. Eles caem no chão de tanto rir, rolando de um lado para o outro.

Blake se aproxima com os braços estendidos, pingando molho. Mars e Eli saem correndo. Blake começa a persegui-los, tentando secar o molho neles. Ele é lento demais, mesmo contra os dois esbaforidos de tanto gargalhar. Finalmente, ele desiste e vai ao banheiro. Volta esfregando papel-toalha na camisa.

— Muito engraçadinhos, vocês. A maldita Trupe do Molho.

— A gente deveria se chamar assim: Trupe do Molho — Eli diz.

— Trupe do Molho — digo, sério, estendendo a mão, com a palma para baixo.

— Trupe do Molho — Mars diz com seu péssimo sotaque inglês, e coloca a mão em cima da minha.

— Truuuuupe do Molhooooo — Eli diz, imitando um narrador esportivo, e coloca a mão em cima da de Mars.

— Trupe... — Blake começa a colocar a mão em cima da de Eli, mas então dá um tapa de brincadeira no rosto dele e no de Mars. Os dois riem baixo e tentam desviar sem separar as mãos.

— Trupe do Molho — Blake diz, e coloca a mão em cima da de Eli.

— Truuuuupe do Molho! — gritamos em uníssono.

— Algum dos burros idiotas aí filmou pelo menos? Quero postar no meu canal do YouTube — Blake diz.

＊

Assisto-os enterrando o terceiro membro da Trupe do Molho.
A Trupe do Molho sou só eu agora.

QUATRO

É fim de tarde quando Jesmyn estaciona perto do meu carro e o sol atravessa as folhas, fazendo-as brilhar em tons de verde. Minha cabeça está latejando. Percebo que não é só por causa da tensão, mas porque mal comi o dia todo.

Permanecemos sentados por um momento, o calor pesa sobre nós como uma prensa. Depois de um dia de cerimônia, parece que ainda não consigo sair da picape sem essa pressão.

Apoio o braço no parapeito da janela.

— Obrigado. Por sentar comigo durante o velório e me levar pro cemitério. E ficar comigo no cemitério. E depois me trazer pra cá. — Paro. — Desculpa se esqueci alguma coisa.

— Sem problemas. — Jesmyn parece exausta.

Levo a mão à maçaneta mas paraliso.

— Nem perguntei como você está.

Ela suspira e descansa a cabeça sobre as mãos, apoiadas no volante.

— Um lixo. Igual a você.

— Sei.

Ela seca as lágrimas. Alguns segundos fungando. O arrepio lento da culpa retorna, assumindo o lugar depois da tristeza e da exaustão. Parece aquele momento em que você está fazendo uma trilha e acaba pisando num córrego gelado. Leva alguns segundos para a água fria ser absorvida e encharcar sua meia. Talvez você até tenha conseguido tirar o pé da água. Mas aí começa aquele calafrio úmido que se espalha pelo seu pé e você sabe que vai sofrer com isso pelo resto do dia.

Por causa da gentileza dela, me permiti partir do princípio que ela não me culpa. Mas e se toda essa gentileza não tiver nada a ver com isso e sim com tentar se persuadir a não me odiar? Consigo entender a ideia de se convencer a não odiar alguém sendo gentil com essa pessoa.

Estou exausto demais. Não tenho energia para a verdade; nenhum lugar onde acomodá-la.

— Enfim, obrigado de novo. — Abro a porta.

Jesmyn tira o celular do bolso.

— Ei. Não tenho seu número. As aulas vão começar daqui a algumas semanas e preciso de todos os amigos que conseguir. — Essa frase parece uma epifania que surge a ela ao falar.

— Ah. Sim. Acho que não sou mais superpróximo de ninguém por lá.

Trocamos números. Talvez fosse essa a cerimônia de que eu precisava. Um minúsculo raio de esperança.

Estou me dando conta de como este ano na escola vai ser solitário. A Trupe do Molho era muito unida. Tínhamos nosso próprio universo particular. Nenhuma pessoa viva tem o hábito de pensar em me ligar num sábado à noite. Mas meu maior problema é Adair. Ela sempre exerceu uma grande influência na escola — muito mais do que Eli. Muito, *muito* mais do que eu. Se ela nunca parar de me odiar, várias pessoas vão seguir o exemplo dela só para cair em suas graças.

— Bom — Jesmyn diz. — Pelo menos os velórios acabaram.

— Acho que já é alguma coisa.

— Vejo você depois?

— Sim. Até mais.

Agora vem a parte difícil. Quando não podemos mergulhar em programas regrados para o nosso luto. Quando ficamos sozinhos com nós mesmos.

Mas o dia ainda não acabou para mim. A vovó Betsy me convidou para passar na casa dela, onde a família está fazendo um jantarzinho em que cada um levaria um prato para mandar embora de barriga cheia os parentes do leste do Tennessee.

Semicerro os olhos contra a luz ofuscante enquanto procuro minhas chaves e penso em como a luz está despreocupadamente brilhante naquele dia.

O mundo que dá voltas e o sol que queima não estão nem aí se ficamos ou se vamos embora. Não é nada pessoal.

— Oi, Lisa — digo para uma das garotas do coral que atravessa o estacionamento a caminho do carro dela.

— Ah. Oi. — Ela de repente fica hipnotizada pelo celular. Ela era uma das pessoas com quem Adair estava conversando antes de o velório começar. E, até onde sei, nunca desejou nenhum mal para mim até hoje. *Pois é. Este ano na escola vai ser incrível.*

Estou prestes a entrar no meu carro quando vejo um homem jovem de barba, calça cáqui, camisa social com as mangas arregaçadas até os cotovelos e uma gravata fina afrouxada se aproximando.

— Com licença. Desculpa, com licença — ele chama, acenando. — Você é Carver Briggs?

Pelo menos alguém quer conversar comigo.

— Sou.

Ele está carregando um bloco de notas e uma caneta. Tem algo que parece um gravador digital no bolso da camisa.

Ele estende a mão.

— Darren Coughlin, do *Tennessean*. Estou cobrindo o acidente desde o começo.

Aperto sua mão, relutante.

— Ah. — *Então você é o responsável pela reportagem que saiu alguns dias atrás, falando para todo mundo que a culpa do acidente era de uma mensagem de celular e fazendo todos apontarem o dedo para mim.*

— Ei, sinto muito pelas circunstâncias. Estou trabalhando numa matéria sobre o acidente e o juiz Edwards me encaminhou para você. Ele disse que você pode ter algumas informações sobre o que aconteceu. Eram seus amigos?

Esfrego a testa. Essa é definitivamente uma das últimas coisas na Terra que eu queria fazer agora.

— A gente pode fazer isso numa outra hora? Não estou muito a fim de conversar.

— Entendo e não quero ser insensível, mas o jornalismo não pode parar por causa da tristeza, sabe? Queria ouvir a sua versão da história antes de publicarmos.

Minha versão. Inspiro fundo.

— Hum, sim. Melhores amigos.

Ele balança a cabeça.

— Sinto muito, cara. Você sabe alguma coisa sobre o que pode ter causado o acidente?

— Pensei que você já tivesse uma ideia.

— Bom, parece que ele estava mandando uma mensagem de texto, mas você sabe com quem Thurgood...

— Mars.

— Desculpa, não entendi.

— O apelido dele era Mars.

— Certo, você sabe com quem Mars estava trocando mensagens?

Meu estômago se revira com as farpas da pergunta. Meu suor fica gelado. *Sim, para falar a verdade, sei sim.*

— Eu... não sei direito. Pode ter sido eu.

Darren assente e faz algumas anotações.

—Você estava trocando mensagens com ele perto da hora do acidente?

Ele pode estar tentando não passar uma imagem de ríspido e insensível, mas está sendo, e isso me deixa nervoso.

— Eu... talvez? — Minha voz perde a força.

—Você sabe de alguma investigação criminal sobre o acidente?

Estremeço como se uma vespa zumbindo tivesse acabado de pousar no meu pescoço.

— Não. Por quê?

Ele balança a cabeça com indiferença.

— Interessante.

—Você sabe de alguma coisa?

— Não, eu só ficaria surpreso se não existisse uma investigação. Três adolescentes, mensagens no celular, sabe como é.

— Devo ficar preocupado?

Darren continua rabiscando anotações. Ele dá de ombros.

— Acho que não.

— Quero dizer, alguns policiais conversaram comigo logo depois do acidente e eu contei para eles que eu e o Mars estávamos trocando mensagem naquela tarde. Mas eles não me prenderam nem nada do tipo.

— É, não sei. — Darren aperta o botão da caneta.

— Você pode não escrever que talvez eu estivesse trocando mensagens com o Mars? — Sou inteligente o bastante para saber como esse pedido é inútil e como soa mal, mas às vezes faço coisas idiotas.

Ele me encara.

— Cara, não posso...

Mordo uma unha. Ele não chega a terminar a frase.

Darren volta a erguer o bloquinho.

— Então, a que horas você estava...

De repente percebo que não tenho muito a ganhar e como tenho muito a perder se continuar essa conversa.

— Preciso ir. Preciso...

— Só mais algumas perguntas.

— Não, desculpa, tenho que ir pra casa do Blake. A avó dele queria que eu fosse. — Entro no carro e fecho a porta. Preciso abrir a janela para respirar no calor sufocante.

Darren apoia a mão sobre o parapeito da janela.

— Escuta, Carver, desculpa fazer isso agora. Desculpa mesmo. Mas isso é jornalismo. E o jornalismo não espera pelo luto das pessoas. Então ou você me conta o seu lado da história ou pode esperar para ler no jornal. Como preferir.

— Não leio jornal. — Viro a chave na ignição.

Ele pega um cartão do bolso da camisa e me entrega pela janela.

— Enfim, cara, este é o meu cartão. Me escreve se lembrar de alguma coisa ou se a polícia começar a fazer perguntas.

Jogo o cartão no banco de passageiro.

— Pode me passar seu número? — Darren pergunta.

— Estou atrasado. — Fecho a janela. Darren me lança um olhar de você-está-cometendo-um-erro, como se eu já não soubesse disso.

O ácido do meu estômago sobe borbulhante e queima o fundo da minha garganta enquanto dirijo até a casa do Blake.

Blake Lloyd é com certeza o único aluno da história da Academia de Artes de Nashville que conseguiu entrar graças à força de seus peidos em público. Certo, não *só* peidos em público, mas essa foi de longe a parte mais popular da sua obra.

Blake era uma subcelebridade do YouTube. Ele fazia vídeos de comédia — esquetes, comentários, imitações etc. Forçava seu sotaque para ficar mais caipira. Mas o que realmente chamava a atenção das pessoas era a sua predisposição a passar vergonha em público. Ele tropeçava no mercado e derrubava uma prateleira de caixas de cereal enquanto suas calças caíam (ele sempre limpava a bagunça depois). Pisava descalço em cocô de cachorro. Entrava no Green Hills Mall, o shopping mais chique de Nashville, sem camisa (e ele *não* era malhado).

E aí teve o peido em público. No cinema. Durante uma cena silenciosa. *Puuum.* Uma pausa. Depois outro. Mais longo. *Pruuuuum.* Ele sempre se mantinha sério. Um dos seus vídeos mais populares foi um em que ele soltava um monte de peidos na biblioteca e nem tinha terminado de soltar quando a bibliotecária berrou: "*TÁ PENSANDO QUE AQUI É A SUA CASA?*".

Nos meses anteriores ao Acidente, porém, ele havia aumentado o nível dos peidos em público em conversas banais. Ele estava lá falando com uma moça arrumadinha de alguma loja, agindo como um perfeito cavalheiro e, no meio de uma frase, solta um. A moça tenta ser educada, porque todos nós cometemos erros, mas não consegue evitar uma careta involuntária. Aí ele solta outro — soa quase como um guincho de porco. *Brrrrrrp.* E agora ela tem certeza de que não é um erro.

— Precisa ir ao banheiro? — ela pergunta friamente.

— Como assim? — Blake responde.

Esse pode não parecer o tipo de portfólio que faria você entrar numa escola de artes competitiva (note que, se você falar "escola de artes competitiva" rápido, parece que está dizendo: "essa cola de ar com peido de tia"). Mas Blake era inteligente. Ele estudava comédia. Ouvia o que as pessoas falavam e destrinchava aquilo, analisando o tema em podcasts e ensaios. Conhecia sua arte e a levava a sério. Soube intelectualizar o tema e formular o que fazia de maneira interessante para o comitê de admissão. Portanto, não era só um garoto entediado peidando em público e postando na internet para as pessoas rirem. Era um *artista performático, violando ativamente o contrato social e confrontando as pessoas em espaços públicos com a realidade das funções corpóreas.* Ele estava desafiando as pessoas, forçando-as a questionar as barreiras artificiais que construímos entre nós e nossos corpos. Ele estava subvertendo as expectativas. Estava se sacrificando, colocando o dele na reta. *Estava produzindo arte.*

Além disso, vamos admitir: peidos são sempre engraçados. Até mesmo para os encarregados do comitê de admissão da escola.

Chego à casa da vovó Betsy e entro. Tem um notebook aberto perto da porta, passando os vídeos de Blake. Portanto, em meio ao murmúrio de conversas sérias, dá para ouvir uma outra buzina flatulenta sair do notebook, seguida pela risada dos grupos de duas ou três pessoas que se alternam ao redor do computador.

A foto de Blake que estava em cima do caixão agora está sobre a mesa de centro. A casa está quente como qualquer espaço fechado com muitas pessoas. Tem cheiro das comidas que todos trouxeram, de loção pós-barba e de perfume que homens e mulheres recebem de presente dos netos.

Fico parado na sala por um segundo, sem saber o que fazer. Ninguém nota minha presença. Uma rajada de culpa me atinge, tão forte que faz os ossos da minha perna parecerem ressonar em alguma frequência baixa. *Você encheu esta casa de luto. Você proporcionou esta ocasião.* Tenho a impressão de que todo mundo está me encarando, embora não veja ninguém olhando para mim.

Avisto a vovó Betsy na cozinha, conversando com seus irmãos.

Nossos olhares se cruzam e ela faz sinal para eu me aproximar. Vou até a cozinha e vovó Betsy, sem interromper sua conversa, indica a sala de jantar adjacente, onde panelas elétricas fumegantes, travessas e formas de alumínio descartáveis cobrem a mesa. Frango frito comprado pronto no mercado. Abóbora coberta por biscoitos salgados. Folhas de nabo com pedaços de carne de porco. Pequenas linguiças defumadas mergulhadas em molho barbecue. Macarrão com queijo meio queimado.

É estranho que isso seja o melhor que possamos fazer. Nem mesmo preparamos um macarrão com queijo especial e simbólico para marcar a partida de alguém deste mundo. Só temos as coisas normais que a nossa mãe apronta para nós todos os dias em que ninguém que amamos morreu.

Empilho comida num pratinho descartável, pego um garfo e um copo vermelho descartáveis, me sirvo de chá gelado e encontro um canto na sala. O sofá e a maioria das cadeiras estão ocupados, por isso sento num pufe e como, tentando ficar invisível, equilibrando o copo no carpete com cuidado. Preciso me forçar a engolir cada mordida pela garganta apertada. Por mais fome que eu tenha, meu corpo me diz que sou indigno de comer. Repetir mentalmente sem parar minha conversa com Darren também não está ajudando em nada.

As pessoas trombam umas nas outras, interagem. Peixes num aquário. Os homens usam paletós informais mal ajustados e amassados, gravatas com os nós feitos de qualquer jeito. Parecem desconfortáveis, como cachorros vestindo roupas.

Termino e estou prestes a levantar quando a vovó Betsy arrasta os pés até mim. Uma mulher se levanta da cadeira de balanço, e ela e vovó Betsy se dão um abraço demorado e um beijo na bochecha. A vovó Betsy se despede e fala para ela levar um prato de comida para viagem. Depois, a avó de Blake puxa a cadeira de balanço até o meu lado e se senta com um gemido baixo. Parece estar só o pó. Normalmente, ela tem um brilho nos olhos. Hoje não.

— Como você está, Blade?

A vovó Betsy é a única pessoa no planeta fora da Trupe do Molho que me chama de Blade. Ela acha o apelido hilário.

— Já estive melhor.

— Imagino — ela diz.

— O velório do Blake foi bonito — falo sem convicção. Não consigo nem me enganar. Uma cerimônia bonita para o seu melhor amigo é como tomar um veneno delicioso ou ser mordido por um belo tigre.

A vovó Betsy percebe a verdade.

—Ah, bobagem — ela diz, com doçura. — Um velório bonito teria tido Blake fazendo todo mundo rir mais uma vez. Teria a mãe dele presente.

Eu não queria perguntar sobre isso. Mas a vovó Betsy fala com certo anseio; é algo sobre o que ela quer desabafar, mas precisa que alguém pergunte antes.

—Você sabe onde ela está?

Ela pisca para conter as lágrimas. Entrelaça as mãos sobre o colo, como em oração.

— Não — ela diz baixo. — Só tenho notícias da Mitzi uma vez a cada dois anos. Quando o homem da vez a deixa sem nada e ela precisa de dinheiro para sustentar o vício. Ela vai ligar de algum hotel de beira de estrada em Las Vegas ou Phoenix usando um celular descartável. Não tenho o número dela. Nem um endereço. Nenhum jeito de entrar em contato. Além de tudo, acho que vou ter que contratar alguém para encontrá-la para poder avisar da morte do Blake.

— Caramba. — *O que responder a uma coisa dessas?*

— A questão é que ela vai ficar devastada, mesmo que nunca tenha tido interesse em ser uma mãe para ele.

Um silêncio pesado. Graças a Deus, um peido veio do note-book. A vovó Betsy ri por entre as lágrimas.

— Sinto tanta falta dele. Nem sei como vou viver sem ele. Não sei nem como vou capinar a horta de tomate com os joelhos ruins desse jeito. Blake sempre fazia isso por mim. — Ela tira um lenço do bolso e seca o rosto. — Eu o amava como se fosse meu filho.

Demoro vários segundos para conseguir falar; estou engolindo o choro que arranha minha garganta.

— Acho que nunca mais vou rir de novo.

A vovó Betsy se debruça e me dá um abraço. Ela tem cheiro de rosas secas e poliéster quente. Não parece ter nenhum ângulo pontudo. Nos abraçamos e balançamos de um lado para o outro por um ou dois segundos.

— É melhor eu continuar circulando — a vovó Betsy diz. — Você é um ótimo amigo. Por favor, não suma.

— Não vou sumir. Ah, meus pais mandaram pedir desculpas por não terem vindo. Eles tentaram voltar da Itália, mas não conseguiram chegar a tempo.

— Diga que eu entendo completamente. Tchau, Blade.

— Tchau, vovó Betsy.

Antes de sair, dou uma última olhada ao redor. Lembro das vezes em que eu e Blake ficamos sentados nesta sala, planejando seu próximo vídeo. Jogando videogame. Assistindo a um filme ou a um programa de comédia.

Fico pensando se as ações que tomamos e as palavras que dizemos são como pedrinhas jogadas num lago, causando reverberações que se espalham muito além do centro até finalmente se quebrarem na margem ou desaparecerem.

Fico pensando se, em algum lugar no universo, ainda existe uma reverberação de mim e de Blake sentados nesta sala, chorando de rir. Talvez ela se quebre em alguma margem na vastidão do céu. Talvez desapareça.

Ou talvez continue viajando pela eternidade.

CINCO

Quando chego em casa, Georgia me recebe na porta com um grande abraço, me sufocando.

— Como foi seu dia nas minas de velas perfumadas? — Faço a piada de sempre sem nem um pingo de animação, mas é uma tentativa fraca de retornar à normalidade.

Sinto o meio sorriso dela encostado à minha bochecha.

— Se eu fingir que essa piada ainda é boa, você vai se animar?

— Talvez.

Ela recua e segura minhas mãos.

— Ei. Você está segurando as pontas?

— Defina "segurando as pontas". Estou vivo. Meu coração ainda está batendo.

— O tempo é a única coisa que pode resolver isso.

Minha irmã é só um pouco mais velha que eu, mas às vezes é mais sábia do que aparenta.

— Então quero dormir e acordar daqui a uma década.

Nos encaramos por um segundo. Meus olhos se enchem de lágrimas. Não é tristeza ou exaustão dessa vez. É a bondade de Georgia. Sou um bebê chorão diante da bondade pura. Choro de soluçar quando vejo vídeos no YouTube de pessoas doando um rim para um desconhecido ou salvando um cachorrinho faminto ou coisa assim.

— Sei que você sente falta deles — Georgia diz. — Eu vou sentir. Até do Eli sempre tentando espiar dentro da minha blusa.

— Uma vez o Mars desenhou um retrato seu de biquíni de presente para o Eli.

Ela revira os olhos.

— Pelo menos você defendeu minha honra?

— Claro. Quero dizer, o desenho era ótimo. Mars era talentoso. — Engasgo com as lágrimas.

Georgia faz uma careta de ai-coitadinho e me abraça de novo.

— Sobrou um pouco de lasanha.

— Comi na casa do Blake.

— A mamãe e o papai ligaram enquanto você estava no velório. Queriam saber como você estava. Liga pra eles.

— Beleza. — Hesito antes de soltar. — Então… um jornalista veio atrás de mim depois do velório.

Georgia fecha a cara.

— *Como assim?* Um *jornalista* queria falar com você depois do velório do seu melhor amigo? Você está me zoando? Que droga foi essa?

— Pois é. Ele foi superinsistente. Tipo — imito a voz de Darren — "Bom, Carver, preciso escrever sobre isso e o jornalismo não espera pelo luto, então é melhor me contar a sua versão".

Ela dá um passo para trás, cruza os braços e faz um bico irritado que só as garotas de uma certa idade conseguem fazer.

— Qual é o nome desse cretino?

Conheço essa expressão. É a expressão que ela fazia toda vez que eu contava das crianças que implicavam comigo na escola, logo antes de ir "resolver as coisas".

— Por favor, não. Tenho certeza de que só pioraria a situação.

— Pra ele. — (Ela não está errada.)

— Pra mim.

Ficamos num impasse. Ela me cheira.

— Falando em notícia, você está meio fedendo.

— Usei esse terno o dia todo e estava superquente, mas tudo bem.

—Vai tomar um banho. Você vai se sentir melhor.

— Estou desesperado e pelo jeito estou fedendo mais que um gambá. Como eu poderia me sentir melhor do que agora?

Georgia estava certa; estou melhor quando saio do banho, me seco e me jogo pelado na cama. Fico olhando para o teto por um tempo. Quando me canso, visto uma calça cáqui e uma camisa abotoada pela metade com as mangas arregaçadas.

Abro as persianas, deixando o crepúsculo cor de pêssego lançar sombras enormes no meu quarto. Sento à escrivaninha e abro o notebook. Na tela, está o conto em que estou trabalhando. Mas qualquer ilusão que eu tenha de me distrair com isso logo desaparece.

Vivo em uma parte de Nashville chamada West Meade. Minha rua tem uma característica peculiar: uma linha de trem atrás dela, em uma berma elevada. Os trens passam mais ou menos de hora em hora. Ao longe, escuto o apito do trem. Vejo a luz poente atravessar os vagões enquanto ele se desloca atrás das casas dos anos 1960 do outro lado da rua. Pego o telefone para ligar para os meus pais, mas não consigo. Não estou a fim de falar com ninguém.

E, de repente, tenho a sensação avassaladora de estar escorrendo pelo ralo sem fundo de um tédio melancólico. Não do tipo "Por favor, me mate. Quando esta aula vai terminar?". Do tipo em que você percebe que seus três melhores amigos estão, neste exato momento, conhecendo a vida após a morte ou o vazio, enquanto você está sentado vendo a droga de um trem passar e a tela do seu notebook se escurece e adormece.

Escurece e adormece. Foi o que aconteceu com os meus amigos. E não faço ideia de onde eles estão agora. Não faço ideia do que foi feito com a inteligência, as experiências, as histórias deles.

Meio que acredito em Deus. Minha família vai à igreja de St. Henry umas quatro ou cinco vezes por ano. Meu pai diz que acredita em Deus o bastante para se obrigar a aturar isso, mas não o bastante para obrigar os outros a aturarem isso. Minha crença nunca foi testada dessa forma. Nunca precisei me autoanalisar pra decidir se acredito *mesmo* que meus amigos estão agora na presença de algum Deus benevolente e amoroso. E se não existir Deus coisa nenhuma? Onde eles estão? E se cada um deles estiver trancado numa enorme sala de mármore com paredes brancas e forem ficar lá por toda a eternidade sem nada pra fazer, nada pra ler, ninguém com quem conversar?

E se existir um inferno? Um lugar de tormento eterno e castigo? E se eles estiverem lá? Ardendo. Gritando de agonia.

E se eu for para lá quando morrer por ter matado meus amigos? E se a vovó Betsy não tiver autoridade nenhuma para me perdoar e me absolver?

Sinto como se eu estivesse assistindo a alguma coisa pesada e frágil escorregar devagar de uma prateleira alta. Minha mente gira com os mistérios. As eternidades. Vida. Morte. Não consigo impedir. É como se encarar no espelho por tempo demais ou repetir o próprio nome inúmeras vezes e se desligar de qualquer noção de si mesmo. Começo a me perguntar se ainda estou vivo; se existo. Talvez eu também estivesse no carro.

O quarto gira.

Estou formigando.

Caí através do gelo numa água negra e glacial.

Não consigo respirar.

Meu coração grita.

Tem alguma coisa errada. Não estou bem.

Minha visão se afunila, como se eu estivesse no fundo de uma caverna, olhando para fora. Pontos se formam diante dos meus olhos. As paredes estão me esmagando.

Estou ofegante. Preciso de ar. *Meu coração.*

Um pavor cinzento e desolado cai sobre mim — uma nuvem de cinzas bloqueando o sol. Uma ausência total de luz ou calor. Uma obscuridade tangível com cheiro de mofo. Uma revelação: *nunca mais vou ser feliz.*

Ar. Preciso de ar. Preciso de ar. Preciso de ar. Preciso.

Tento me levantar. O quarto sacode e balança, girando. Estou andando sobre uma camada de gelatina. Tento me levantar de novo. Perco o equilíbrio e caio para trás, por cima da cadeira, me estatelando no chão duro de madeira.

É um daqueles pesadelos em que não dá para correr nem gritar. E está acontecendo comigo agora sob a luz que está morrendo neste dia de mortos. *E EU TAMBÉM ESTOU MORRENDO.*

— *Georgia* — digo, rouco. *AR. PRECISO DE AR.* Meu pulso lateja nas têmporas.

Começo a rastejar em direção à porta. Não consigo levantar.

— *GEORGIA, me ajuda. Me ajuda.*

Ouço Georgia abrir a porta.

— Carver, que porra é essa? Você está bem? — A voz dela parece vir do fundo de um poço. Seus pés descalços batem no chão enquanto ela corre até mim.

As mãos dela no meu rosto. Ofego.

— Tem alguma coisa errada. Tem alguma coisa errada.

— Tudo bem, tudo bem. Respira. Preciso que você respire. Você está machucado? Tentou alguma coisa?

— *Não. Só aconteceu. Não consigo respirar.*

— Usou alguma coisa? Drogas?

— *Não.*

Ela levanta e aperta a cabeça entre as mãos.

— *Merda. Merda. Merda.* O que eu faço? — ela diz, mais para si mesma do que para mim. Ela se ajoelha ao meu lado e coloca meu braço por cima do seu ombro. — Certo. Vamos pro pronto-socorro.

— *Ambulância.*

— Não. Vamos chegar mais rápido se eu levar você. Vamos. De pé.

Com um grunhido, ela me ajuda a ficar de joelhos. Estou vendo dobrado.

— Tudo bem, Carver, preciso que tente se levantar e vou apoiar você. Você é pesado demais pra eu carregar.

Consigo ficar em pé, balançando como um bêbado. Coloco um pé à frente do outro até estarmos do lado de fora. Georgia me senta no banco de passageiro de seu carro e volta correndo para dentro para buscar o celular, a carteira, um par de sandálias para ela e um de sapatos para mim. Sinto vontade de vomitar. Fecho os olhos e tento respirar mesmo com a náusea.

Enquanto espero, me pergunto se é irritante para Deus estar sem o último membro da Trupe do Molho em sua coleção. Penso que morrer agora não seria a pior coisa do mundo. Sem dúvida resolveria um monte de problemas que prevejo no futuro próximo.

Quando chegamos ao pronto-socorro do hospital St. Thomas West, a cerca de dez minutos de casa (com Georgia uns quarenta quilômetros por hora acima do limite de velocidade), estou respirando melhor e estou menos enjoado. Minha visão está um pouco mais clara, meu coração bate mais devagar e, em geral, estou menos certo de que vou morrer, o que gera uma decepção estranha.

Consigo entrar no pronto-socorro caminhando sozinho. Enquanto preencho a papelada, Georgia pega o celular e começa a passar pelos contatos.

Paro no meio do formulário.

—Você vai ligar pra mamãe e pro papai?

— Claro.

— Não faz isso.

— Carver.

— Quê? Não tem por que preocupar os dois. Além disso, deve ser de madrugada na Itália.

— Eu *sei* que você não é idiota.

— Estou falando sério. Só… vamos contar para eles quando eles voltarem.

— Certo. Estamos sentados no pronto-socorro depois de você ter um lance *totalmente* esquisito. Vou ligar para os nossos pais. Ponto.

— Georgia.

— Não vamos nem discutir isso. Nem sei se pela lei posso permitir que você seja tratado. O bom é que eles não parecem ligar muito para autorização dos pais no pronto-socorro.

Georgia está no segundo ano de biologia na Universidade do Tennessee e pretende estudar medicina. Ela deve estar adorando isso de certa forma.

— Ninguém atende — Georgia murmura. — Oi, mãe, é a Georgia. Estou no pronto-socorro do St. Thomas com o Carver. Ele teve uma espécie de… ataque depois do velório. Agora ele está bem. Me liga.

Me afundo na cadeira e olho para o nada.

Georgia me encara.

— Por que você tem tantos problemas para se abrir pros nossos pais quando está vulnerável?

— Sei lá. É constrangedor.

45

— Eles querem fazer parte da sua vida. Um monte de gente faria de tudo para ter pais como os nossos.

— A gente pode falar sobre isso outra hora? Já estou me sentindo um lixo. — Ela tem razão, mas não consigo lidar com mais uma culpa.

— Bom, talvez a gente tenha que esperar um pouco.

—Vamos arranjar outro assunto para conversar.

— Só estou dizendo que, quando estamos pra baixo, precisamos de pessoas que amam a gente.

— Saquei.

— *Saquei* — Georgia repete, imitando minha voz.

Estou me sentindo melhor agora; não parece tanto que estou enfrentando a morte iminente ou o confinamento em algum limbo aterrorizante. Só exaustão misturada a uma ansiedade sem definição. Esse parece meu novo estado normal. Mas estou esgotado demais para sentir vergonha, o que é um alívio.

Demora vários minutos até uma enfermeira vir conversar comigo sobre meus sintomas e medir minha pressão. Fazem um eletrocardiograma. Um pouco depois, uma médica vem ver a gente. Ela transmite uma autoconfiança reconfortante com um ar de vai--fundo-tenta-me-surpreender, embora não pareça muito mais velha que a Georgia. É estranho imaginar Georgia vestindo um jaleco e tratando pessoas daqui a alguns anos. Ela provavelmente vai tentar fazer todos os pacientes dela se sentirem culpados.

— Oi, Carver. Sou a dra. Stefani Craig. É um prazer conhecer você. Sinto muito por não estar se sentindo bem. Me conte o que está acontecendo.

Descrevo o que aconteceu. A dra. Craig assente.

—Você descreve muito bem. — Ela fica apertando o botão da caneta, observando minha ficha. —Você passou por algum estresse fora do comum recentemente?

— Além da morte dos meus três melhores amigos num acidente de carro na semana passada?

Ela para de mexer na caneta e fica imóvel, de repente perdendo a confiança bem-humorada.

— Meu Deus. O acidente da mensagem de texto? Li sobre isso no *Tennessean*. Meus sentimentos. Nem consigo imaginar.

— Eu estava num velório poucas horas atrás.

Ela estremece e suspira.

— Bom. Os acontecimentos, os sintomas, seu eletro... é um ataque de pânico clássico. Tive uma colega de quarto da faculdade que sempre sofria isso quando as provas estavam chegando. É comum entre pessoas que sofreram algum trauma. Ou três. Normalmente, acontece um pouco depois, em momentos inesperados, mas você pode ser diferente.

— Quer dizer que...

— Quer dizer que fisicamente você é um rapaz saudável. Não vai morrer por causa disso. Você pode nunca mais ter outro ataque de pânico na vida. Mas sofreu um trauma psicológico e é importante tratar isso. Existem medicamentos, mas prefiro que qualquer prescrição desse tipo venha de um profissional de saúde mental. Você tem seguro. Eu daria uma olhada em quem aceita seu plano de saúde e consultaria alguém. Essa é a minha recomendação oficial.

— Já temos uma pessoa — Georgia diz.

Olho para ela. Ela faz um "depois" com a boca

— Ótimo — diz a dra. Craig, estendendo a mão. — Enfim, você está liberado. Carver, desejo o melhor para você. De novo, sinto muito pela sua perda. Que coisa terrível de se enfrentar, ainda mais na sua idade.

Ainda mais na minha idade. Aposto que vou ouvir isso com frequência nos próximos dias. Aperto a mão dela.

— Obrigado.

Ela sai às pressas para tratar pessoas que estão doentes de verdade e não só malucas. Penso se teria preferido que houvesse algo fisicamente errado comigo. Algo que desse para curar com uma atadura. Dar pontos. Extirpar. Minha mente é a única coisa que me torna especial. Não posso me dar ao luxo de perdê-la.

Assinamos mais alguns documentos e vamos embora. O celular da Georgia toca enquanto saímos para o estacionamento. Escuto o lado dela da conversa.

— Alô… Não, ele está bem. Foi um ataque de pânico. Disseram que é normal em períodos de estresse… Tá bom… É… Não, não precisa. Estamos saindo agora. A gente conversa quando vocês chegarem… Só… Eu sei… Eu sei… Sim, vou falar pra ele. Não, eu disse que *vou* falar pra ele. Certo. Tá. Te amo. Boa viagem e não precisa se preocupar. Vemos vocês no aeroporto. Tá bom. Espera aí.

— É a mamãe?

— Telemarketing. Esses caras não têm jeito.

— Engraçadinha.

Georgia me passa o celular.

— Toma. Ela quer falar com você.

Minha mãe parece aflita. Ela me coloca no viva-voz com meu pai. Reúno todas as minhas forças para dizer que estou bem, que vou ficar bem. Falo que vou vê-los em breve.

Georgia destranca o carro e entramos. Escureceu, mas o carro ainda está quentinho e me reconforta como um cobertor.

Me recosto no banco com os olhos fechados, ainda mais esgotado pelo esforço de tentar parecer o melhor possível para os meus pais.

— Desculpa fazer você me trazer até aqui por nada.

Georgia encaixa a chave na ignição e começa a dar partida, mas desiste.

— Não foi por nada. Você teve um ataque de pânico. Não sabia se era um ataque cardíaco ou sei lá o quê.

— Só quero que este dia acabe logo. Quero que esta vida acabe logo.

— Carver.

— Não vou me matar. Relaxa. Só queria poder dormir e acordar com oitenta anos.

— Não, não queria.

— Queria sim.

— Precisamos discutir o que a médica falou. Sobre conversar com alguém. E você não conversa com a mamãe e com o papai. Você é o sr. Agente Secreto Certinho do Ensino Médio.

— Com você eu converso.

Georgia liga o carro e dá ré.

— Não adianta. Primeiro porque minhas aulas começam daqui a algumas semanas, então não vou estar aqui.

— A gente pode conversar pelo celular.

— Segundo porque não sou formada para lidar com esse tipo de coisa. Cara, isso é sério. Terapeutas é que funcionam.

— Huuum. — Apoio a cabeça na janela e fico observando o lado de fora.

— Lembra quando passei por aquele período tenso no último ano? Depois que eu e o Austin terminamos?

—Você parecia deprimida.

— Eu estava. E estava com problemas alimentares. Fui ver um terapeuta chamado dr. Mendez, que foi bem legal e prestativo.

—Você nunca comentou isso.

— Não estava a fim de sair anunciando por aí.

— Não quero que ele me diga que sou maluco.

— Então prefere *ficar* maluco? Olha, ele não vai te dizer isso. Além do mais, nem vão deixar você virar escritor se nunca precisou de terapia.

—Vou pensar no assunto.

— Estou aqui pro que você precisar, Carver, mas você precisa ver o dr. Mendez.

— Eu disse que vou pensar no assunto.

Não falo mais nada no curto trajeto para casa. Em vez disso, reflito sobre a fragilidade. Minha. Da vida.

Queria voltar a viver sem esse peso.

SEIS

Meus pais parecem pálidos e abatidos quando eu e Georgia os buscamos no aeroporto. Acho que isso cria uma boa simetria com meus olhos vagos e minhas olheiras fundas. Os músculos do meu rosto parecem ter se esquecido de sorrir. Mas tento mesmo assim enquanto começo a ajudar meus pais a guardar as malas no carro, murmurando:

— Oi, mãe, oi, pai. — Meu pai me pega pelo punho e me puxa para perto. Tão forte que pareceria bruto se eu não o conhecesse bem. Ele me abraça como se eu tivesse acabado de ser retirado de escombros.

— Se tivéssemos perdido você... Se perdêssemos você... — ele sussurra com a voz rouca entupida de lágrimas.

O fato de conseguir falar significa que ele está muito melhor que a minha mãe, que me abraça por trás, soluçando — estou preso em um sanduíche. Consigo sentir as lágrimas quentes dos dois no meu rosto, depois escorrendo pelo meu pescoço. E, para ser sincero, parte das lágrimas é minha.

— Estava com saudade — digo.

Ficamos abraçados até uma viatura do aeroporto parar atrás do nosso carro e falar em seu rádio que precisamos sair dali.

Sento entre minha mãe e meu pai no banco de trás enquanto

Georgia nos conduz. Tirando minha mãe perguntando como estou e eu respondendo que não muito bem, não falamos no trajeto para casa. Em vez disso, minha mãe deita minha cabeça no seu ombro e afaga meu cabelo.

Cadê vocês? Me respondam.

Acordo com um grito sufocado, o coração a mil. Meus lençóis estão encharcados de suor, meu rosto ressecado pelo sal das lágrimas do sonho. Não sei por quê, mas antes eu adorava chorar nos sonhos — talvez pela libertação do choro selvagem a que a gente não se permite quando está consciente. Acordar com os olhos úmidos como poças depois de uma tempestade no meio da noite. Mas isso era quando eu chorava sem nenhum motivo específico.

Acho que a culpa não dorme. Ela só corrói.

SETE

Sento à escrivaninha, encarando um documento em branco na tela do meu notebook. Preciso fazer meu texto de admissão para a faculdade, algo que fiquei adiando durante todo o verão, até exatamente uma semana depois do último dos velórios dos meus três melhores amigos. Talvez não tenha sido a melhor ideia do mundo.

Gostaria de ter que trabalhar hoje. Eu tinha um emprego de meio período, arrumando livros em prateleiras numa loja perto de casa chamada McKay's, que vende livros/ CDs/ DVDs/ fitas/ videogames/ todo tipo de coisas usadas. Trabalhei lá nos últimos verões, mas normalmente pedia demissão algumas semanas antes de voltar às aulas. Me arrependo de ter feito isso este ano.

Não que eu adore arrumar livros em prateleiras, mas adoro ficar cercado por eles. Sinto falta de não interagir com ninguém. Sinto falta da repetição irracional. Sinto falta do cheiro de baunilha-folhas-secas-tabaco-ar-condicionado-mofo no meu nariz. Por mais que me faça lembrar do Acidente. Era lá que eu estava quando aconteceu. Era por isso que eu não estava no carro.

Começo a escrever uma mensagem para Jesmyn. A gente andou trocando mensagens na última semana. Acho que ela não vai responder. Comentou que está dando aulas de piano e praticando o dia todo. Eu adoraria vê-la tocar algum dia.

Minha mãe me interrompe no meio da mensagem.

— Carver — ela chama. — Vem cá. Rápido. O juiz Edwards está na TV.

Um espasmo de adrenalina aperta meu peito. Minhas entranhas viram um redemoinho. *Não tem como isso ser bom.* Dou um salto, estalando o joelho, e corro com as pernas trêmulas. Minha mãe, meu pai e Georgia estão reunidos em volta da televisão, em pé.

O juiz Edwards está sério, usando um terno risca de giz cinza que parece caro, perfeitamente ajustado para ele, e uma gravata vermelho sangue. Ele está falando no microfone de uma repórter.

— ... e então, para mandar uma mensagem à comunidade e aos jovens sobre os perigos do uso do celular ao dirigir, insisto que a promotoria abra uma investigação sobre o caso e o considere um processo criminal.

— Você falou pessoalmente com a promotora? — pergunta a repórter.

— Não, não falei. Acredito que não seria adequado nem transparente. Não gostaria que pensassem que estou interferindo no arbítrio penal da promotora. Tenho confiança de que ela fará uso apropriado do discernimento dela para que a justiça seja feita.

Minha vontade, na real, é cagar nas calças. Minha mãe cobre a boca com as mãos. A expressão do meu pai é dura. Ele cruza os braços e passa a mão no rosto. Georgia encara a tela como se quisesse atirar rios de ácido sulfúrico dos canais lacrimais pela TV e inundar o juiz Edwards até ele se transformar numa gosma fumegante.

— Se a promotora se recusar a instaurar um processo, ou mesmo se instaurar, o senhor vai abrir uma ação civil contra o quarto adolescente envolvido no incidente?

— Não estamos, hum, excluindo nada, nenhuma possibilidade. Nossa principal preocupação é e sempre vai ser a segurança e o bem-estar dos nossos jovens. — Ele assente com firmeza. *Isso é tudo, pessoal. Não há nada mais para se ver aqui.*

— Obrigada, juiz Edwards. É com você, Phil.

— Obrigado, Alaina. Um acidente trágico e um pai em sofrimento. As autoridades metropolitanas do condado de Davidson decidiram *não* aprovar...

Abstraio a voz monótona do âncora. Despenco no sofá e seguro a cabeça entre as mãos.

— Ai, meu Deus. Ai, meu Deus — murmuro sem parar. Todos estão sem palavras. Consigo ouvir a respiração de Georgia. Não é o som que você deseja ouvir.

Ela aponta para a TV, a voz trêmula de ódio.

— Sabe o que é *isso*? Isso é uma *puta merda do caralho*. — A voz dela ecoa pelas paredes na sala silenciosa.

— Georgia — minha mãe fala baixo.

Os olhos de Georgia ardem. Uma leoa de regata e calça de ioga.

— Não. Não vem com essa. Isso é um *absurdo total*. Será que ele não entende? Ele não percebe que foi o idiota do filho *dele* que causou isso? E ele quer que *Carver* vá pra cadeia?! Não. Sinto muito. Não. — Ela balança a cabeça de um jeito que faria cifrões pularem dos olhos de um quiroprático.

Ainda estamos em choque. Sem palavras.

Georgia observa cada um de nós, buscando nossos olhos. À procura de nossos ânimos. Nossa luta.

— Carver, me dá seu celular. Vou ligar para esse meritíssimo de merda agora mesmo e falar para ele ir catar coquinho.

— Georgia — meu pai diz.

Ela estende a mão para mim com um estalo.

— Me dá. — Ela parece à beira das lágrimas.

— Não tenho o número dele no celular — digo baixo, atordoado. — Só o número do Mars. — E então acrescento num sussurro: — É óbvio que tenho o número do Mars.

— Georgia, calma — meu pai diz. — Ele é um *juiz*. Se ligar para ele xingando, vai parar na cadeia.

— E então? — ela diz. — O que vamos fazer?

Meu pai respira fundo e esfrega os olhos. Sua mão está tremendo.

— Não sei. Eu... não sei. — Ele olha para a minha mãe. — Lila, liga para o seu irmão e vê se ele pode recomendar um bom advogado criminal na cidade.

As palavras "bom advogado criminal" são três chutes seguidos no meu saco.

Minha mãe volta para o quarto para pegar o telefone, mas não antes de eu ver lágrimas cintilantes enchendo seus olhos e escorrendo por suas bochechas.

— Minhas aulas começam daqui a três dias — murmuro. Estou tão paralisado quanto no dia em que soube do Acidente. Foi como se eu tivesse deixado meu corpo e me visto recebendo a notícia. Tento respirar fundo. *Por favor, não tenha outro ataque de pânico. Não aqui. Não agora.* Escuto minha mãe no quarto dela, conversando com seu irmão Vance, um advogado empresarial em Memphis. Ela está tentando falar com calma e falhando perceptivelmente.

Georgia senta ao meu lado. Posso ver que está fazendo um esforço consciente para parecer calma e tranquilizadora. Ela acaricia as minhas costas.

— Carver. Só... não se preocupa. Estamos do seu lado.

Meu pai me abraça. Ele tem cheiro de roupa recém-saída da secadora e pimenta-do-reino.

— Escuta, companheiro. Nós vamos... Você vai ficar bem, tá? Vamos contratar o melhor advogado do Tennessee se for preciso.

— Eu largo a faculdade e trabalho em tempo integral pra pagar — Georgia diz, com o maxilar firme.

— Não, *eu* largo — murmuro.

— Ninguém vai largar nada. Vamos resolver isso — meu pai diz.

— Vou logo avisando pra vocês. Se isso chegar perto de virar realidade, vou enfiar o Carver no meu porta-malas e levar ele pro México. Estou pouco me fodendo. — Georgia fica com o sotaque muito caipira quando está com raiva. O que é engraçado, porque ela é uma garota da cidade grande, nascida e criada em Nashville.

Minha mãe volta. Está se esforçando para manter a compostura. Seus olhos estão vermelhos e lacrimejantes. Ela suspira e fala baixo para o meu pai:

— Callum, falei com o Vance. Ele disse que vai sondar para descobrir alguns dos melhores advogados criminais de Nashville. Disse que tudo que podemos fazer é esperar.

— Esperar. Ah, que ótimo. Vai ser divertido para o Carver, no último ano do ensino médio, tentando entrar numa faculdade e se virando sem os três melhores amigos dele. À espera de um desastre — Georgia diz. — Isso é uma idiotice sem tamanho.

Deixei para Georgia dizer exatamente o que estou pensando. Bom, tudo menos a parte da idiotice sem tamanho. Penso que talvez eu mereça perder minha liberdade. Que alguém ou algo está finalmente vindo cobrar alguma grande dívida minha. O que tornaria toda essa situação não uma idiotice sem tamanho, mas uma idiotice normal, pequena ou até inexistente.

Minha cabeça gira.

— Vou para o quarto. — Preciso refletir.

Minha mãe, que está vestindo seu jaleco de fisioterapeuta, me abraça e me dá um beijo na bochecha.

— Você não está sozinho nessa. Estamos com você.

— Carver, quer ir ao cinema ou algo assim para se distrair? — meu pai pergunta.

— Não vai ajudar. Mas valeu.

— Estarei no escritório, então, trabalhando no programa do meu curso — meu pai diz. — Caso mude de ideia.

— O pai da Emma é advogado — Georgia diz. — Vou ligar pra ela.

Vou para o meu quarto e sento na cama. Mando mensagem para Jesmyn. **Está livre? Preciso de alguém com quem conversar.** Embora eu sem dúvida seja um defensor da ortografia e da gramática até em mensagens de texto, não costumo ser tão formal. Mas por algum motivo me pareceu estranho não ser assim. Além disso, já estou me arrependendo de ter escrito "com quem". Além disso, e se eu a ofendi dizendo "alguém", como se qualquer corpo vivo servisse? Merda. Além disso, será que pareceu carente mandar "Preciso de alguém com quem conversar"? Quer dizer, é óbvio que pareceu. Por definição, isso é carência.

Nenhuma resposta. Não surpreende.

Ando de um lado para o outro. Não ajuda.

Rezo mentalmente. Mas, como já disse, só meio que acredito em Deus, então embora me ajude um pouco ter esse aspecto coberto, não ajuda muito.

Eu me jogo no chão e começo a fazer flexões. Não fazia flexões desde as aulas de educação física do ensino médio. Meus braços queimam. Consigo fazer dez antes de precisar descansar. Depois faço mais algumas. Não entendo por que estou fazendo isso. Mas ajuda um pouco.

— Carver? — A voz de Georgia vinda do batente me pega de surpresa no meio da flexão. Eu deveria ter fechado a porta.

Levanto de repente e limpo o pó das mãos.

— E aí?

— Conversei com Emma e ela vai falar com o pai dela.

— Legal.

— O que você estava fazendo?

— Flexões.

— Por quê?

Tem horas que você descobre a verdade no momento em que ela sai da sua boca, como se as informações estivessem escondidas ali, protegidas do seu cérebro.

— Se… se eu for para a cadeia, preciso ser capaz de me proteger.

Georgia balança a cabeça e seus olhos se enchem de lágrimas, mas ela não diz nada. Meu coração está batendo rápido. Ela me abraça.

— Tenho que trabalhar daqui a pouco. Senão eu passava o dia todo com você.

— Pelo menos não tive outro ataque de pânico, né? Vou para o Percy Warner.

O parque Percy Warner fica a uns dez minutos a pé de casa e abrange quilômetros de floresta e trilhas. Às vezes, o único jeito que encontro de lidar com as coisas é ficar cercado por coisas mais antigas do que eu e a minha tristeza, coisas que vão se esquecer de mim.

Talvez, quando eu estiver de volta, Jesmyn já vai ter respondido a mensagem.

Estão todos se retorcendo de rir no sofá de Eli, com os controles de lado, gargalhando da minha mais recente morte, essa em particular infame.

— Você viu onde o corpo dele caiu? — Blake diz, secando as lágrimas.

— Olha, seus bostas, meus pais não me deixam ter videogame. E tenho mais o que fazer, não fico sentado jogando o dia todo. Por isso sou ruim. Dane-se — digo.

Mas minha explicação só aumenta o volume das gargalhadas.

— O Blade fica andando em círculos, atirando e jogando granadas para qualquer lado até alguém chegar por trás e bater a coronha do rifle nele — Mars diz.

— Imagina se estivéssemos no Exército de verdade — Eli diz.

— Isso, por favor, todo mundo atacando o grande perdedor de videogame — digo. — Enfim, Mars, você deveria ser muito melhor, tipo, geneticamente. Seu pai não era da Marinha ou coisa assim?

Mars bufa.

— Sim, ele liderou uma companhia da Marinha na primeira Guerra do Golfo. Ganhou uma Estrela de Bronze e um Coração Púrpuro por alguma merda lá que ele não conta o que é. Pare de tentar mudar de assunto por causa do seu fracasso.

Blake levanta e começa a andar rápido em círculos, fazendo movimentos de arremesso.

— O Blade é assim: "E uma granada pra você, e uma granada pra você e uma pra você, e não vamos esquecer de *você*" — ele diz, numa imitação exagerada de uma professorinha de pré-escola cantando. Todos estão quase se mijando de rir.

— E se o Blade aplicasse as habilidades dele de videogame em outras coisas? — Mars diz, tentando recuperar o fôlego.

— Como se fosse um garçom — Eli diz.

— Vão comer um saco de cu de elefante. Um daqueles sacos gigantes de pano cheio de cu de elefante. Com um cu de elefante pintado do lado feito um cifrão — digo. Eles urram de rir.

Mars levanta.

— O Blade como garçom é assim. Ele para no meio do restaurante e taca as comidas para todo mundo: "Aqui estão alguns pãezinhos para o senhor! E um café para a senhora! E um bolo de carne para o senhor! E um…" — Ele hesita.

— Ele não consegue lembrar de mais nenhuma comida — Eli diz. — O Mars esqueceu as comidas.

— É difícil pensar em comida sob pressão — Mars diz. — Rápido, me fala uma comida. Vai. Fala uma comida.

— Queijo quente — Eli diz na hora.

— Fala outra — Mars diz. — Rápido. Fala outra comida. Qualquer comida. Vai. Vamos, gente. Fala uma comida. Fala.

— Hum… sopa — Eli diz.

— Outra. Rápido! — Mars diz.

— Huuuuum.

Todos rimos.

Era isso que eu estava fazendo mais ou menos um ano atrás. Não sei direito se era exatamente três dias antes das aulas voltarem, mas era quase.

Enquanto caminho entre as árvores, suando, penso sobre a possibilidade do meu processo iminente. Penso em Jesmyn. Cogito se vou conseguir pensar do mesmo jeito durante caminhadas 'pelo pátio de exercícios da prisão. Mas, principalmente, penso nessa vez em que a Trupe do Molho riu junto. Uma entre muitas; não era nada de especial.

Não sei bem por que esse momento arde como uma tocha na minha memória, mas arde.

Quando volto para casa, Jesmyn ainda não ligou nem mandou mensagem. Mas Darren Coughlin deixou uma mensagem no meu celular pedindo para eu comentar o que o juiz Edwards falou. Acho que ele deu um jeito de conseguir meu número. Não conto para os meus pais nem retorno a ligação. O que eu iria dizer? *Tomara que eu não vá para a cadeia por mais que uma parte de mim tenha certeza de que eu mereço. Sinto muito por ter matado meus amigos. Sinto mesmo.*

OITO

São onze e meia; estou quase dormindo quando meu celular vibra.

É a Jesmyn. Foi mal, acabei de receber sua mensagem. Ensaiando o dia todo. Ainda precisa conversar?

Ligo pra ela tão rápido que derrubo o celular. Consigo pegar na hora em que ela atende.

— Oi — digo baixo.

— Oi — ela responde. — Tudo bem?

Deitado na cama, cubro meu rosto com as mãos. Solto um grunhido-suspiro.

— *Arghhhh*. Estou surtando agora.

— Por quê?

— Soube o que aconteceu?

— Não.

— Então, o pai do Mars é juiz.

— O cara superintenso?

— Esse mesmo. Hoje de manhã, minha mãe me chamou; eles estavam assistindo ao jornal. E lá estava o pai do Mars na TV e ele disse que queria que a promotoria investigasse o acidente talvez atrás de acusações criminais. — Minha voz começa a tremer no final. Já chorei na frente de Jesmyn antes, mas não preciso transformar isso em um hábito.

— Espera, como assim?! Acusações *criminais*? O que ele acha que você fez? Você não atirou neles. Que doideira!

Mais uma pessoa que me considera inocente. E uma pessoa importante, aliás — a única amiga que me resta no mundo. O ritmo do meu coração acelerado diminui. O tremor deixa minhas mãos e minha voz.

— Não sei o que vai acontecer — digo. — Vamos falar com um advogado, por via das dúvidas.

— Se precisar de alguma coisa, posso depor ou sei lá. Vou ficar tipo "Protesto!".

Rio baixo.

— Quase certeza de que só o advogado pode dizer isso.

— Ah, não! Quero protestar também.

— Enfim. Essa é a minha vida. O que você ensaiou hoje?

Ela suspira.

— Um noturno do Chopin que estou considerando para a audição da Juilliard. Mas talvez não mais. Pode ser que eu troque por Debussy. Ou posso tocar algo totalmente diferente.

— Mas, tipo, como você não vai tocar Debussy se pode tocar Debussy? Poxa.

Ela ri baixo.

— Cala a boca.

— Qual é o seu compositor favorito?

— Ah, faça-me o favor. É o mesmo que perguntar qual é o meu dedo favorito.

— Qual é o seu dedo favorito?

— Hummmm. O médio, na verdade. O médio da mão direita.

— Viu? Compositor favorito.

— Não. Foi uma analogia ruim. Qual é seu escritor favorito? Viu?

— Cormac McCarthy. Fácil.

— Crowmac McWhothy?

— Ah, qual é?

— Shermac McCathy?

— Cara. Para. — Não acredito que ela está tentando me animar depois do dia que eu tive.

— "Cormac" é um nome alienígena.

Ela teria sido uma ótima integrante honorária da Trupe do Molho.

— "Jesmyn" é um nome alienígena.

— Não, sério. "Cormac" não parece um nome marciano?

— Tá, parece um pouco. O que funciona porque ele é do planeta Incrível. Jura que nunca ouviu falar dele?

— Juro.

— Bom, vamos resolver isso. Qual é a sua opinião sobre canibalismo?

— Eu diria que sou... contra? Geralmente contra?

— E em relação a ler sobre canibalismo?

— Se for uma história boa. Se eu, tipo, me envolver com os personagens.

— Certo.

Algo se liberta no meu peito enquanto conversamos. Como se eu estivesse deitado embaixo de uma pilha de pedras e alguém as tirasse uma a uma. Um alívio surgindo muito devagarzinho.

Conversamos madrugada adentro. Preciso colocar o celular pra carregar. Nós dois ficamos com tanto sono que, pouco antes de desligar, ficamos dizendo o nome do outro de tempos em tempos para preencher o intervalo entre os assuntos. Para nos certificar de que o outro ainda está lá.

NOVE

Meus pais estão sentados na cozinha tomando café da manhã quando entro zonzo. Eles me encaram como se eu tivesse dito que tenho um amigo invisível que me manda colecionar facas e guardar meu xixi em jarras.

— Oi, querido — minha mãe diz. — A gente ouviu você acordado no meio da noite.

Esfrego o rosto.

— Pois é. Não conseguia dormir.

— É melhor descansar hoje — meu pai diz. — As aulas vão começar logo e você não anda dormindo bem. E essa história do juiz Edwards não deve estar ajudando.

— Não consigo dormir mais hoje. Além disso, vou ajudar a avó do Blake a capinar o jardim ou coisa do tipo.

Minha mãe me passa uma tigela com cereal.

— Você ainda não conversou com a gente sobre tudo. O velório do Blake foi há uma semana. Não é saudável ficar guardando as coisas. Se não falar conosco, queremos que converse com alguém.

— Já falei com a Georgia sobre isso. Estou bem.

Meu pai tenta falar com uma voz gentil:

— Você não está bem. Pessoas que estão bem não vão ao pronto-socorro com ataques de pânico. — Ele parece frustrado. Até consigo entender, mas ele também me frustra às vezes, então nada mais justo.

— Foi uma vez só.

— Está trabalhando em alguma coisa nova? Algum conto ou poema novo? — minha mãe pergunta. — Talvez ajude.

— Não. — Ouvir essa pergunta quando estou com bloqueio criativo definitivamente não me faz me sentir melhor. Talvez minha musa estivesse no carro junto com a Trupe do Molho.

Enquanto ficamos juntos, consigo notar o cérebro deles funcionando, tentando aproveitar a oportunidade. Procurando as palavras certas. Sei como é o ar perto de pessoas que estão tentando encontrar as palavras certas e não acham nada. Por isso, como rápido e continuo em silêncio.

Quando vou escovar os dentes, meu pai diz:

— Nós te amamos, Carver. É difícil ver você sofrendo.

— Eu sei — digo. — Também amo vocês. — *E, se é difícil me ver sofrendo, imagina como é sofrer.*

— Certo, saca só, pessoal. Rodeio de esquilos — Blake diz.

— Quê? A gente vai montar nos esquilos? — Mars pergunta.

— É, a gente vai montar nos esquilos. Não, seu idiota, é assim que funciona: você vê um esquilo perto da trilha e aí você conduz o caminho dele. Depois, segue o esquilo devagar. Não muito rápido senão ele vai sair correndo e você perde. Toda vez que ele começar a sair da trilha, você anda e corta o caminho dele para ele continuar na trilha. Você precisa manter o bicho na trilha por oito segundos. Rodeio de esquilos.

— Exatamente quando eu temia que tínhamos atingido seus limites de caipirice, você ultrapassa todos — Mars diz.

— Pelo menos ele não está sugerindo para capturarmos os esquilos e depois comê-los — digo.

— *Ainda* — Mars diz. — Ele não está sugerindo isso *ainda*.

— Nenhum de vocês vai chegar ao circuito profissional de rodeio de esquilos com essa mentalidade — Blake diz.

— Olha, cara, eu topei o milk-shake de manteiga de amendoim com banana lá no Bobbie's Dairy Dip na minha última semana de férias. Não uma caça a esquilos.

— E se seu pai visse você caçando esquilos pelo Centennial Park? — Eli pergunta.

— Ele diria: "Thurgood? Qual é a *finalidade* de caçar esses esquilos? Como a caça a esses esquilos promoveria seus estudos e seu aprendizado? Você está buscando excelência na caça de esquilos? Seu avô não marchou ao lado de Martin Luther King para você caçar esquilos". — Mars faz esse discurso com um tom imponente e sério.

Temos um ataque de riso porque Mars está exagerando só um pouquinho.

Blake levanta a mão para ficarmos quietos e se aproxima de um esquilo perto da trilha asfaltada.

— Aí vamos nós.

Ele sussurra, com o celular na mão, filmando. Com cuidado, ele guia o esquilo para a trilha. Por cerca de sete segundos, o esquilo trota na frente dele. Blake consegue cortar cada tentativa do esquilo de fugir da trilha até finalmente o bicho sair em disparada. Ele resmunga. Rimos.

Durante os próximos quinze minutos, todos experimentamos o rodeio de esquilos enquanto Blake nos filma. Nenhum de nós é muito bom, mas nos divertimos.

Finalmente, sentamos sob a sombra de um carvalho alto, suando no calor intenso da tarde. Blake edita os vídeos e os posta em seu canal no YouTube. Eli manda mensagem para alguém. Mars desenha. Trabalho num conto pelo celular.

— Nova tradição — digo depois de um tempo. — No final de cada verão, vamos pegar um milk-shake no Bobbie's Dairy Dip, vir ao Centennial Park e jogar rodeio de esquilos. — Se a Trupe do Molho tivesse cargos oficiais, o meu seria de Guardião das Tradições Sagradas. Adoro a ideia das famílias que escolhemos terem as características do mundo familiar, incluindo tradições.

— Uma tradição equiparável ao Natal e ao dia de Ação de Graças — Mars diz.

— Muito mais divertida do que o Natal e a Ação de Graças, cara — Blake fala.

— E quando a gente for pra faculdade? — Eli pergunta.

— Vamos fazer quando todos estiverem em casa nas férias — digo.

Ficamos assim, no relativo frescor da sombra das árvores, esparramados na grama; o poente é como um fogo roxo nas folhas. As cigarras zumbem em nossos ouvidos como a vibração da Terra.

Aquela sensação de que você nunca vai ser sozinho de novo.

Que, toda vez que falar, alguém que você ama e que ama você estará ouvindo.

Mesmo naquele dia eu sabia o valor do que tinha.

Depois que toco a campainha, a vovó Betsy demora um pouco para atender.

— Blade? A que devo o prazer desta visita? — O velório do Blake foi há uma semana e ela ainda exala um luto amarrotado. Conheço isso bem por ver meu reflexo no espelho. A casa atrás dela está mais bagunçada do que nunca. O quintal está cheio de mato.

Tiro minhas luvas de trabalho do bolso de trás da calça.

—Você disse que o Blake te ajudava a capinar e que era difícil para você fazer isso. Então vim ajudar a capinar o jardim e a fazer o que mais precisar.

— Ah, meu Deus. — Ela balança a mão. — Não precisa. Posso pagar alguns dólares para um garoto da vizinhança fazer isso. Mas entre. Não repara a bagunça.

— Preciso sim. — Encaro seus olhos. — Por favor.

Ela fixa seu olhar amável e impassível em mim.

— Não, não precisa — ela diz com uma voz doce, mas firme.

— Sim, preciso. — E, de repente, quero chorar, então finjo tossir e desvio o olhar. Tenho um impulso repentino de contar para ela sobre a possível investigação da promotoria. Assim que a vontade vem, eu a esmago. Não consigo suportar a ideia de ela me enxergar como um criminoso.

Ela deixa eu me recompor antes de dizer:

— Certo. Vamos lá para o quintal dos fundos. Vou te mostrar o que precisa ser feito. Enquanto isso, vou dar uma corrida até o mercado para comprar coisas para fazer uma limonada gelada e um almocinho para você. Você merece mais do que os restos da semana passada que ando comendo.

Não, não mereço.

— Não precisa.

— Blade. Já está decidido.

Vamos para o quintal. Ela me mostra onde capinar. Arranja uma cesta para eu colher os tomates maduros. Mostra o cortador de grama e a gasolina, e me explica como usar. Ela vai de carro até o mercado, e eu começo a trabalhar.

O sal do suor queima meus olhos com o calor grudento e sem vento do meio da manhã, e o cheiro forte e herbáceo das trepadeiras de tomate arde no meu nariz. Me perco no ritmo irracional do trabalho. Esqueço o juiz Edwards. Esqueço Adair. Esqueço Darren.

Esqueço o Acidente. Talvez essa seja uma boa prática para quando eu for para prisão e estiver limpando a estrada de macacão laranja. *Agacha. Arranca. Joga para o lado. Agacha. Arranca. Joga para o lado. Agacha. Arranca. Joga para o lado.* No começo, uso as luvas do meu pai, mas minhas mãos ficam tão suadas que as deixo de lado. Minhas mãos ficam marrons da terra e verdes das ervas daninhas. Nem percebo quando a vovó Betsy retorna.

Já aparei metade do quintal quando a vejo acenando da entrada. Desligo o aparador de grama.

— Hora do almoço! Traga alguns desses tomates frescos.

Pego alguns dos maiores e mais vermelhos e, depois de limpar bem os pés, entro no frio abençoado do ar-condicionado da casa.

— Na cozinha — vovó Betsy grita.

Começo a entrar na cozinha, mas, por algum motivo, não consigo. Quero voltar para o lado de fora e continuar suando, continuar punindo meu corpo. Quero sentir fome e sede. Não quero que a vovó Betsy me proporcione conforto e descanso.

—Venha — vovó Betsy chama de novo.

Saio do meu devaneio e vou direto à pia, para lavar a terra e o sumo de ervas daninhas das mãos. Na mesa da cozinha, tem um pão branco, um pote de maionese, um saleiro e um pimenteiro, uma jarra de limonada fresca tilintando com gelo, uma faca de serra e dois pratos.

— Senta — ela diz, puxando uma cadeira de madeira. — Nada muito chique, mas, para mim, não existe nada melhor nesta terra de meu Deus do que um sanduíche de tomates frescos num dia quente.

— Concordo. — Minha camiseta encharcada gruda nas minhas costas sob o ar-condicionado.

Vovó Betsy pega um dos tomates mais bonitos e o corta em rodelas grossas. Espalha maionese em algumas fatias de pão e coloca algumas das rodelas de tomate em uma.

— Vou deixar você pôr sal e pimenta do seu jeito. — Ela faz um para si mesma.

— *Hummm* — ela diz, levantando para buscar um rolo de papel-toalha para limparmos o suco róseo da mistura de tomate com maionese das mãos e do rosto. — Tomates frescos têm gosto de raios de sol, não acha?

— *Uhum* — digo, tomando um gole da limonada de sabor forte e ácido. Minhas glândulas salivares doem. — Têm gosto de verão.

— *Ou deveriam ter. Não mereço isso e, portanto, têm gosto de areia na minha língua, mesmo sendo um sanduíche perfeitamente normal.*

— É exatamente o que o Blake dizia. Ele adorava sanduíches de tomate.

— Blake adorava tudo quanto é comida.

Vovó Betsy ri baixo.

— É verdade.

— Uma vez, eu e o Blake estávamos em casa morrendo de fome, mas nenhum de nós tinha dinheiro para comprar nada para comer. E nossa geladeira estava cheia de couve nojenta e coisas do tipo porque meus pais estavam numa fase natureba. Então reviramos a cozinha à procura de algo que soubéssemos cozinhar. Encontramos um pacote de espaguete, mas não tinha molho. Então comemos com ketchup e mostarda.

A vovó Betsy bufa e cobre a boca. Está tremendo de tanto rir.

— Enfim — continuo —, comi umas duas garfadas, mas o Blake? Ele adorou. Comeu o resto todo do pote. E ficou falando: "Blade, Blade, a gente devia transformar isso num prato novo. Vamos chamar de hambúrguer-espaguete. Hamburguete. A gente devia vender essa ideia". E eu: "Blake, o único motivo por que você acha isso comestível é porque está com muita fome. Isso é completamente nojento".

A vovó Betsy está fungando e secando as lágrimas, mas são lágrimas de rir. Por um momento, não sinto mais culpa. O pequeno sabor da redenção. E é doce na minha boca.

— Nossa, cá para nós, a gente conhecia bem o Blake, né? — vovó Betsy diz.

Ela captura uma gota do suco de tomate que estava pingando.

— Pois é.

— Engraçado como as pessoas passam por este mundo deixando pedacinhos de sua história para as pessoas que conhecem carregarem. Faz você pensar o que aconteceria se todas essas pessoas juntassem suas peças do quebra-cabeça. — Vovó Betsy dá uma mordida e olha para o nada, contemplativa. — Tenho uma ideia maluca. *Eu* acho maluca.

— Pode falar.

— Uma das coisas que mais me lamento é que nunca tive um último dia com o Blake. Nada especial. Não escalar o Everest ou pular de paraquedas. Só fazendo as coisinhas que a gente adorava fazer juntos. Uma última vez.

Ela se mexe de leve e fecha os olhos por um segundo. Não como se estivesse dormindo. Como se estivesse meditando. Ela para de balançar e abre os olhos. Eles recuperaram uma centelha mínima que costumavam ter antes de tudo isso, e esse é o único raio de esperança que senti no último mês. Como se a felicidade fosse algo impossível de extinguir por completo, que arde sob as cinzas úmidas.

— E se a gente tivesse um último dia com o Blake? Eu e você?

— Não sei se entendi.

— Estou falando da gente se juntar e ter o último dia que eu e o Blake nunca tivemos; que você e o Blake nunca tiveram. Juntamos nossas peças do Blake e deixamos que ele viva mais um dia conosco.

Sinto como se estivesse no meio do caminho até o meu carro

carregando alguma coisa que roubei de uma loja e escuto um guarda gritando para eu voltar.

— Assim, eu… Não sei se conseguiria… Eu…

Ela está inclinada para a frente agora.

— Claro que conseguiria. Primeiro de tudo, vocês dois não desgrudavam. Aposto que você o conhecia de formas que eu não conhecia.

— Talvez.

— E aposto que sei muita coisa sobre ele que você nunca soube.

— Com certeza.

— E outra, Blake me deixava ler seus escritos.

— Deixava? Como assim?

— A história que acontece no leste do Tennessee depois que uma erupção vulcânica mata quase todo mundo. Eu adorei. Queria ter comentado antes.

— Nossa.

— A questão é: se há alguém que pode escrever a história de Blake de novo por mais um dia, essa pessoa é você.

— Mas… Tem certeza de que sou *eu* que você quer? — *Porque eu não me quereria.*

— Tenho. Quem mais poderia fazer isso?

Um tremor profundo dá um nó nas minhas entranhas.

— Não sei.

— Não precisa responder agora. Só pense a respeito. O que de pior pode acontecer? Não seria exatamente o mesmo que ter o Blake. Mas não podemos ter o Blake. Então talvez possamos ter isso.

Seu olhar é doce. Está menos distante do que da última vez que a vi. Não quero dizer não. Mas também não consigo dizer sim.

— Você não me deve nada — ela diz. — Se não consegue fazer isso, eu entendo. Talvez eu acorde amanhã e pense que é uma má ideia ou que eu não conseguiria aguentar. Mas você vai considerar?

— Vou. Prometo. — Examino o rosto dela em busca de algum sinal de que destruí alguma coisa. Não vejo nada. Pelo menos isso. — Obrigado pelo almoço. É melhor eu terminar de aparar a grama.

Vovó Betsy se inclina sobre a mesa e me abraça por um longo tempo, com a mão nas minhas costas frias.

— Obrigada — ela sussurra.

Deito na cama, ainda molhado pelo banho, com o ventilador soprando em cima de mim. Acho relaxante. É como sair da piscina quando se é uma criança despreocupada e deixar o sol secar você.

Planejo minha noite. A maioria delas passei assistindo Netflix com Georgia. Mas ela vai sair com uns amigos. De repente, percebo como minha vida se tornou parada e improdutiva. Como meu celular quase nunca recebe uma mensagem ou ligação nova. Quantas noites solitárias tenho diante de mim.

Não quero ficar sozinho. Normalmente não acho ruim. Mas não hoje. Minha mente se volta para minha única possibilidade de companhia.

Começo uma mensagem para Jesmyn mas fico em dúvida. *Não será estranho?* Criamos um tipo de laço emocional, mas será que isso foi condicionado de alguma forma pelo momento? Pelo distanciamento de trocar mensagens e falar ao celular?

Em outras circunstâncias, eu poderia ter me angustiado por mais tempo. Mas a solidão produz uma coragem desesperada — a do tipo "o que tenho a perder?". Mando uma mensagem para ela antes de pensar duas vezes.

Ei. Quer sair hoje?

Meu celular vibra. Claro. Que horas?

Suspiro de alívio. **19h? Posso te pegar.**

Legal. Harpeth Bluffs Drive, 5342.

É como se eu finalmente tivesse aberto a tampa de um pote de palmito.

Vou à cozinha e esquento um pedaço de frango de padaria que encontro na geladeira.

— O que vai fazer hoje? — Georgia pergunta. Ela está sentada à mesa, trocando mensagens, vestida para sair.

— Sair com uma amiga — digo com a boca cheia.

— Um encontro ou…

— Não. Jesmyn. A namorada do Eli. A menina que você viu com os pais do Eli nos velórios do Mars e do Eli.

— A bonitona? Você deveria ter me apresentado.

— Eu e ela nos aproximamos ultimamente.

— O que vocês vão fazer?

— Tenho algumas ideias. Principalmente conversar.

Esse é o momento em que Georgia via de regra me provocaria. Bagunçaria meu cabelo. Tentaria enfiar o dedo na minha orelha. E eu queria que ela fizesse isso, porque seria um sinal de normalidade. Parece estranho dizer em voz alta que vou sair com a namorada do meu amigo morto. Preciso que Georgia tire sarro de mim para me dizer que está tudo bem.

Em vez disso, ela me dá um tapinha no ombro de "Ah, não é ótimo que sua vida esteja seguindo em frente?".

— Vai ser saudável conversar com alguém.

Minha mãe entra.

— Oi, querido. Como a Betsy está?

— Bem — murmuro de boca cheia. — Triste.

— Eu e o seu pai vamos assistir a um filme hoje. Você está convidado.

— Vou sair com um amigo hoje.

O rosto dela exibe uma surpresa agradável. *Não sabia que você tinha outros amigos.*

— A gente conhece esse amigo?

— Não.

— Certo. Se mudar de ideia ou voltar cedo para casa, estaremos aqui.

— Obrigado.

Georgia está me encarando, então fixo os olhos no prato até terminar de comer.

Jesmyn mora em Bellevue. Dá uns quinze minutos da minha porta até a porta da casa dela, que fica em uma daquelas áreas residenciais novas e sem árvores que enchem uma determinada parte de Nashville.

Estou quinze minutos adiantado. Sou o tipo de pessoa que sempre chega adiantada. Estou acostumado a esperar para as coisas começarem.

Fico sentado na frente da casa de Jesmyn até as sete, ouvindo música e me perguntando o que Eli pensou quando parou o carro aqui pela primeira vez. Essa vizinhança é completamente diferente da de Eli. Ele morava em Hillsboro Village, perto da Universidade Vanderbilt, em uma bela casa antiga numa alameda cheia de árvores. Me pergunto por um segundo se ele consegue me ver sentado na frente da casa da namorada dele. Espero que, se conseguir, possa ver dentro do meu coração o quanto eu queria que fosse ele sentado aqui.

Exatamente às 19h02 (aprendi que as pessoas se irritam quando chego na hora exata), bato na porta de Jesmyn. Um homem branco alto com o cabelo volumoso grisalho atende.

— Ah… desculpa, devo ter errado a casa — digo.

Ele sorri.

— Está procurando a Jesmyn?

— Sim.

— Sou o pai dela. Jack Holder. É um prazer conhecer você. Apertamos as mãos.

— Sou Carver Briggs. Prazer.

— Entre.

A casa é espaçosa, limpa e branca. Teto branco, paredes brancas. Tem cheiro de frutas silvestres e maçã verde. O piso de madeira brilha. Tudo parece novo. Um enorme piano de cauda ocupa parte da sala.

— A casa de vocês é linda — digo enquanto o sigo pela escada acarpetada.

— Obrigado — diz o sr. Holder. — Não faz nem um mês que terminamos de desencaixotar as coisas. Estamos aqui desde o meio de maio, logo depois que as aulas da Jesmyn terminaram.

— O que trouxe vocês a Nashville? — pergunto.

— Um cargo na Nissan. Perceber que o sistema escolar do condado de Madison talvez não fosse o impulso necessário que Jesmyn precisava para chegar a Juilliard.

Seguimos pelo corredor. O sr. Holder vira para mim.

— Então... você era amigo do Eli?

— Melhor amigo. — Eu sabia que ouviria essa pergunta, mas ainda assim dói.

— Meus sentimentos.

— Obrigado. — Queria juntar num estádio todas as pessoas da Terra que tivessem vontade de expressar suas condolências por minha perda em algum momento. Então, no três (talvez após o disparo de um canhão), todos expressariam suas condolências ao mesmo tempo por trinta segundos. Eu ficaria no meio do campo e me banharia naqueles pêsames feito um maremoto. Assim, acabaria de uma vez por todas esse gotejar lento.

— Para um pai, nenhum garoto nunca é bom o bastante para

a filha. Mas sempre achei que o Eli parecia um rapaz simpático e talentoso.

— Ele era.

Caminhamos até um quarto com a porta aberta. O sr. Holder coloca a cabeça para dentro e bate no batente da porta.

— Jes? Querida, seu amigo está aqui.

Espio do lado dele. Há roupas espalhadas por toda parte. Pôsteres de shows cobrem as paredes. Música moderna, música clássica, pôsteres novos, pôsteres antigos. Jesmyn está sentada diante de um sintetizador ligado a um notebook por um cabo. Escuto o bater abafado das teclas enquanto ela toca com os olhos fechados, usando os fones de ouvido. Seu rosto tem uma expressão beatificada — tão diferente da expressão de luto de quando a vi da última vez, no velório. Me arrependo de interromper. Ela tem um sobressalto ao ouvir a voz do pai. Olha para nós e depois para o computador. Aperta a barra de espaço, pausando o que parece ser um programa de gravação. Ela tira os fones e os deixa em cima do sintetizador.

— Ei, Carver. Desculpa, perdi a noção do tempo.

— Sem problema — digo.

O sr. Holder se encosta na parede.

— Sério mesmo, pai? — Jesmyn diz.

— Jes.

Ela revira os olhos.

—Vamos ficar aqui em cima por dois minutos enquanto visto o sapato.

Fico vermelho.

— Posso esperar lá embaixo...

— Não, tudo bem. Carver, foi um prazer — o sr. Holder diz. Ele ergue dois dedos para Jesmyn enquanto arqueia as sobrancelhas como um alerta. — Dois minutos e eu subo de novo. — Ele desce.

Jesmyn revira os olhos quando ele dá as costas.

— Desculpa.

— Pais sendo pais. — Aponto para o notebook. — No que você está trabalhando?

Ela dá de ombros.

—Ah… É… Eu componho e gravo músicas. É uma coisa que estou experimentando. Entra. Não temos muito tempo, pelo visto.

Passo por cima de uma calça jeans e sento na cama dela (*a cama em que Eli sentava*).

— Pensei que você só tocasse piano.

— É a única coisa que faço bem. Eli disse que você escreve.

— Sim. Não músicas ou coisa do tipo. Isso é coisa do meu pai. Eu escrevo contos e poemas e tal. Quero escrever um romance um dia.

— Ele disse que você era bom.

— Sei lá.

—Você entrou na Academia de Artes de Nashville.

— Pois é.

Jesmyn vai até o guarda-roupa. Vira o rosto ao sentar e veste um par de meias e uma bota marrom de caubói desgastada. É assim que eu estava acostumado a vê-la (se é que dá para se acostumar a ver alguém que só se viu umas sete vezes). Não de preto-fúnebre. Uma blusinha branca leve e shorts. As unhas das mãos e dos pés estão pintadas duas de branco, uma de preto, uma de branco, uma de preto. Teclas de piano.

Cai uma sombra sobre o meu coração e percebo que são essas as circunstâncias em que vejo uma garota bonita se arrumar para sair comigo. Numa existência comum, este momento estalaria repleto de possibilidades infinitas. Seria o segundo preciso em que a supernova do amor nasce. Algo para se contar para os netos: "Lembro quando fui buscar sua avó para o nosso primeiro encontro. Ela não estava pronta ainda. Tive a oportunidade de vê-la tocar seu teclado por um ou dois segundos, parecendo uma folha caindo devagar; soprada pelo vento. Ela parou e sentou na cama, e fiquei observando enquanto ela procurava um par de meias limpas. Pegou as botas de caubói e sentou no chão para calçá-las, com um rangido do couro. O quarto tinha o cheiro da loção de madressilva que ela usava e de algum tipo de incenso inebriante que era ao mesmo tempo novo e antigo para mim. Eu a observei fazer esses movimentos cotidianos e, de repente, em um momento tão ordinário, ela se tornou extraordinária".

Este momento é uma paródia cruel disso. Isso não me pertence. Não há nada começando aqui. Estamos nos despedindo de uma pessoa; pondo fim a mais uma coisa.

Espero que algum dia pareça certo buscar uma garota em casa, comprar sorvete e tomar no parque.

Espero que haja começos no meu futuro.

Estou cansado de enterrar as coisas.

Estou cansado das liturgias de fim.

DEZ

Sentamos no meu carro em frente à casa de Jesmyn.

— Tem alguma coisa em mente? — Jesmyn cruza as pernas no banco do passageiro. As meninas estão anos-luz à frente dos meninos em termos de inovação em maneiras de se sentar num carro.

— Meio que sim. Já foi ao Bobbie's Dairy Dip?

— Nunca.

— Seu pai falou que vocês tinham acabado de se mudar. Lembro do Eli comentando isso.

— Sim, de Jackson, Tennessee. Faz alguns meses.

— Está gostando de Nashville?

— Está brincando? Tem música por toda parte. Nasci pra este lugar.

— Então, a Bobbie's Dairy Dip é uma sorveteria. A gente ia lá tomar milk-shake de manteiga de amendoim com banana.

— "A gente" quer dizer você, Eli, Mars e Blake?

— Isso. Era meio que uma tradição.

— Tanto minha parte sulista como minha parte filipina curtem a ideia de milk-shakes de manteiga de amendoim e banana.

Ligo o carro e saímos. Falo sem pensar.

— Não tinha me dado conta...

— Do quê?

81

Merda.

— De que você é adotada.

Ela inclina a cabeça, curiosa.

— Espera… o quê?

— Hum.

Ela se vira no banco.

— O que… o que você quer dizer? — ela pergunta baixo.

Estou chocado.

— Minha vida toda é uma mentira — ela sussurra, com uma expressão solene. — Meus pais obviamente brancos não são meus pais de verdade?

Continuo sem palavras.

Ela ri. Um som claro, brilhante e prateado, como sinos dos ventos.

— Qual é, cara? — ela diz. — "Jesmyn Holder" parece um nome filipino pra você?

Não consigo deixar de rir junto.

— Não sou nenhum especialista em nomes filipinos.

— *Holder.* De "*hold*", de alguém que segura alguma coisa.

— Certo. Enfim.

— Enfim.

— Seus ancestrais curtiam muito segurar as coisas?

— Talvez? Tipo… espadas, gansos, ferraduras, sei lá o que gente antiga gostava de segurar.

— O que quer que seja, eles curtiam tanto segurar que todo mundo achou que deveriam dar esse nome pra eles.

Estacionamos no Bobbie's.

— Então, como você é, do ponto de vista ancestral? — ela pergunta, sem fazer menção de tirar o cinto de segurança.

— Meu pai é irlandês, tipo, literalmente da Irlanda, e minha mãe é uma mistura de alemã com galês ou coisa do tipo.

— Jura? Seu cabelo e seus olhos parecem escuros demais para ser irlandês.

— Meu pai diz que somos chamados de "irlandeses morenos".

— Seu pai tem um sotaque legal?

— Ele mora nos Estados Unidos faz muito tempo, então está bem mais fraco, mas tem sim.

Uma pontada de culpa tira meu fôlego. Por minha culpa, Eli não está aqui enquanto faço piadas com a namorada dele e falo sobre quem somos e de onde viemos; enquanto partilhamos uma tradição que deveria ser partilhada com ele. Contenho uma onda de tontura e pavor. *Por favor, meu Deus, aqui não. Não agora. Não um ataque de pânico no estacionamento da Bobbie's Dairy Dip com Jesmyn Holder sentada de pernas cruzadas no banco do passageiro do meu Honda Civic.* Olho fixamente para a frente e inspiro fundo. E de novo. E de novo. A voz de Jesmyn me traz de volta.

— Ei, Carver. Você está bem?

Viro para ela mas não consigo formar palavras. Estou tentando decidir até que ponto ser sincero, mas minha cabeça não está funcionando direito.

— Você está pálido — ela diz. — Está tudo bem?

Assinto sem firmeza e inspiro fundo de novo.

— Sim. É só… um lance. Estou bem.

— Tem certeza? — Ela desafivela o cinto de segurança.

Começo a dizer que sim mas uma onda de náusea me interrompe, então faço um joinha com o polegar.

Quando pegamos nossos milk-shakes, já estou melhor.

— O Eli te contou sobre o rodeio de esquilos? — pergunto, saindo do estacionamento da Bobbie's e dirigindo rumo ao Centennial Park.

Jesmyn me lança o olhar esperado de alguém que acabou de ser questionado sobre sua familiaridade com a expressão "rodeio de esquilos".

— Imagino que não — digo. — A gente tinha essa tradição de, depois de comprarmos milk-shakes, ir ao Centennial Park e brincar de rodeio de esquilos. É um jogo em que você tenta guiar um esquilo ao longo da trilha.

— Não entendo por que Eli não se gabaria disso para a namorada descolada dele — ela diz.

— É mais divertido do que parece.

— Nem consigo imaginar. — Um semissorriso no canto dos lábios dela.

Sorrio e seguimos em frente.

— Então — digo depois de um tempo. — Como você está?

— Estou com dificuldades para dormir — ela diz.

— Também. Não sei se algum dia vou me sentir normal de novo.

— Estava falando disso com a minha mãe. Ela perdeu uma amiga na faculdade. Disse que demora. Não tem nenhum comprimido que dê para tomar ou algo do tipo.

Mesmo se existisse um comprimido assim, não sei se eu me permitiria tomar. Não acho que me sentiria merecedor.

— Então, seus pais são legais de conversar? — pergunto.

— Com certeza.

— Que bom.

— Você conversa com os seus?

— Não muito.

— Por que não?

— Assim, eles são ótimos pais e sempre me falam que posso conversar com eles. Mas não consigo. É estranho demais.

Ela lambe uma gota da lateral do copo.

—Você tem alguém com quem conversar? É claro que a gente está conversando, mas...

— Sim, minha irmã Georgia. A gente é bem próximo. Mas ela volta para a UT, tipo, uma semana depois das nossas aulas começarem.

— Queria ter irmãos com idade parecida. Tenho dois irmãos mais velhos, Bo e Zeke, mas eles são dez e doze anos mais velhos que eu.

— Nossa.

— Pois é. Eles são casados, têm filhos e tal. Nem moram por aqui. Sou praticamente filha única.

O sol está se pondo quando chegamos ao Centennial Park. Começamos a andar.

— Certo, hora do rodeio de esquilos — digo.

— O que preciso fazer?

Explico.

— Então tenho de manter o esquilo na trilha por oito segundos? — Jesmyn pergunta.

— Isso.

Passamos por pessoas de mãos dadas, fazendo piqueniques, tirando fotos de casal, se beijando, jogando bebês no ar. No verão, os parques são palco das demonstrações de vida mais vibrantes. Fico pensando se ver as pessoas viverem é algo que um dia vai voltar a se misturar ao pano de fundo para mim.

Examino o rosto de Jesmyn em busca de alguma pista do que ela está pensando. Não consigo interpretá-la ainda.

Ela me flagra.

— Que foi?

— Nada.

—Tem alguma coisa na minha cara?

— Não.

— Certo — ela diz baixo, apontando para um esquilo contorcendo o rabo perto da trilha. — Começa a contar. — Ela se move com cautela e guia o esquilo para a trilha. Ele salta alguns metros e para. Ela o persegue a passos rápidos e delicados, com as botas de caubói fazendo um pocotó-pocotó no calçamento, como pequenos cascos. O esquilo saltita mais alguns metros na trilha e começa a desviar para a direita. Ela o corta e continua seguindo pela trilha.

Eu a observo sob a névoa amarela do dia que termina. Ela se move com um ritmo natural; talvez por ser musicista. É um alívio encontrar beleza em algo.

Ela vira para mim, sorrindo.

— Quanto tempo?

— Quê?

— Cara, era pra você ter cronometrado.

— Eu tive um ataque de pânico — falo sem pensar nem saber por que escolhi este momento exato para fazer essa confissão.

O sorriso dela diminui; uma nuvem cobrindo o sol.

— Como assim? Tipo, enquanto você estava cronometrando?

— Não, não. Na noite do velório do Blake. Tive um ataque de pânico completo. Minha irmã me levou pro hospital e tudo.

— Puta merda, Carver. — Ela aponta para um banco próximo e sentamos.

— Agora estou bem. A médica nem me deu remédio nem nada.

— Como foi a sensação?

Estou prestes a responder, mas paro até algumas pessoas passarem.

— Ser enterrado vivo. Cair no gelo.

— O que você vai fazer pra tratar isso?

Me inclino para a frente e passo os dedos no cabelo.

— Talvez eu vá… não sei, na verdade. Talvez ver se acontece de novo e, se acontecer, falar com alguém, acho.

— Tipo um psiquiatra ou coisa assim?

— Não queria muito, na real.

— É o que eu faria se fosse você.

— Você está conversando com alguém? Profissional?

— Ninguém além dos meus pais. Mas eu iria se tivesse um ataque de pânico.

Ficamos um tempo ali em silêncio.

— Desculpa por essa noite virar um saco — digo. — Era pra ser divertido. Voltar um pouquinho ao normal. Cumprir a tradição.

— Você conhecia o Eli. Acha que todos os nossos encontros eram sobre pôneis e sorvetes?

— Não.

— Não que isso seja um encontro.

Fico vermelho.

— Eu sei.

Felizmente, Jesmyn não nota minha vergonha.

— A gente conversava sobre as coisas que importam de verdade. Não tenho medo de conversas sinceras.

— Eu também não.

— Então acho que esta amizade tem futuro.

— Tomara.

Caímos num silêncio confortável e observamos o céu escurecer, o sol se pôr. A brisa é leve, como se a respiração do dia ficasse mais lenta antes de pegar no sono.

Quando finalmente volto a falar, não é para preencher o silêncio, mas porque quero.

— A avó do Blake me convidou para passar mais um dia com ela. Acho que faríamos as coisas que ela queria fazer com o Blake no último dia dele na Terra. Tentar recriar a personalidade ou a história dele ou sei lá.

— Como isso funcionaria?

— Nunca fiz nada do tipo.

— Parece difícil. Digo, emocionalmente.

— Ah, já pensei nisso.

—Você vai topar?

— Não sei. — Quero falar para ela como tenho sede de algum tipo de absolvição. Mas essa seria uma admissão de culpa, e esse é meu segredo agora, uma caixa de cobras embaixo do meu travesseiro. Quero contar como tenho medo de não ser capaz de fazer jus à história do Blake e que é isso o que me faz hesitar.

Um momento se passa.

—Você já foi pra praia no outono? — pergunto.

Ela faz que não.

— Eu já. Uma vez. Minha tia se casou em Outer Banks, na Carolina do Norte. Em novembro. Eu e a Georgia ficamos mega-ansiosos pra ir pra praia. Colocamos maiôs e sungas na mala e tudo.

— Não é muito frio?

— Nossos pais tentaram avisar a gente sobre isso, mas não demos ouvidos. Enfim, a gente chegou lá e estava tudo fechado. Não tinha ninguém. A praia estava gelada. Mas não dava pra saber só de olhar como a praia estava fria. Não tinha árvores desfolhadas ou coisa do tipo. O oceano parecia igual; tudo parecia igual. Então podia ser verão, só que a praia estava deserta e tudo estava fechado. É uma sensação muito triste e solitária.

Jesmyn ajeita um cacho do cabelo atrás da orelha.

— Aposto que sim.

— Esse sou eu agora por dentro. Bem praia no outono.

Jesmyn levanta.

—Vem comigo.

— Quer ir pra casa?

— Não, pra algum lugar onde a gente possa ver o horizonte. Ainda não estou acostumada a ver arranha-céus todo dia.

Andamos até o outro lado do parque, onde temos uma vista do horizonte de Nashville, cintilando à distância úmida. Jesmyn senta na grama.

— Não tem medo de picada de carrapato? — pergunto.

— Não muito.

Sento ao lado dela.

— Eu odiaria que tivéssemos alguma aflição não compartilhada — digo.

— Entendo por que o Eli gostava tanto de você.

— Entende?

— Sim. Você usa as palavras como um músico usa acordes-surpresa numa canção.

— Isso é bom?

— Eu não falaria mal de você depois de ter enriquecido tanto a minha vida me ensinando sobre o rodeio de esquilos — Jesmyn diz, com um meio sorriso.

— Você e o Eli conversavam muito sobre música?

— Noventa e nove por cento do tempo é muito?

— Conversar comigo deve ser bem praia no outono.

Ela balança a cabeça e contempla os prédios, que arranham o céu feito ossos brancos. Ela parece distante. Assombrada.

Examino o rosto dela.

— Desculpa se falei alguma coisa idiota.

— Não falou.

— O que foi, então?

Ela mantém o olhar fixo no horizonte. Respira fundo.

— Estou com medo. As aulas começam daqui a dois dias e não tenho mais certeza se estou preparada.

— Eu também não.

— Mesmo sem o Eli, ainda tenho um amigo a mais do que eu esperava ter. Mas estou apavorada de qualquer jeito.

— Tenho muito menos amigos do que esperava. Então eu entendo.

Jesmyn muda de posição, cruzando as pernas. Ela puxa as folhas da grama.

— E agora estou com medo de morrer antes de fazer tudo o que queria. Dezessete anos não é o bastante. Tem tantas peças que quero aprender a tocar. Quero gravar álbuns e me apresentar. Nunca fui obcecada com a morte.

— Eu também não. Agora, às vezes, olho pra minha prateleira e penso que um dia vou morrer sem ter lido vários daqueles livros. E um pode ser bom a ponto de mudar a minha vida e nunca vou ter como saber.

Jesmyn estende a mão e afasta suavemente uma joaninha da minha camiseta.

— Pode ir comigo no primeiro dia de aula? Tipo, entrar na escola comigo?

— Ia pedir o mesmo.

Jesmyn deita na grama com as mãos atrás da cabeça. Continuo sentado.

— Tenho uma ideia — ela murmura.

— Qual?

— A gente podia criar uma regra que só podemos passar uma pequena parte do nosso tempo falando sobre o passado.

— Acho que é uma boa ideia. — Fico feliz que foi ela quem sugeriu isso, porque não acho que eu tenha esse direito.

— Isso não quer dizer que a gente se importe menos com eles. Só que temos que continuar vivendo.

Na rua ao lado do parque, um carro passa com uma música no volume máximo saindo das janelas abertas.

Um grupo de sete ou oito jovens provavelmente já na faculdade passa, rindo baixo e conversando. Um pai e uma mãe atravessam a trilha, o pai carregando uma criancinha exausta sobre os ombros.

A noite chega lenta como um cobertor caindo. A cidade é uma constelação de luzes, cada uma representando uma mão que acendeu uma lâmpada. Uma mão ligada a uma mente contendo um universo de memórias e mitos; uma história natural de amores e feridas.

Há vida por toda parte. Pulsando, zunindo. Uma grande roda que gira. Uma luz se apaga aqui, outra a substitui ali. Sempre morrendo. Sempre vivendo. Sobrevivemos até não sobrevivermos mais.

Todos esses fins e começos são a única coisa realmente infinita.

ONZE

Mando uma mensagem para Jesmyn assim que chego em casa depois de deixá-la na casa dela. **Me diverti hoje.** Eu deveria esperar. Não quero parecer esquisito. Mas agora tenho total consciência de como é importante dizer às pessoas o que queremos que elas saibam enquanto ainda há tempo.

Depois de alguns segundos: Eu também.

Vamos sair de novo qualquer dia, respondo. **Foi bom conversar.**

Claro, ela responde.

Um calor líquido rosa-dourado — qualquer que seja a cor contrária à da solidão no espectro — me preenche por um breve momento.

Então me pergunto se Eli, onde quer que esteja, consegue me ver trocando mensagens com a namorada dele, falando de como nos divertimos sem ele. Tomara que não. Não quero que ele me entenda mal.

DOZE

Estou sentado em casa; é a manhã do dia que antecede a volta às aulas. Estou me preparando psicologicamente para nossa reunião com o meu advogado daqui a algumas horas e um estranho rompante de bravura me domina. Me sinto preparado para dizer à vovó Betsy: "Sim, eu topo, vou fazer o dia de despedida. Sou forte o bastante para aguentar".

Dirijo até a casa dela, paro o carro, vou andando pela entrada e chego até a porta. Então amarelo completamente. É como se a minha coragem estivesse me zoando.

Considero bater na porta mesmo assim e ver se ela precisa de ajuda com alguma coisa, sem comentar sobre o dia de despedida. Mas fico com medo que ela volte a tocar no assunto. Ela vai ver a covardia na minha cara e sentir o cheiro ruim da culpa em mim. Então saio discretamente, torcendo para que ela talvez esqueça que fez essa sugestão.

TREZE

A sala de espera do advogado tem painéis de carvalho e cheiro de cadeiras de couro, papel embolorado e fumaça de cigarro das roupas de quem esteve aqui antes. Pinturas de golfistas e cães de caça com aves variadas nas bocas decoram as paredes. Revistas genéricas de sala de espera (*Sports Illustrated, Time, Southern Living* etc.) repousam na mesa de canto, mas nenhum de nós lê. No geral, é um jeito bem merda de passar a última tarde antes das aulas voltarem, mas parece que o "jeito bem merda" tem sido meu campo de atuação ultimamente.

Estou sentado entre minha mãe e meu pai. Meu pai se remexe na cadeira, e não para de cruzar e descruzar as pernas. Minhas pernas estão pulando enquanto repouso os cotovelos nos joelhos e encaro o velho piso de madeira. Minha mãe acaricia minhas costas de leve. Seu toque me acalma um pouco. Ainda bem que Georgia está no trabalho. Ela estaria nervosa e me deixaria ainda mais nervoso. O único som na sala são os cliques das unhas pintadas com perfeição da recepcionista na tela de seu celular.

—*Advogados, cara* — *Mars diz, puxando a cadeira à minha frente.*
— *Pois é.*
— *Não, mas sério, cara. Eu sei do que estou falando.*

— *Seu pai.*

— *E meu irmão. Não esqueça que meu irmão também é um. Igualzinho ao meu pai. Cara, eles se juntam contra mim e bancam os advogados nos lances mais mundanos.*

— *Tipo?*

— *Ah, a gente está jogando um jogo de tabuleiro e meu pai fala pro meu irmão: "Marcus, você não pode fazer essa jogada", e meu irmão responde: "Sim, posso, porque, se examinar a estrutura das regras em geral, elas expressam a intenção implícita de que eu deveria poder fazer essa jogada", e meu pai retruca: "Blá-blá-blá, mas se você for além das regras tal como constam, blá-blá-blá, nem sei".*

— *Deixa eu adivinhar: não importa quem ganha a discussão, você sai perdendo.*

— *Exato.*

— *Então aqui estou eu, sentado num escritório de advocacia, esperando para o advogado me dizer como vai discutir com outro advogado e salvar minha pele. E, não importa quem ganha, vou sair perdendo. Em certo sentido.*

— *Correto.*

— *Um deles pode vencer, mas eu vou perder.*

— *É disso que estou falando.*

— *Ajudou muito, hein, cara.*

— *Faço o que posso.*

— *Que saco.*

— *Eu sei.* — Mars me dá um dos seus sorrisos de lado e ajeita os óculos.

— *A gente devia ter se juntado pra tentar evitar essa confusão.*

— *Já estou evitando.*

— *Verdade. Enfim, como você vai, cara? Está tudo certo onde você está agora?*

Mas ele já se foi.

★

Uma porta se abre no final de um pequeno corredor e um cara que parece um coiote antropomórfico, com olhos azuis cor de gelo e tatuagens no rosto, sai com jeito de valentão. Ele tem cara de bandido. Um homem alto e corpulento com o cabelo branco desgrenhado meio comprido, usando um terno risca de giz, aparece em seguida.

— Sr. Krantz? Carver Briggs está aqui — diz a recepcionista ao homem de cabelo branco.

O sr. Krantz dá a volta pela mesa da recepcionista, com a mão estendida. Nos levantamos enquanto ele aperta nossas mãos.

— Pessoal, sou Jim Krantz. Pode me chamar de Jimmy. Prazer. Por aqui. — Ele tem uma fala arrastada e doce.

Entramos numa pequena sala de reunião com uma mesa de mogno redonda, estantes lotadas de livros de direito verdes e marrons com letras douradas, mais cadeiras de couro, abajures verdes e mais quadros de caça e golfe.

— Sentem, sentem. — O sr. Krantz gesticula. Ele puxa uma cadeira, se senta com um grunhido, põe um par de óculos de leitura em cima do nariz, e pega uma caderneta amarela e uma caneta dourada que parece cara. — Certo, pessoal. Qual é o problema?

Fico ali, mudo. Meu pai limpa a garganta e conta ao sr. Krantz sobre o Acidente e o apelo do juiz Edwards para que a promotoria abra uma investigação. O sr. Krantz grunhe e toma notas. Depois se recosta na cadeira e vira para mim.

— Certo, filho. Me conte sobre o acidente. Qual foi seu papel nele, se é que houve algum? Lembro de ler no jornal logo depois que aconteceu, mas não lembro se falaram exatamente o que o causou. Alguma coisa sobre mensagens de texto?

Minhas pernas voltam a pular. Tenho um soluço ácido, limpo a garganta e respiro fundo.

— Eu estava no trabalho. Hum. Ia sair com meus amigos, Blake, Mars e Eli. Eles estavam vindo do shopping Opry Mills, onde tinham ido ver um filme no IMAX. Iam me buscar no meu trabalho, depois iríamos dar uma volta no parque. Aí mandei mensagem para o Mars: "Cadê vocês? Me respondam". Era só isso.

O sr. Krantz não tira os olhos das anotações.

— Quem estava dirigindo?

— Mars. Edwards.

— É o filho do Fred Edwards?

— Isso.

— O Mars te respondeu?

— Não, mas tinha uma mensagem de texto para mim pela metade no celular dele quando, hum, quando…

— Certo, entendi — o sr. Krantz diz suavemente, tirando os olhos da caderneta. — Agora, Carver, tudo o que conversarmos aqui é estritamente protegido pelo sigilo entre advogado e cliente, o que significa que ninguém pode obrigar você a revelar o que discutimos. Isso vale para os seus pais também, porque eles são partes indispensáveis na sua defesa. E esse direito existe para que possamos ser completamente abertos e honestos um com o outro, para eu poder defender você melhor se for preciso, tá bom?

Faço que sim.

— Por isso preciso perguntar: quando você mandou essa mensagem para Mars, você sabia que era provável que ele respondesse?

Me sinto como quando sei que estou prestes a escorregar no gelo. Tento piscar para conter as lágrimas nos meus olhos, mas algumas escorrem mesmo assim.

— Sim.

— Estava ciente de que Mars estava dirigindo no momento?

— Quase certeza — sussurro. Dói dizer isso na frente dos meus pais. Sei que os estou decepcionando.

— Por que mandar mensagem para o Mars, e não para um dos outros amigos no carro?

— Hum. — Estou desmoronando.

— Se precisar de um minuto.

— Hum. Porque Mars sempre respondia as mensagens mais rápido. Mesmo quando estava dirigindo. Eu estava sendo impaciente. Não estava pensando direito. — Uma lágrima cai no carpete verde da sala e se espalha devagar. Minha mãe acaricia minha nuca.

— Certo — o sr. Krantz diz baixo e se recosta na cadeira. Apoia a caneta na mesa, tira os óculos e fica mordendo uma das hastes por um momento, pensativo, permitindo que eu me recomponha. Ou pelo menos tente.

— É óbvio que ele não pretendia machucar ninguém — minha mãe diz. — Isso é ridículo.

— Bom — o sr. Krantz diz, ainda mordendo a haste dos óculos. — Sim e não. — Ele levanta, caminha até uma estante e pega um livro verde. Põe os óculos e o folheia rapidamente. Senta. — Pessoal, não vou amenizar o problema. Pela lei do Tennessee, existe uma infração chamada homicídio criminalmente negligente. Antigamente era chamada de homicídio culposo involuntário. O homicídio criminalmente negligente acontece quando alguém assume "um risco substancial e injustificável" e "não tem a percepção de que isso constitui um desvio grosseiro do padrão de cuidado que uma pessoa comum exerceria sob todas as circunstâncias segundo o ponto de vista da pessoa".

Não entendo completamente o que ele está dizendo, mas sei o que "risco injustificável" e "desvio grosseiro" significam. Um espasmo roxo contorce meu estômago.

— Pode traduzir? — pede meu pai, esfregando a testa. — Sou professor universitário de inglês e fiquei perdido.

O sr. Krantz volta a tirar os óculos.

— Significa que, se você tem uma boa ideia de que está fazendo algo que pode levar alguém à morte e faz mesmo assim, está numa enrascada, ainda que do fundo do coração nunca tenha pretendido matar ninguém. É a mais nova moda na promotoria. Lá em Massachusetts, tentaram acusar de homicídio culposo uma menina que incentivou por mensagem uma amiga a cometer suicídio. Mesma ideia aqui.

Minhas entranhas começam a escorrer pela minha perna. Um silêncio quase agressivo paira na sala como uma pluma de gás letal.

— Portanto, não é ridículo. E o melhor jeito do estado provar isso vai ser forçar Carver a dizer exatamente o que ele me contou. Mas ele nunca precisa fazer isso, porque a Quinta Emenda o protege contra a autoacusação. — O sr. Krantz me examina com um brilho esperançoso no olhar. — Você não contou para ninguém o que me disse, certo?

Faço que não.

— Não exatamente.

O sr. Krantz arqueia uma sobrancelha.

— Depois do velório do Blake, um jornalista tentou falar comigo. Disse que o juiz Edwards o encaminhou para mim.

— E você contou para ele...

— Que não sabia direito o que aconteceu. Que estava trocando mensagens com Mars na tarde do acidente.

O sr. Krantz mastiga a ponta dos óculos e ri com tristeza.

— Edwards. Que filho da puta ardiloso! Ele sabia que poderia fazer você se incriminar involuntariamente e, como um jornalista não é da polícia, isso viraria evidência no tribunal. Mais alguém?

— Não.

—Você tem namorada?

— Hum... não. Quero dizer. Não. Tenho uma amiga. Mas é só amiga.

— Não conte nada para ela.

— Certo.

— Quais são as chances da promotoria não abrir nenhum processo? — meu pai pergunta.

O sr. Krantz bufa, enchendo as bochechas.

— Aquele juiz Edwards pode ser um cara assustador.

— Já percebemos — minha mãe diz.

—Tem algumas questões delicadas do ponto de vista político. A promotora, Karen Walker, vai se candidatar à reeleição ano que vem. Ela precisa do voto da população negra do condado de Davidson para vencer. Edwards tem uma enorme influência nesse bloco eleitoral. Além disso, o pessoal da Walker se defronta com Edwards dia sim, dia não. Então, em termos políticos, são duas questões pelo preço de uma. Ela cai nas graças de Edwards e, com isso, ganha o voto da população negra e pode destacar os perigos das mensagens entre adolescentes. Talvez até alcançar atenção nacional. Prepará-la para uma candidatura a senadora ou a governadora algum dia. Ela vai ganhar com isso no minuto em que fizer a acusação, mesmo se tentar acusar Carver e perder o caso. E tem um velho ditado sobre um bom promotor conseguir incriminar até um sanduíche de presunto.

— Quanta besteira — meu pai diz com a voz baixa e trêmula. Nunca o ouvi usar esse tom antes. Fico com medo só de ouvir o medo na voz dele.

— Pois é — diz o sr. Krantz.

— O que devemos fazer agora? — minha mãe pergunta.

O sr. Krantz se inclina para a frente com os cotovelos sobre a mesa, as mãos entrelaçadas diante dele.

— Vamos esperar. Ver o que a promotora faz. Enquanto isso, Carver, não converse com *ninguém* sobre o assunto sem a minha presença, entendido? Se um policial perguntar sua cor favorita, não quero que responda até eu estar do seu lado.

— Tá bom.

— E, por enquanto, Carver vive com essa ameaça — meu pai diz.

— Por aí — o sr. Krantz diz. — É uma bela de uma merda, sem dúvida.

— Tem alguma notícia boa? — minha mãe pergunta.

O sr. Krantz se recosta e entrelaça as mãos atrás da cabeça, lambendo um dente.

— Carver não estava naquele carro.

Terminamos a reunião e saímos. Meu pai caminha à minha direita e minha mãe, à esquerda. Estou com a cabeça baixa.

— Desculpa, mãe, pai.

Meu pai me envolve com o braço.

— Não tem por que pedir desculpa. Você não teve a intenção de machucar ninguém.

— Acidentes acontecem — minha mãe diz. — Mesmo os mais horríveis.

— Isso deve estar custando uma fortuna — digo.

— Não se preocupa — diz meu pai.

— Quanto vai custar?

— Não importa — minha mãe diz.

— Pra mim importa.

— Você já tem coisas demais com que se preocupar — meu pai diz, tirando o braço do meu ombro e afagando a parte de trás da minha cabeça.

Era só curiosidade, mas agora *preciso* saber.

— Fui eu que meti a gente nesta confusão. Acho que tenho o direito de saber.

Meu pai desvia o olhar.

— Olha, se concentre na escola, em tirar boas notas, conseguir uma bolsa para a faculdade. É assim que você pode ajudar.

Paro de andar. Meus pais dão alguns passos antes de se virar para mim.

— Quanto? — pergunto baixo. Com o rosto, tento dizer que não vou desistir até ter uma resposta.

Meu pai lança um olhar para a minha mãe. Ela dá um aceno ambivalente de "se é o jeito". Ele esfrega a mão no rosto.

— Quando tudo estiver terminado, cem, cento e cinquenta é o que me falaram.

Algo brilhante e quente detona na minha cabeça.

— *Mil?!*

— Se for para julgamento, perdermos e precisarmos recorrer — minha mãe diz.

Fecho os olhos, atordoado.

— Mesmo assim.

—Vamos hipotecar a casa se for preciso — meu pai diz.

— *A gente pode perder a casa?!*

—Vamos dar um passo de cada vez aqui — meu pai diz.

— Não pense dessa forma — diz minha mãe. — Precisamos pensar positivo.

Que tal assim: estou positivamente fodido.

Viro na cama e mando uma mensagem para Jesmyn. **Bom, foi um saco pior do que o de um rinoceronte cinza fedido.**

Depois de alguns minutos, ela me manda uma carinha chateada seguida por **Sinto muito. Quer conversar?**

Basicamente, querem me acusar de homicídio negligente.

Sério????? Que merda.

Pois é. Ah, e isso vai custar um zilhão de dólares, então minha família vai acabar sem teto também.

Se eu tivesse aí, te daria um grande abraço.

Aceitaria esse abraço com prazer.

Amanhã de manhã. Quando for te buscar.

Fechado.

CATORZE

São 7h17 do primeiro dia de aula da Academia de Artes de Nashville. Jesmyn vai chegar em três minutos. Estou acordado desde as 3h57. Se existe um inferno, imagino que a existência lá seja como um estado perpétuo de ter acordado duas horas e meia antes de precisar ir a algum lugar. Isso sem falar da ansiedade de talvez ir para a cadeia e a ideia de que hoje serão expostas as terminações nervosas da minha perda. Hoje vou lembrar mais da Trupe do Molho do que em qualquer outro momento desde os velórios. E não sei como vou reagir.

Esses são os contras. Do lado dos prós, Jesmyn vai chegar aqui em três — não, dois — minutos. E estou ansioso para encontrá-la mesmo que (ou porque) ela seja parte do motivo pelo qual não consegui dormir.

Fico sentado no quarto, terminando de comer uma bolacha. Tiro algumas migalhas da cama. Georgia aparece na porta.

— Primeiro dia de aulaaaaa — ela diz. —Você está gato.

A camisa que costumo usar para fora está dentro da calça cáqui. Estou usando um blazer. Meu cabelo está bem penteado. O mais bem penteado possível, pelo menos.

— Preciso chegar chegando no primeiro dia — digo com um sorriso forçado.

— Ah, está funcionando. Sua aula não começa às oito? Melhor sair.

— A Jesmyn vem me buscar.

— Fico feliz por estar saindo com ela, mesmo que eu não a conheça.

— Eu também. Você curtiria ela.

— O cenário é um saco, mas…

— Pois é.

— Como você está hoje?

— Acordado desde as quatro da manhã.

Georgia se recosta no batente.

— Puta merda, Carver.

— Não conseguia parar de pensar.

— Você é o único garoto de dezessete anos na Terra com esse problema.

Dou de ombros.

— Bom.

— Não podia nem bater uma pra voltar a dormir? Não é isso que os caras fazem?

— E se eu disser que tentei duas vezes e não deu certo?

— *Ecaaaaa!* Você é nojento.

— *Você que comentou.* Bem feito.

Lá fora, a picape branca e velha de Jesmyn para no meio-fio. Eu vejo ela se curvar, como se arrumasse as coisas.

Pulo da cama e pego a mochila. Georgia se afasta da porta para me deixar passar.

— Vem cá — digo. — Vem dar um abraço forte no seu irmãozinho.

Ela se encolhe e ergue a perna como se fosse me chutar.

— Não, seu pervertido. Mantenha essas mãos sujas longe de mim.

Levo o dedo aos lábios pedindo silêncio, embora minha mãe esteja no quarto dela.

— Eu estava zoando.

Georgia me abraça desconfiada, fazendo careta.

— Não estava — murmuro no meio do abraço.

Ela me empurra.

— Não seja um porco assim perto da Jesmyn.

Contorço o rosto até formar um sorriso alegre e digo com uma voz robótica:

— Nós das Indústrias Carver valorizamos sua opinião! Seus comentários são importantes para nós! Infelizmente, não estamos aceitando críticas pessoais no momento.

— O legal dessa piada é que nunca cansa.

— O legal da sua cara é que nunca cansa.

— Certo, bom, foi divertido. Tenha um ótimo primeiro dia de aula, seu babaca.

—Vou tentar. Tchau, mãe! — Grito na direção do quarto dos meus pais.

Meu pai já saiu para o trabalho na Universidade Belmont. Hoje foi o primeiro dia de aula dele também. Minha mãe sai do quarto, onde estava se arrumando para o trabalho, e me encontra na porta da frente quando estou saindo. Ela me dá um abraço e um beijo na bochecha. Está perfumada com o tipo de loção sem frescuras com cheiro de substâncias químicas agradáveis que combinam bem.

— Tenha um bom dia, querido. — Há um tom de melancolia em sua voz. Não ficaria surpreso se ela estivesse pensando nas duas mães e na avó que não estão se despedindo dos seus meninos antes do primeiro dia letivo.

Tiro o blazer no caminho, lembrando que o ar-condicionado da Jesmyn não funciona. Abro a porta do carro e entro. Está muito mais limpo do que da última vez em que estive dentro dele. Parece que ela passou aspirador. Sinto cheiro de baunilha. Jesmyn está usando uma calça jeans preta apertada e botas pretas até o joelho com uma camisa country jeans. Algo em como ela combinou essas roupas de maneira imaculada faz meu nervosismo em fogo brando ferver de repente. *Ah, certo. As aulas começam hoje mesmo.* Não que eu tenha esquecido, mas...

— Srta. Pontualidade — ela diz. — Mandei bem. E agora, aquele abraço que estou te devendo. — Ela se inclina para a frente e nos abraçamos por vários segundos. Ao mesmo tempo que isso diminui meu nervosismo, o aumenta em outro sentido.

— Você está bonita. — Me recosto e coloco o cinto de segurança. Ela sai dirigindo.

— Valeu. Estou surpresa que essas calças caibam agora. Minha mãe fez o meu café da manhã favorito e me empanturrei.

— Era o quê?

— Biscoitos e molho de carne, aveia, presunto curado. Suco de laranja fresco.

— Que engraçado esse ser seu café da manhã favorito.

— Por quê?

Ai, merda. Devia ter pensado antes de falar.

— Porque...

— Porque sou descendente de asiáticos e por isso é engraçado eu gostar de comida do sul dos Estados Unidos? Eu sou de Jackson, Tennessee, cara. Seu racista.

Maldita boca.

— Não, desculpa, não quis dizer nesse sentido. Quero dizer, talvez um pouquinho, mas juro que não estava tentando ser babaca.

Ela ri.

— Estou te zoando. Mas foi racista, sim.

— Não queria mesmo ofender.

— Não se preocupa.

— Falo coisas idiotas quando estou nervoso.

— Pelo menos não é o seu primeiro dia numa escola nova numa cidade nova. — Ela para e dá um sorriso irônico. — Cheia de racistas.

— Tá, eu mereço. — Abro a janela e apoio o cotovelo no parapeito. — É *justamente* por não ser uma escola nova que estou nervoso. Todo mundo sabe o que aconteceu. É bem provável que todo mundo fique me encarando e sussurrando. — Enquanto falo isso, as borbulhas dentro de mim começam a ferver mais rápido.

— Eli dizia que a maioria das pessoas de lá era bem legal.

— Elas são. Quase sempre. — *Sempre que Adair não as manipula, pelo menos.* Viro uma saída de ar morno para o meu rosto. — Já notou que toda vez que saímos, estamos suando pra cacete?

— A gente sempre saiu no meio do verão.

— É verdade.

— Você tinha a Trupe do Molho. Agora tem a Trupe do Suor.

Deixo as palavras derreterem na minha boca. É uma brincadeira, mas gostei desse sabor.

— Trupe do Suor. É isso aí.

— A gente vai ter alguma aula junto? — ela pergunta. — Vamos ver.

Pego meu horário.

— Tenho literatura inglesa avançada, escrita criativa, grupo de crítica de escrita, almoço, história avançada, monitoria e biologia avançada. E você?

Ela começa a tirar o horário da bolsa. Por instinto, coloco minha mão na dela.

— Não enquanto dirige.

— Não se preocupa — ela diz com calma. — Ia dar pra você ler.

Ela me dá o horário e leio: teoria musical e leitura à primeira vista, piano, almoço, coro musical, cálculo, ioga.

— É, poucas semelhanças aqui. — Não é nenhuma surpresa. Quase nunca tinha aulas com Eli, Blake ou Mars. Eli era sempre cheio de aulas de música e Mars, de desenho ou pintura. Às vezes, eu e Blake tínhamos aulas de escrita juntos, mas aí ele tinha umas aulas de audiovisual que eu não fazia.

Guardo o horário na mochila dela.

— Quer almoçar comigo?

— Não, prefiro viver aquele momento em que vou atravessando o refeitório com a minha bandeja e ninguém me deixa sentar com eles.

— Que engraçadinha, você.

Ela aumenta o volume do rádio.

— Essa é uma das minhas músicas favoritas.

— Qual é?

— "Avalanche", do Leonard Cohen.

— Nunca ouvi Leonard Cohen.

A expressão dela é de descrença desprezível.

— *Como assiiiiiim?* Cara. A gente *precisa* consertar isso. Você é um escritor. Ele é, tipo, o *melhor* escritor.

— Sou um pouco tapado com música. Escuto tudo o que as pessoas… o Eli, a Georgia ou qualquer um me apresenta.

— Tá. Então você vai começar a ouvir as músicas que eu apresento.

— Fechado. O engraçado é que meu pai era compositor. Por isso que ele veio para os Estados Unidos e se mudou para Nashville. Ele até que teve um sucesso razoável nos anos noventa.

— Sério?

— Juro.

— Fala sério.

— Chamava "When My Heart's Torn Up". Bowie Lee Daniels coescreveu e gravou.

Ela bate no volante com as duas mãos. Noto que suas unhas estão pintadas nas cores da AAN: azul, exceto as dos anelares, que estão pintadas de amarelo.

— *Já ouvi essa música um milhão de vezes.* Eu tive que dançar essa música em grupo na aula de educação física do fundamental.

— Foi mal.

— Não, tudo bem. Você falou que ele *era* compositor?

— Ele dá aula de inglês na Belmont agora.

— Quero conhecer seu pai.

— Um dia.

Entramos no estacionamento da AAN e meu coração começa a bater mais forte. Eu tinha me distraído durante a conversa. Jesmyn encontra uma vaga, estaciona e desliga a picape.

Ela fica parada por um segundo.

— Ei. Já que estamos falando de música. Já ouviu falar de Dearly? — ela pergunta, um pouco hesitante.

— Sim. Nunca ouvi muito. Georgia é superfã.

— Temos muito trabalho pela frente — ela murmura, balançando a cabeça. — Enfim. Tenho dois ingressos para o show dele no Ryman em outubro. — Ela hesita por um momento. — Eu ia com o Eli. Quer ir?

Por dentro, estou gritando: "Sim, sim, claro". Enquanto isso, minha mente diz: *Aham. Agora você está realmente pegando algo que pertencia a Eli. É só um ingresso de show e ele não está mais aqui para usar, mesmo assim, você está pegando algo que era do Eli e usando para se divertir com a namorada dele enquanto as cinzas dele repousam numa urna.*

— Sim — digo, enquanto uma pontada angustiante de remorso aperta meu estômago. Engulo em seco. — Eu adoraria.

Estamos em pé no estacionamento diante das portas da frente da AAN, juntando forças para entrar no moderno prédio cúbico de vidro e aço com detalhes de madeira de demolição. Ainda devemos ter uns dez minutos antes de começar o primeiro dia do penúltimo ano.

—Vamos lá — Blake diz. — Precisamos fazer uma grande entrada. As pessoas estão esperando isso.

— De *você* — digo.

— Não vou entrar no primeiro dia de aula e peidar ou algo do tipo — Mars complementa.

— É, não quero parecer um potencial idiota na frente da Olivia — Eli diz.

— Até parece que você tem chance — digo.

Eli me pega num mata-leão e começa a me dar uns cascudos na cabeça.

— Para, cara, você está bagunçando meu cabelo. Babaca. — Me solto e me afasto.

Blake se coloca entre nós, com os braços estendidos.

— Tá bom, quando pararem com a lutinha quero repassar o plano.

Arrumo o cabelo.

— Todo ouvidos.

— Então, quando a gente entrar... vamos todos entrar em câmera lenta...

— Cara, que idiota — Mars diz.

Blake ergue a mão num gesto de súplica.

— Não, escuta. Depois entro com o meu plano. Mas vocês não podem rir nem nada. Precisam continuar andando. Beleza?

Resmungamos e reviramos os olhos.

— Tá, beleza — dizemos todos, como se fosse uma imposição dificílima, como se não estivéssemos loucos para ver o que Blake preparou. Eu com certeza estou.

Esperamos abrir um espaço entre as pessoas para entrar e começamos. Blake vai na frente enquanto estamos espalhados atrás dele. É difícil andar em câmera lenta, mas andamos. Passamos pelas portas de vidro. As pessoas conversando perto da entrada param para assistir. Na AAN, todos param para assistir quando Blake Lloyd tem uma carta na manga.

Um pouco à frente, vejo a calça de Blake começar a cair. Até revelar sua bunda. Então, chega aos joelhos. Ele está tendo dificuldade para andar. Estamos tentando ficar sérios e continuar nossa caminhada em câmera lenta. Mars cobre o rosto com a mão em câmera lenta. Então, a calça de Blake chega ao redor dos tornozelos. Ele está de cueca branca.

Ele para de andar em câmera lenta e dá um salto de alguns passos para a frente, depois tropeça, agitando os braços, escorrega e cai de cara. Enquanto cai, joga a mochila à frente dele. Está aberta. Umas vinte edições de revistas sobre gatos deslizam pelo chão, espalhando-se.

Saímos completamente do personagem e, assim como todo mundo, estamos vendo Blake escorregar no chão feito um caranguejo no gelo, grunhindo e ofegando, tentando levantar. Estamos uivando de rir. Ele quase consegue levantar mas apoia a mão numa revista, derrapa e cai no chão de novo. Ele fica de quatro, com o rosto vermelho, juntando as revistas, a cueca branca à mostra.

Finalmente, ele levanta, a calça ainda nos tornozelos. Vira para a multidão aos risos, que inclui Adair e os amigos dela.

— Ei, pessoal. Primeiro dia, hein? — Há uma pausa pensada enquanto as pessoas contêm os risos para prestar atenção no que Blake vai dizer/ fazer em seguida. E, claro: *prrrrrrrrrrrrruuum*. Ele solta um pum, agudo e gaguejante, com uma intensidade encorpada no final. A multidão vai à loucura. Completamente ovacionado.

Foi a coreografia mais sublime que já vi na vida. Não sei dizer quanto foi planejado e quanto foi improvisado. Blake tem um talento especial para fazer coisas planejadas parecem espontâneas e coisas espontâneas parecerem planejadas.

Ainda aos risos, a multidão se dispersa ao toque do sinal e corre para a aula. Estamos parabenizando Blake.

— Preciso admitir, cara, essa foi boa — Mars diz, secando as lágrimas. —Você se superou.

— Joinha para você — Eli diz. —Vi a Adair filmando.

— Me lembra de falar com ela. Quero o vídeo — Blake diz.

Enquanto seguimos para a primeira aula, noto Blake andando esquisito.

— Ei, você se machucou?

— Não, não. — Uma pausa. Ele está fazendo um esforço visível para parecer despreocupado. — Imagino que nenhum de vocês tenha uma cueca limpa extra, né?

— Este prédio é tão chique — Jesmyn diz. — Parece pertencer a Los Angeles ou a algum lugar do tipo. Minha última escola parecia pertencer a… Jackson, Tennessee.

— Uhum — digo.

—Você não ouviu nada do que eu estava falando — ela diz.

— Ouvi sim.

— Mentiroso.

Respiro fundo. O pavor começou a penetrar meu corpo — uma tinta anil injetada no meu cérebro, dispersando-se pela minha corrente sanguínea.

— Estava pensando em outra coisa.

— Neles?

Assinto.

A mão dela é leve e quente sobre o meu ombro, sobre a alça

da mochila. Tenho uma vaga noção das pessoas ao nosso redor entrando no prédio enquanto ficamos parados feito galhos enfiados nas margens de um córrego. Seguro meu blazer enrolado na mão. O que achava que me fazia parecer descolado como um escritor, percebo agora, me faz parecer fúnebre.

—Você não está sozinho, pelo menos — ela diz. — Eu também não. Já é alguma coisa.

— É melhor entrar. Vai começar daqui a pouco.

— Bom. Vamos? — Jesmyn pergunta.

—Vamos, acho — digo, como se ela tivesse sugerido caminhar sobre o gelo fino de um lago congelado.

O cheiro sutil (pais de escolas de arte podem ser um pé no saco) de substâncias químicas de limpeza ataca meu nariz. Sálvia verde e cedro suave, em vez da cereja-de-xarope-de-tosse e pinho--de-laboratório-néon. É um cheiro que eu adorava porque representava a possibilidade e a promessa de um novo ano. Eu adorava os primeiros dias de aula. Quando a Trupe do Molho existia. O aroma traz de volta minha memória do primeiro dia do ano passado. E isso deixa minha sensação dolorosa de pavor ainda mais intensa.

O átrio é uma colmeia em atividade. Há um cochicho perceptível no momento em que entro com Jesmyn. Como se alguém tivesse abaixado um oitavo do volume de som. As pessoas tentam continuar suas conversas, mas vejo a mudança abrupta nos assuntos enquanto me lançam olhares. Em seus rostos: *Ali está o Carver. O que fazemos? Conversamos com ele? Pega mal nos aproximarmos dele?*

Então avisto Adair, cercada por três de suas amigas. Ela me encara com pingentes de gelo afiado no olhar. Murmura algo para uma de suas amigas. Imagino: *Olha, lá vem o Carver no primeiro dia de aula com a namorada do melhor amigo — meu irmão — morto. Será que esperou o corpo do meu irmão esfriar antes de dar em cima dela?*

Tenho uma sensação de que estou em câmera lenta de novo,

mas, dessa vez, não é intencional. Não é engraçado. Blake não está um pouco à minha frente, perdendo a calça.

Sinto Jesmyn ao meu lado. Tenho a vaga impressão de que ela falou alguma coisa, mas meus ouvidos só captam trechos sussurrados da multidão. *Ele está ali… Parece bem… Não sabia… A namorada do Eli… Não sei o nome dela.* Então ouço Adair claramente através dos murmúrios e sussurros.

— Ótimo dia para se estar vivo, hein? — ela diz para uma de suas amigas.

De repente não consigo imaginar nenhum momento de felicidade aqui em todo o ano. Uma jiboia invisível se enrola em volta do meu peito, apertando, esmagando. Meu coração se retorce contra a pressão. Minha garganta se fecha. Uma camada de suor se forma na minha testa feito uma camada de gelo numa ponte. Minha boca está seca.

E então, como se empurrada por uma mão invisível, minha cabeça se vira involuntariamente para a direita. Lá, numa vitrine usada em geral para exibir prêmios, pinturas, fotografias e outras criações dos alunos, estão fotografias de Blake, Eli e Mars contra um fundo preto. As palavras prateadas "In Memoriam" flutuam fantasmagóricas sobre elas. *Olha, veja a criação de Carver. Sua obra-prima. Engraçado que a obra dele que mais impactou a vida das pessoas foi uma mensagem de texto letal que dizia*: Cadê vocês? Me respondam.

— Carver? — Jesmyn diz, com uma voz que soa distante, ecoando por um corredor cavernoso de mármore. Ela toca meu braço esquerdo de leve. Mas não presto atenção porque os pensamentos seguintes exigem minha atenção total. *Preciso de ar. Minha foto deveria estar ali também. Preciso de ar. Nunca mais vou ser feliz de novo. Preciso de ar. Vou para a prisão. Preciso de ar. Adair me odeia. Preciso de ar. Todo mundo acha que estou dando em cima da namorada do Eli. Preciso de ar. Todo mundo me odeia. Preciso de ar.*

Minha cabeça balança como se eu estivesse a bordo de um navio. Então, aquela sensação de cair pelo gelo. Aquela sensação de assistir a algo pesado e frágil escorregar de uma prateleira. Pontos negros aparecem no meu campo de visão. Preciso de ar. Preciso de ar. *Não aqui. Não agora. Não isso. Não na frente da Jesmyn. Não na frente de todo mundo. Não na frente de qualquer pessoa.* Mas é tarde demais para segurar. Cresce como um orgasmo terrível; depois que se aproxima, não há como voltar atrás.

Meu blazer escapa da minha mão. Minha mochila escorrega e cai no chão. Meu notebook está dentro dela e eu estaria mais preocupado se não fosse pelo detalhe que *não consigo respirar estou sendo enterrado vivo preciso respirar estou morrendo.*

Jesmyn me encara agora, com as duas mãos nos meus braços. Ela está me bloqueando da visão do mundaréu de gente.

— Carver — ela sussurra. — Carver, você está bem? Está tendo um ataque de pânico? — Vejo a multidão se reunindo em volta dela.

Confirmo com um aceno, breve e rápido, para não aumentar minha vertigem. Minhas pernas estão dormentes embaixo de mim. Meu coração troveja. A náusea sobe pelas minhas tripas.

— Lá fora — digo, ofegante.

— Tá. — Jesmyn me envolve com o braço e começa a me ajudar a sair. Assim que consigo tirar o pé do lugar, dou uma guinada para o lado e cambaleio por alguns passos, tropeçando nos dedos do pé. Escapo do aperto leve de Jesmyn e tombo na parede. Minha cabeça colide com um baque exatamente abaixo das fotos da Trupe do Molho. Um "Oh!" coletivo percorre a multidão. Imagino que estaria constrangido se minha necessidade de oxigênio não estivesse reinando suprema sobre minha necessidade de dignidade. *Blake estaria orgulhoso se me visse agora.* Algumas pessoas dão passos hesitantes à frente, apreensivas.

116

— Chamem a enfermeira Angie — alguém diz.

Que presentão isso deve ser para a Adair.

Jesmyn se ajoelha ao meu lado.

— Estou aqui. Estou aqui do seu lado — ela sussurra, com os lábios no meu ouvido, o aroma de flor e fruta de seu cabelo encostado no meu rosto.

Ela me ajuda a ficar em pé, cambaleante, pega minha mochila e meu blazer, e saímos pela porta. Mantenho o olhar baixo e tento ignorar o murmúrio de desaprovação por eu não ter esperado pela enfermeira Angie. A mão de Jesmyn aperta meu braço. Seus dedos são fortes, sem dúvida o resultado de exercitá-los durante horas por dia.

Paro por um segundo enquanto meu estômago se agita.

—Você está bem? — Jesmyn pergunta.

Respiro fundo algumas vezes e faço que sim. Os atrasados passam correndo, me lançando olhares preocupados. Jesmyn os afasta com o olhar.

Eu já estava suando no frescor do ar-condicionado da AAN. Do lado de fora, está uma sauna. Minha testa pinga. Minha camisa gruda nas costas como uma folha numa janela molhada pela chuva. Chegamos à picape de Jesmyn depois do que parecem quilômetros.

Ela abaixa a porta da traseira com um tilintar enferrujado.

— Aqui, senta.

Assinto rapidamente, enchendo o chão de gotas de suor. Sento com a cabeça baixa, como se rezasse. *Obrigado, Senhor, por essa dádiva que recebi: ter uma merda de um ataque de pânico na frente de todo mundo no primeiro dia de aula, incluindo a irmã gêmea do melhor amigo que matei, a irmã que me odeia agora, e da minha nova (e única) amiga, Jesmyn, que por acaso era namorada desse amigo. Faça de hoje minha humilhação de cada dia. Amém.*

Jesmyn vasculha na cabine. Volta com um cobertor cinza gasto com cheiro de feno. Estende-o na traseira da picape para formar uma cama improvisada. Enrola meu blazer como um travesseiro improvisado.

— Deita. — Ela dá um tapinha na coberta.

Semicerro os olhos contra a luz forte enquanto deito.

— Desculpa encher sua coberta de suor — digo com a voz rouca.

— Gosto tanto de você que não ligo de deixar nojenta minha coberta de olhar as estrelas — ela diz. — Dobra as pernas. Isso.

Ela fecha a porta da traseira. Agora estou escondido da vista de todos.

Sua cabeça surge do lado da picape, no meu campo de visão, o rosto escuro contra o céu cintilante. Ela toca minha bochecha com a mão suave e fria.

— O que eu fa…

— Pode ir. Vou ficar bem. Vou ligar para Georgia ou pensar em alguma coisa.

— É o primeiro dia de aula e estou atrasada.

— Tudo bem.

— Você tem meu número. Manda uma mensagem se precisar de mim. Vou ser discreta e ficar de olho no celular.

— Pode tentar fazer a enfermeira Angie não vir aqui? Diz que já fui pra casa.

— Pode deixar.

— Obrigado.

— Sem problema. Certo, tenho que ir.

— Devo parecer completamente maluco.

— De jeito nenhum. Depois a gente conversa. — Ela toca minha bochecha de novo e vai embora. Escuto o pocotó de suas botas correndo em direção à escola.

Faço menção de pegar o celular para ligar para Georgia, mas

acho melhor ficar alguns minutos deitado e me recompor. Não que eu planeje aguentar um dia inteiro de aulas. Estou esgotado demais. Estou... *Ah, cara, que vergonha!* A ficha está começando a cair agora. Minhas bochechas queimam. É como usar sapatos para neve para distribuir o peso corporal e não afundar. Perder a dignidade é melhor com várias pessoas para impedir você de afundar. Agora estou sozinho.

Minha cabeça lateja. Esfrego o galo sensível e inchado que está crescendo. Meus olhos se enchem de lágrimas. Uma escorre quente pela minha bochecha e cai com um barulho baixo na coberta de olhar as estrelas da Jesmyn. Ou melhor: a coberta de olhar as estrelas (entre outras coisas) da Jesmyn e do *Eli. Acho que, com essa, são duas coisas que tirei de você hoje, Eli. Seu ingresso para o Dearly e seu lugar na coberta de olhar as estrelas. Mas, se serve de consolo, onde quer que você esteja, paguei um preço alto com a minha dignidade pelas duas coisas. E tenho certeza que a Adair vai me fazer pagar ainda mais, isso se o juiz Edwards não me pegar primeiro.*

Ergo os olhos para o azul luminoso, emoldurado pelas paredes de metal da traseira da picape de Jesmyn. Aqui jazemos todos agora, todos os quatro membros da Trupe do Molho, em caixões. Sou o único que não está na completa escuridão. Estou contando o Eli, por mais que ele tenha sido cremado. Ele está numa urna. O que é uma espécie de caixão. É escuro lá dentro, pelo menos.

Queria saber se houve algum momento enquanto eles morriam em que conseguiram olhar para o céu, como estou fazendo agora, através da capota arrancada do carro de Mars. Me "tranquilizaram" garantindo que eles haviam morrido no mesmo instante. Como se isso fosse me acalmar.

Queria que chovesse. Torrencialmente. Com tanta força que me lavaria da preocupação e do tormento; com tanta força que tiraria de mim a mancha da morte e a levaria para os rios e para o mar.

QUINZE

Blake espia pela lateral da traseira da picape.

— *E aí, seu merda* — *ele fala baixo.*

— *Oi* — *digo. Os rostos sorridentes de Eli e Mars aparecem ao lado do de Blake.*

— *Nada mal* — *Mars diz.* — *Não foi no nível do Blake. Mas nada mal.*

— *Sou a única coisa no nível do Blake* — *Blake diz.* — *Mas, é, foi razoável.*

— *Valeu* — *agradeço.* — *Talvez, se tivesse sido intencional, teria sido ainda mais engraçado.*

— *A batida da cabeça no final foi o ápice. Foi aquilo que transformou o engraçado em comédia* — *Blake diz.* — *Esse é o segredo da comédia: você sempre tem que levar para o próximo nível.*

— *Mas, da próxima vez* — *Eli diz* —, *tenta não se machucar de verdade. É mais engraçado quando as pessoas não se preocupam com a sua segurança física. Ninguém quer essa culpa.*

— *Obrigado, cara. Bom conselho* — *digo.* — *A culpa é um saco mesmo.*

Continuo a massagear o galo crescente acima do meu olho direito. Sinto o princípio de uma dor de cabeça se irradiar. Dá pra ver que minha sobrancelha vai inchar a ponto de eu conseguir ver um pedacinho dela no meu campo de visão, o que vai me enlouquecer.

A verdade é que não tem nenhum ponto positivo em cair na frente de todos os seus colegas nos primeiros dois minutos do primeiro dia de aula e bater a cabeça na parede. E então minha mente para enquanto observo uma nuvem cor de marfim flutuando devagar pelo céu. É um cachorro. Depois um sapo. O chão irregular da traseira da picape está começando a machucar minha espinha. Viro para o lado, tiro o celular do bolso e o seguro por um instante. Escuto um barulho de motor em algum lugar ao longe; depois, uma porta se fecha e ouço passos rápidos. Então cai o silêncio, exceto pelo zumbido distante de pneus de carro e o pulsar vibrante de insetos nas árvores; toda a vida invisível que me cerca.

Ligo para Georgia.

— Carver? Não era pra você estar na aula?

— Não fica brava — digo enquanto minha voz começa a tremer.

— Não vou ficar, mas diz o que está acontecendo.

— Tive outro ataque de pânico. — Consigo ouviu Georgia resistindo ao impulso de dizer "Eu avisei".

— Merda. Você está bem?

— Hum.

— E claro que ligou pra mim em vez da mamãe.

— É.

— Onde você está? Na enfermaria ou coisa assim?

— No estacionamento.

— Certo.

— Procure uma picape Nissan branca. Estou deitado na traseira.

Ela dá risada e logo se segura.

— Cara, você está tendo...

— O dia de aula mais lixo da história.

— Chego aí em alguns minutinhos. Mas precisa ser rápido; tenho que trabalhar.

— Beleza.

Desligamos e fico deitado com os olhos fechados, vendo os desenhos caleidoscópicos dentro das minhas pálpebras. Finalmente, um carro estaciona atrás da picape. Continuo deitado, mesmo quando ouço a porta do carro abrir. Não posso correr o risco de ser outra pessoa além da Georgia. Deus sabe que já cometi gafes demais por um dia. Não preciso sair de traseiras de picape e fazer estranhos assustados ligarem para a polícia.

Ouço passos e o rosto de Georgia aparece sobre a lateral da traseira da picape, escuro como o de Jesmyn contra a claridade. Levo um susto, por mais que estivesse esperando por ela. Ficamos nos encarando por um momento.

— Carver — ela fala baixo, e estende a mão para tocar no galo na minha cabeça.

Me encolho e afasto a mão dela devagar.

— Não.

— Como? Bom, me conta no carro.

Eu sento e espero a vertigem passar. Estou completamente esgotado. Saio da traseira da picape com dificuldade. Entro no carro de Georgia, encosto a cabeça no banco e fecho os olhos. Lembro que deixei meu blazer na picape mas não tenho energia para voltar e pegar.

Georgia senta.

—Você está me devendo uma.

Abro um olho e viro para ela.

— Por que você está cagando pra mim? Meus amigos morreram.

— Não estou cagando pra você e você não pode continuar usando seus amigos como desculpa. Tentei te convencer a buscar ajuda, mas não. Bom, adivinha só. — Ela pega o celular, passa pelos contatos, clica em um e leva o aparelho à orelha enquanto sai com o carro.

— Para quem você está...

— Oi, aqui é Lila Briggs. Preciso marcar uma sessão. — Ela está fazendo uma imitação perfeita do sotaque adocicado do Mississippi da nossa mãe. Sob quaisquer outras circunstâncias, eu estaria gargalhando. — Sim — ela continua. — Para o meu filho, Carver. Com o dr. Mendez. Minha filha Georgia foi paciente dele. Primeiro horário livre... Tá bom... Tá certo... Excelente. Que sorte! Perfeito. Amanhã às dez.

— Georgia — sussurro, mas sem convicção. Sei admitir quando perdi. Mesmo assim, ela me lança um olhar cáustico. "Nem pense nisso", dizem seus olhos. Me encolho.

— Certo, ótimo. Nos vemos amanhã... Pra você também. Tchau, tchau. — Ela desliga e fixa os olhos na estrada.

— Georgia.

— Não começa. — A voz dela, cortante no começo, se acalma. — Desculpa; você não está bem. É difícil admitir quando a gente precisa de ajuda. Eu sei. Então vou ser uma boa irmã mais velha e ajudar você a se ajudar.

— Estou maluco?

— Maluco? Não. Você está lidando com um monte de coisas, está sofrendo, e às vezes isso faz a gente fazer coisas bizarras.

— Aconteceu na frente de todo mundo — falo baixo, olhando para fora pela janela. Uma lágrima desliza pela minha bochecha. Seco-a com o dorso da mão.

Ela estende o braço e segura minha outra mão.

— Quando a gente chegar em casa, você precisa colocar um gelo na cabeça.

Faço que sim.

— Daqui a uma semana, vou estar em Knoxville, voltando para

as aulas também. Quero dizer, a gente pode conversar por celular, mensagem e tal, mas...

— Eu sei.

— Então você sabe que precisa confiar em outras pessoas e se abrir. Você precisa conversar mais com a mamãe e com o papai. Precisa ser sincero com o dr. Mendez. Se consegue conversar com Jesmyn, precisa fazer isso. Não precisa pagar de machão babaca.

— A vovó Betsy me pediu pra passar um dia com ela. Como um último dia com Blake, mas obviamente... sem ele. Meio que um dia de despedida para o Blake.

— Nossa.

— Pois é.

— Parece intenso.

— Muito.

— Viu? Um exemplo perfeito — Georgia diz. — Não tenho a menor noção se essa é uma boa ideia. É exatamente sobre essas coisas que você precisa conversar com o dr. Mendez. Ele é muito inteligente.

— Vou conversar. Você marcou a sessão. Você venceu. Eu me rendo.

— *Sim*, se renda.

— Pode imitar a mamãe de novo?

— Por quê?

— Preciso que ligue pra escola e diga que estou doente.

— Eu deveria fazer *você* tentar imitar a mamãe.

— Não, não deveria.

— Seria engraçado.

— Pra você.

— É por isso que eu deveria.

— Por favor.

Ela solta um suspiro teatral e faz a ligação.

No resto do caminho para casa, fico de boca fechada, em derrota. Acho que finalmente perdi uma batalha contra mim que eu precisava perder.

Queria pelo menos ter perdido com mais graciosidade.

— Preciso correr pro trabalho. Já estou atrasada. Você tem a chave, né?

Faço que sim.

— Quando a mamãe e o papai chegarem do trabalho, você vai explicar tudo isso pra eles. Sabe disso, né?

Faço que sim.

— Obrigado, Georgia.

— Vou levar você para a sua sessão. Quero dar oi pro dr. Mendez.

— Tá bom.

Ela vai embora e sigo penosamente o caminho para casa. Do lado de dentro, parece uma tumba. Odeio esse silêncio de sozinho-em-casa-quando-não-era-para-estar-lá. Tudo soa alto demais. Os estalos da geladeira. O tique-taque do relógio. O tinido dos copos quando pego um do armário. Os batimentos do meu coração. O correr do sangue nos ouvidos.

E isso é sob circunstâncias normais. Agora, os silêncios dão a sensação de ausências. Ausências dão a sensação de perda. Perda dá a sensação de luto. Luto dá a sensação de culpa. Culpa é uma angústia escarlate.

Sento no meu quarto, ouvindo os rangidos e estalos da casa, quando o impulso descomunal de não ficar sozinho toma conta de mim.

Já estou na metade de uma mensagem para Jesmyn quando me lembro: *Você tem muito azar quando manda mensagem para as pessoas em ocasiões inoportunas. Não traz boas consequências para as pessoas para quem você escreve.* E, então, em vez disso, fico deitado na cama com um saco de ervilhas congeladas na testa e olho para o teto por um tempo. É muito menos divertido do que se imagina.

Sento à escrivaninha e ligo o notebook. Talvez eu consiga ser produtivo no meu texto de admissão para a faculdade, pelo menos. Talvez isso alivie minha culpa de ficar em casa no primeiro dia de aula. Me inclino para a frente na cadeira e começo a digitar.

Desde pequeno, eu queria ser escritor.

Certo. Não é especialmente original ou interessante. Mas já é um começo.

A possibilidade de criar mundos e pessoas me fascinava.

Que bela porcaria.

Assim como esta redação provavelmente deve estar fascinando você. Olha só, mais um moleque que quer entrar na faculdade e sempre foi fascinado por *[inserir interesse que pareça atraente para o comitê de admissão da faculdade]* desde [*inserir idade ou experiência formadora envolvendo o interesse mencionado que sugira que o interesse é genuíno e não um artifício para impressionar um comitê de admissão da faculdade*]. Mas olha só aonde meu amor pela escrita me levou. Um dia escrevi uma mensagem de texto que matou meus três melhores amigos. Agora chamei a sua atenção? Claro, escrevi alguns contos aqui e ali, mas minha obra-prima foi uma mensagem de texto de duas frases que pôs fim a três histórias. Sou o único escritor do mundo que faz histórias desaparecerem através da escrita. E quem não queria ter uma criatura tão especial e bela em sua instituição de ensino superior, hein? Então, me

deixem passar nessa faculdade e prometo tentar não matar mais ninguém com a minha escrita. Isso, claro, se eu não estiver na prisão a essa altura no ano que vem.

Talvez não seja a melhor ideia do mundo tentar escrever a redação que deve promover você para uma faculdade quando está se sentindo pior do que o cocô do cavalo do bandido.

Estou exausto, mas não quero descansar. Estou inquieto, mas estou cansado demais para fazer qualquer coisa com isso. Quero abrir mão dessas horas da minha vida e acabar com este dia logo.

Estou deitado na cama, lendo, quando meu celular vibra. É um acontecimento muito mais raro do que costumava ser. Levanto com um salto, fazendo pontos pretos surgirem no meu campo de visão, e pego o aparelho. É a Jesmyn.

Como você está?

Superenvergonhado. Foi mal.

Não precisa pedir desculpa.

Olho para o relógio. Deve estar no fim do horário de almoço.

Espero que não tenha sentado sozinha no almoço.

Não, Alex Bishop me chamou pra sentar com ele e seus amigos.

Minhas tripas se apertam. Claro. Alex Bishop. Se você tivesse me perguntado o pior cenário possível para o primeiro dia de aula, eu teria respondido mais ou menos nesta ordem: 1) ter um ataque de pânico na frente de todo mundo, incluindo Adair, e fazer papel de idiota; deixando que 2) Alex Bishop tentasse conquistar Jesmyn no primeiro dia dela. Alex é um bailarino que já rodou por um bom pedaço do corpo estudantil feminino na Academia de Artes de Nashville, incluindo o corpo de Adair, por assim dizer. Não sou fã do Alex. Eli o detestava. Ele teria detestado a ideia de Jesmyn dividindo a mesa do refeitório com Alex. Detesto essa situação por ele.

Toma cuidado com o Alex.

Haha, ele parece legal.

"Parece" = palavra-chave.

Bom, você me deu bolo.

Não por escolha própria.

Eu sei. Tô zoando.

Aliás, deixei meu blazer no seu carro.

Sem problemas, posso passar na sua casa depois de ensaiar.

Quer sair um pouco depois?

Claro. A Trupe do Suor não fica pra trás.

Por um breve momento, essa conversa faz com que eu me sinta normal de novo. Como se eu tivesse uma vida cheia de amigos e possibilidades. A sensação se dissipa rápido e minha cabeça volta aos pensamentos sobre prisão e o juiz Edwards, ataques de pânico e Adair.

Me pergunto se o centro de gravidade da minha vida algum dia ainda vai voltar para um lugar onde os pequenos momentos de esquecimento não são dádivas luxuosas.

Não sou louco pela ideia de contar aos meus pais, mas conto. Eles vão descobrir em algum momento agora que médicos estão envolvidos. Eles parecem aliviados por Georgia finalmente ter me convencido a procurar ajuda profissional. Minha mãe nem fica brava por Georgia ter fingido ser ela para marcar a sessão.

— O dr. Mendez foi maravilhoso para a Georgia — ela diz. Já terminei de contar tudo para os meus pais quando a campainha enfim toca. Corro para atender.

Jesmyn entreabre um sorriso ao me ver.

— Oi. — Então os olhos dela vão até o galo na minha cabeça e seu sorriso se desfaz. — Ai, cara — ela murmura.

Levo os dedos a ele.

— O inchaço maior passou com gelo. Entra.

— Ah, seu blazer.

—Valeu.

Levo Jesmyn para os fundos e espio dentro da cozinha, onde meus pais estão cozinhando o jantar e ouvindo rádio.

— Ei, mãe, pai, esta é a minha amiga Jesmyn. Ela acabou de se mudar para Nashville e estudamos juntos. Nos conhecemos por causa do Eli. — É estranho dizer essa última parte em voz alta. *Ei, Jesmyn, este é o Carver. Carver, Jesmyn. Certo, vou morrer daqui a pouco e deixar vocês virarem amigos.*

Minha mãe seca as mãos num pano de prato e aperta a mão de Jesmyn.

— Oi, Jesmyn. Bem-vinda a Nashville. Fica para o jantar?

— Ah, obrigada, mas meus pais estão me esperando.

— Tudo bem.

Picando cenouras, meu pai acena da bancada.

— Oi, Jesmyn.

Ela acena.

— Oi. É um prazer conhecer vocês.

Queria que Georgia estivesse aqui para conhecer Jesmyn. Depois do dia de hoje, seria bom ter uma credencial de irmã mais velha legal.

Voltamos para a sala.

— Quer dar uma volta? Estou a fim de andar e conversar — digo.

— Claro. Mas preciso voltar logo pra casa.

— Não se importa de ficar toda suada?

— Não somos a Trupe do Suor à toa.

Começamos a suar assim que saímos para o calor abafado do fim de tarde. No meio do quarteirão, minha camisa está colada às costas. O ar enevoado tem cheiro de hambúrguer na grelha e grama aparada.

— Seu pai tem um sotaque legal — Jesmyn diz.

— Parece que era bem mais forte quando ele conheceu minha mãe. Foi diminuindo com o tempo.

— Que pena.

— Pois é. Eu tinha vergonha quando era pequeno.

Jesmyn fica horrorizada.

— *Como assim?* É o sotaque mais sexy que existe.

— *Aaargh!* Toda menina fala isso!

— Só estou sendo sincera.

— Que nojo. — Seco uma gota de suor antes que caia no meu olho.

—Você queria ser tão legal quanto seu pai.

— Eu queria ter o sotaque dele, claro. Eu adoraria conversar o dia todo sobre como o sotaque do meu pai é sexy, mas como foi a aula de piano?

Os olhos dela brilham.

— Incrível. A escola tem um piano de cauda Steinway. Parecia surreal. A *ação* naquele piano era, tipo, orgásmica. Como vou me conformar com meu piano de casa agora?

Ei, sei como é... sair de uma situação incrível para uma bem menos incrível.

—Ah, sim — digo. — A ação no piano é a melhor. Dizem que tocar nele é como mergulhar os dedos em manteiga quente.

— Espertinho. É assim *mesmo.* Por falar em tocar, como foi tocar o foda-se e matar aula?

— Um saco. Georgia ficou falando "eu avisei" e tentei trabalhar no meu texto de admissão para a faculdade em vez de não fazer nada, mas travei. O que achou da AAN?

— Foi legal mas assustador. Na minha antiga escola, eu era definitivamente a melhor musicista. Aqui, estou mais pra mediana. Fiquei ouvindo algumas pessoas tocando e elas são incríveis. Mas acho que é um bom treino pra eu entrar na Juilliard. Todo mundo foi supersimpático, pelo menos.

— É, como foi almoçar com o Alex Bishop? Ele compartilhou um pouco do suco de sêmen de lobo ou seja lá o que ele toma no almoço? — Tento soar descontraído e não irritado.

Jesmyn solta um gritinho de repugnância, ri baixo e cobre a boca.

— *Que maldoso.*

Aproveito a deixa, imitando a voz de locutor de comercial.

— Esperma de lobo. O único suco energético que contém cem por cento de esperma de lobo tirado de lobos orgânicos criados em liberdade. Garantimos que vai dotar você da força e do vigor para dançar o dia todo e a noite toda. Peça agora e receba um pote do nosso pó de proteína de pênis de tubarão... *totalmente grátis.*

Ela ri mais alto e tenta cobrir a boca com as mãos.

— *Para. Você vai me fazer vomitar.*

Noto como os dedos dela são tortos; como pareceriam perfeitos curvados sobre teclas de piano. São bonitos.

— Falando sério agora — digo.

— O Alex foi simpático, mas tinha uma foto dele sem camisa na tela inicial do celular. Quem faz esse tipo de coisa?

— Eli odiava o Alex.

O sorriso de Jesmyn se desfaz.

— Por quê?

— Porque a Adair namorou com ele e ele deu um fora nela mais ou menos uma semana depois que ela perdeu a virgindade com ele.

— *Ai.*

— Todo mundo chamava os dois de "ABS". *A*lex *B*ishop; *A*dair *B*auer. E também porque os dois têm aqueles abdômens surreais de dançarinos. Formaram um casal de celebridades da AAN por um tempo.

— Isso explica por que a Adair ficava me observando como se quisesse cortar minha jugular com uma tesourinha de unha. Pensei que fosse porque nós dois estamos andando juntos.

— Aposto que isso tem a ver também. Você não ganhou muitos pontos com a Adair hoje.

— Não que eu tivesse muitos antes. Ela sempre foi estranha comigo. Como se eu estivesse sugando demais da vida do Eli ou algo do tipo.

— Eu e ela nunca fomos melhores amigos nem nada, mas a gente se dava bem.

Nossa conversa morre enquanto andamos os últimos metros até os portões do parque Percy Warner. Então caminhamos em silêncio sob a cobertura da floresta cada vez mais densa que cobre a estrada; as folhas filtram a luz do sol num tom esmeralda claro.

Jesmyn parece prestes a dizer algo, mas se detém. Viro para ela. Ela está com o olhar fixo à frente. Finalmente, diz:

— Hoje, quando eu estava ensaiando, comecei a chorar. Sem motivo. Não estava lembrando do Eli na hora nem nada. É só que… Foi como se o que eu estava tocando tivesse aberto outra porta dentro de mim e as coisas saíssem de repente. Tristeza é um negócio esquisito. Parece que vem em ondas, do nada. Num minuto estou tranquila no mar. No outro, estou me afogando.

— Soa familiar.

— Notei.

Fico vermelho.

—Valeu pela lembrança.

— Que tipo de pessoa você seria se não sentisse a perda deles?

— O tipo que tem uma foto sem camisa na tela inicial do celular e bebe sêmen de lobo?

— Exato. — E então, mais baixo: —Você está determinado a me fazer gargalhar.

Estou determinado a continuar a fazer Jesmyn rir porque o riso dela me faz esquecer pelo menos por um momento.

Paro e viro para ela.

— Eu gosto de conversar com você.

— Eu também — ela diz, virando para me encarar.

—Vou perder algumas aulas amanhã também porque vou ao terapeuta que minha irmã ia. Parece que ele é bom.

— Boa ideia — ela diz.

— Eu pareço tão maluco assim?

— Não mais do que eu pareço por chorar do nada durante a aula. Mas você parece estar sofrendo.

— Estou.

— Nós dois estamos.

Caminhamos até um tronco caído ali perto e sentamos.

— Quero ouvir você tocar piano — digo.

—Tá bom. Desde que você me deixe ler alguma coisa sua.

— Se um dia eu conseguir escrever de novo.

—Você vai conseguir. Mas aceito coisa antiga até lá.

—Tá. Quando a gente voltar, te dou alguma coisa.

Vemos um cervo sair do meio das árvores e começar a rodear as margens do prado, aproximando-se do meio com cuidado para comer, cheirando o ar.

—Você é a melhor coisa da minha vida agora — digo baixo, para não assustar o cervo. — Fico feliz de sermos amigos.

Jesmyn se ajeita no tronco, procurando uma posição confortável e — talvez seja a minha imaginação — sentando mais perto de mim.

— Eu também.

DEZESSEIS

A sala de espera do consultório do dr. Mendez é cheia de móveis elegantes e modernos que mesmo assim parecem orgânicos e convidativos. As revistas *Atlantic*, *New Yorker* e *Economist* ficam em mesas entre as cadeiras. Tudo tem tons reconfortantes de marrom e cinza. Nada parece impensado ou acidental.

Georgia está sentada ao meu lado, trocando mensagens no celular.

Uma porta se abre e um homem magro que parece ter quarenta e poucos anos sai da sala, usando um terno de linho bege bem costurado sem gravata. Sua barba caprichada é grisalha e seu cabelo está ficando grisalho nas têmporas. Ele usa óculos retangulares de casco de tartaruga.

Sorri ao avistar Georgia.

— Eu conheço este rosto!

Georgia se levanta com um salto.

— Posso te dar um abraço já que não sou mais sua paciente?

O dr. Mendez abre os braços.

— Vem cá! — Depois que eles se separam, ele a observa. — Você parece saudável e feliz. — Ele tem um leve sotaque.

— Estou os dois. Como vai Steven e as crianças?

— Bom, a Aurelia está começando o primeiro ano na Harding,

e o Ruben começa em Stanford daqui a alguns dias. Quanto ao Steven... — o dr. Mendez ergue a mão esquerda para mostrar uma aliança prateada para Georgia.

Ela solta um gritinho e leva a mão à boca.

— *Não acredito*. Parabéns! Quando?

Ele sorri.

— Em junho, em Sonoma, perto de onde Steven cresceu. Foi lindo, Georgia! Até minha *madrecita* católica estava lá, e flagrei ela derramando uma lágrima.

— Estou muito feliz por vocês.

— Ah, obrigado, obrigado. — Os olhos dele repousam em mim. — Agora, quem você trouxe para mim?

— Este é meu irmão, Carver.

Dr. Mendez estende a mão.

— Carver, é um prazer. — Seu aperto de mão é firme, caloroso e generoso.

— É bom te conhecer, dr. Mendez.

Ele aponta para a sala dele.

— Vamos lá? Sem mais demoras?

Entro. Atrás de mim, o dr. Mendez diz para a Georgia:

— Você vai ficar? Se sim, não precisamos nos despedir ainda.

Georgia diz que vai esperar até acabarmos.

Observo ao redor. Mais móveis modernos e elegantes, misturados a antiguidades. Nas paredes, há quadros de mapas antigos e gravuras botânicas antigas. Tem cheiro de especiarias e madeira — quente, marrom e limpo. Há prateleiras cheias de livros cobrindo as paredes. Manuais de diagnósticos e outras ferramentas do ofício, claro, mas também livros de fotografia e pintura, ficção e poesia. Clássicos em encadernações de couro. Livros em espanhol e em inglês. Fico impressionado.

O dr. Mendez fecha a porta e indica duas poltronas de couro

marrom idênticas uma de frente para a outra, uma mesa de centro com um jarro d'água, copos e uma caixinha de lenço entre as duas poltronas.

— Por favor, fique à vontade.

— Pensei que tivesse que deitar num sofá. — Estou brincando só um pouco.

O dr. Mendez ri. É um riso simpático e caloroso.

— Só nos filmes funciona assim. A menos que você queira muito, aí podemos improvisar uma rede ou algo do tipo.

Vou até uma poltrona e me sento.

— Não, tranquilo. Sentar ereto também é divertido. Eu gosto de sentar ereto. — Falo demais quando estou apreensivo.

Me equilibro na ponta da poltrona, como se estivesse assistindo a um filme de terror, e tento controlar minhas pernas para não balançarem. Cruzo e descruzo os braços. As mãos do dr. Mendez estão vazias.

— Você não anota nada?

O dr. Mendez se senta, relaxado, me observando.

— Anoto depois da sessão. Percebi que se tento fazer isso enquanto as pessoas estão falando, não escuto muito bem. Você fica incomodado se eu não tomar notas durante a sessão?

— Não.

— É óbvio que sua irmã ama muito você.

— Sim. Ela sempre cuidou de mim.

— Como?

— Passei por muita merda no fundamental, acho. Curtia muito ler, o que não é uma receita de popularidade na escola. Enfim, Georgia me defendia.

— Notei você olhando para os meus livros.

Fico vermelho.

— Pego no flagra.

Ele sorri e espanta minha preocupação com um gesto.

— Imagina. Estão aí para serem vistos. Mas a maioria das pessoas não presta muita atenção neles. Você prestou. Você é um grande leitor?

— E escritor.

— Ah, é? Que fantástico! Estou trabalhando num romance muito chato há, hum, vinte anos. A essa altura, gosto mais da ideia de escrever um romance do que de realmente escrever. O que você escreve?

— Contos. Poemas. Tenho algumas ideias para um romance, mas ainda não comecei nada.

— Tomara que eu não tenha dissuadido você falando das minhas dificuldades em terminar o que comecei.

— Não.

— Que bom. Enfim. Vou me apresentar. Meu nome é Raúl Mendez. Nasci em Juárez, no México, e me mudei para El Paso quando era bem pequeno. Cresci no Texas, estudei na Universidade do Texas, em Austin, antes de vir para a Universidade Vanderbilt para fazer pós e completar minha formação em medicina. Estou aqui desde então. Agora, você já foi a algum terapeuta antes ou a Georgia te contou como aqui funciona?

— Não, na verdade não. Quero dizer, acho que a gente conversa? Falo pra você da minha mãe? Vejo pênis em testes de Rorschach? — Normalmente não faria uma piada dessas perto de um adulto que acabei de conhecer. Mas ele me deixa à vontade e, além disso, quero evitar falar de coisas sérias e pesadas pelo maior tempo possível.

Ele dá risada. Inclina para a frente em sua poltrona, ajeitando os óculos.

— Quase. Você fala; eu escuto. Às vezes, dou alguma ideia sobre algo que você disse ou peço para você elaborar alguma coisa. Mas faço meu trabalho melhor quando você fala e eu escuto. Não estou aqui pra dar soluções aos seus problemas. Estou aqui para deixar você descobrir as respostas por conta própria. Por isso, às vezes pode ser frustrante eu não chegar e dizer o que penso que você deveria fazer, mas prometo que faz parte do processo. Tá bom?

— Tudo bem. Eu acho. Quero dizer, sinceramente, não queria muito estar aqui.

— Isso é normal.

— Pelo menos alguma coisa em mim é.

— Então, Carver... nome interessante, aliás... me fale de você. Respiro fundo e passo os dedos pelo cabelo.

— Meu nome vem do Raymond Carver. Meu pai é um grande fã dos contos dele, por isso me deu esse nome.

— Eu sou fã também.

— Do nome ou do Raymond Carver?

— Dos dois. Parece que você e seu pai têm algo em comum aí.

— Nós dois adoramos ler. Ele é professor de inglês.

— Desculpa interromper, continue.

— Enfim, tenho dezessete anos e estou no último ano da Academia de Artes de Nashville.

— É uma ótima escola para um amante de livros. Você deve ser um escritor excelente para ter entrado lá. Imagino que tenha entrado pela sua escrita e não porque também é um saxofonista de jazz extremamente talentoso. — Ele diz a última parte arqueando a sobrancelha com ironia.

— Eu sou — murmuro.

Ele faz menção de se levantar.

— Por falar nisso, tenho um saxofone aqui para os meus clientes, se quiser...

— Eu estava brincando.

— Eu também. — Seus olhos brilham. Ele faz uma pausa. — Então, como você está?

Me concentro em olhar por cima dos ombros dele e tento soar blasé.

— Estou bem. É, indo muito bem.

— Que bom.

— Pois é. — Tamborilo os dedos no braço da poltrona, como pessoas descontraídas fariam, como pessoas que estão bem fariam.

— Muita gente que vem aqui está indo muito bem.

— Então por que elas estão aqui?

— Elas querem ficar melhor.

— E?

— Às vezes ajuda. Às vezes não. Gosto de pensar que na maioria das vezes ajuda.

—Você não é exatamente imparcial.

Ele ri.

— Não. É verdade.

— Às vezes deixa as pessoas piores?

—Você está lidando com alguma coisa que tem medo que a terapia a piore?

— Não sei.

— Está lidando com alguma coisa na sua vida sobre a qual queira conversar?

Considero dizer não. Mas acho que isso não seria inteiramente plausível já que, né, vim até esta sessão.

— Eu... tive um ataque de pânico.

Ele assente.

— Quando?

— Ontem.

— Quais foram as circunstâncias desse ataque?

— Não existem remédios para ataques de pânico? — pergunto.

— Existem.

— Então, por que não fazemos isso?

—Vamos fazer. Vou mandar você pra casa hoje com uma prescrição de Zoloft, um remédio que usei com sucesso para tratar ansiedade e ataques de pânico. Mas gosto de prescrever uma dose mais baixa no começo, para que as pessoas se acostumem e, depois, ir ajustando a dosagem. Pode levar semanas até as coisas estarem na medida ideal. Até lá, vamos fazer terapia. Acredito que essa estratégia dupla é a mais eficaz.

— Só queria economizar seu tempo.

— Garanto que meu tempo não é tão valioso para você poder desperdiçar.

— Parece um desafio.

Ele sorri.

—Você sente que corre algum perigo físico? Enquanto dirige, por exemplo?

— Assim… não muito. Agora sei como é um ataque.

— A sua segurança é primordial. Se algum dia sentir que está em perigo, quero saber imediatamente.

— Tudo bem.

— O que aconteceu ontem?

Suspiro.

— Foi quando eu estava entrando na escola para o primeiro dia de aula. Foi fod… difícil.

O dr. Mendez dá de ombros.

— Pode usar as palavras que quiser. Não vou ficar ofendido. Já ouvi de tudo.

— Foi foda. Perdi o controle na frente de todo mundo. Tive um surto total. Caí e bati a cabeça. Fui pra casa. Não conseguia… É por isso que estou aqui. — É exaustivo dizer isso em voz alta, mas surpreendentemente mais fácil do que guardar em silêncio.

— Então, você teve seu primeiro ataque de pânico e…

Quebro o contato visual.

O dr. Mendez para.

— Não foi o primeiro.

Ergo dois dedos, ainda sem encará-lo.

O dr. Mendez assente e se recosta, formando um triângulo com os dedos.

— Esses ataques de pânico vieram em conjunto com algum evento precipitante? Algum fator de estresse novo na sua vida?

Ele ganha pontos comigo por usar a expressão "evento precipitante". Ele parece ter percebido que não tenho paciência quando as pessoas me tratam com condescendência. Mas isso não me dá mais vontade de falar sobre o tal evento precipitante. Encaro o tapete oriental aos meus pés porque não sei ao certo que tipo de expressão facial é adequada para falar da morte dos meus três melhores amigos para um total desconhecido com quem eu preferiria não estar conversando. Fazer cara de impassível não é exatamente certo. Sorrir está definitivamente fora de cogitação.

— As coisas que discutimos aqui são super, superconfidenciais, né? Tipo, você não vai falar pra polícia? — pergunto.

O rosto dele não demonstra nenhum sinal de choque.

—Totalmente confidenciais. A menos que eu tenha motivos para crer que você possa causar um mal iminente a você mesmo ou a outras pessoas. Qualquer coisa no seu passado fica apenas entre nós.

— Certo.

— Não quero que você guarde nada porque acha que *eu* não consigo aguentar. Prometo que consigo.

— Estou passando por muito estresse ultimamente.

O dr. Mendez não responde.

— Não quero muito conversar sobre o motivo.

Ele continua sem responder. Apenas escuta.

— Mal falei sobre isso com os meus pais.

— Algum motivo em particular?

— Não, nenhum. Eles são ótimos pais. Sempre fui meio reservado com eles sobre meus sentimentos e tal. Não sei por quê.

— Pais podem ser complicados.

É difícil não conversar com esse cara. É como se as palavras estivessem empurrando meus dentes e lábios, falando: "Com licença, pessoal, se não forem nos ajudar a chegar aos ouvidos do doutor, vamos fazer isso por conta própria".

Abro e fecho as mãos.

— Algumas semanas atrás, meus melhores amigos morreram num acidente de carro. Todos os três. — Continuo olhando para o chão até dizer "todos os três", quando ergo os olhos e encaro o dr. Mendez.

Ele não pestaneja. Seus olhos são uma porta aberta.

— Sinto muito — ele fala baixo. — Que horrível.

Desvio o olhar e esfrego o rosto porque estou começando a engasgar. Tomara que ele não continue perguntando. Para começar, não estou preparado para conversar com ele sobre como me responsabilizo; como o juiz Edwards vai vir pra cima de mim. Ainda não estou preparado para me ouvir dizer essas coisas. Estou com medo de que elas se tornem mais reais ao serem ditas em voz alta. Um encantamento que invoca um demônio sugador de almas de um poço flamejante.

Respiro com a garganta apertada.

— É. É ruim. Então, o primeiro ataque de pânico foi na noite do último velório. Fui para o pronto-socorro naquela vez. Ontem, no primeiro dia de aula, foi o segundo. Estou aqui porque não quero que haja um terceiro.

O dr. Mendez assente.

— Isso nos dá uma ideia bem clara de por onde devemos começar nosso trabalho. Então, me diga o que você está sentindo agora. Você fez alguma reflexão sobre o luto que está sentindo?

É uma pergunta tão simples, mas fico completamente sem resposta. O dr. Mendez tem um jeito de padre que me faz querer confessar. O comportamento dele é tão aberto, gentil e sem julgamento. Alterno entre não confiar no dr. Mendez o bastante para dizer a ele como a morte da Trupe do Molho pesa em mim e não querer desapontá-lo contando para ele.

— Sinto saudades deles.

O dr. Mendez assente sem dizer nada. Ele obviamente não é o tipo de pessoa nervosa que preenche as pausas das conversas. Ele vai deixar o silêncio respirar.

— Eu… às vezes esqueço que eles não estão mais aqui. Acontece logo depois que acordo. Durante uns cinco segundos por dia. Nesse pequeno momento, estou livre. Daí me lembro. Também lembro às vezes quando estou tentando dormir e perco o sono.

Sirvo um copo d'água para mim e dou um gole. Não estou exatamente com sede, mas não sei o que fazer com as minhas mãos.

— Uma amiga… ela namorava um dos amigos que perdi… ela me falou sobre como o luto vem em ondas e em momentos estranhos.

— O seu luto assume uma forma parecida?

— Sim.

— Essa garota sobre a qual você comentou… ela é uma fonte de apoio e amparo pra você?

— É sim.

— Você tem outras pessoas com quem possa dividir essa sua sensação de luto de maneira parecida?

— Conversei um pouco com a avó de um dos meus amigos que morreu.

— Notei que você não falou o nome deles. Você se referiu a eles como "amigo" ou "amigos". Acha difícil dizer o nome deles?

— Eu… é. Acho que sim.

— Sabe por quê?

Reflito.

— Não sei se existe um porquê, mas odeio falar o nome das pessoas quando falo da morte delas. É idiota, mas tenho medo que, se eu falar, vai se tornar real.

O dr. Mendez balança a cabeça.

— Já vi pessoas que tinham medo de jogar fora roupas ou sapatos de um ente querido porque temiam tornar a morte definitiva ao fazer isso. Irreversível. O que o ente querido faria se voltasse pra casa e precisasse daqueles sapatos?

Minhas mãos tremem, mas de maneira imperceptível. Como aqueles tiques no olho que não dá para ver se você observar no espelho.

— Posso falar os nomes deles pra você? — Minha voz também treme. Consigo ouvir.

— Se quiser.

Hesito.

— Blake Lloyd. Eli Bauer. Mars Edwards. — Digo os nomes como uma oração. É uma sensação boa e dolorosa ao mesmo tempo.

O dr. Mendez os assimila.

— Obrigado por me falar os nomes deles. Dá para ver como são importantes pra você; como são sagrados pra você.

Não sei por que falo o que sai em seguida.

— Então. Uns dias atrás, eu estava na casa da avó do Blake, ajudando no trabalho de jardinagem que o Blake fazia… antes de morrer. E, enquanto eu estava lá, ela sugeriu fazermos um dia de despedida para o Blake. Estou em dúvida se aceito.

— O que é um dia de despedida?

— Pelo jeito como ela falou, nós passaríamos um dia juntos, fazendo as coisas que ela teria feito com o Blake se tivesse mais um último dia com ele. Acho que tentaríamos dar vida à história dele por mais um dia. Prestar uma homenagem. Dizer adeus. Não tenho ideia de como funcionaria.

O dr. Mendez se recosta na cadeira, olhando para trás de mim, batendo nos lábios.

— Hum.

Depois de alguns segundos, digo:

— Então, doutor. Me fale da sua mãe.

Ele ri e se inclina para a frente.

— Se entendi direito, você estaria agindo como um substituto do Blake?

— Talvez? Tipo, eu não estaria usando as roupas do Blake nem nada, mas...

— Não, mas vocês dois interagiriam de certa forma com a memória dele. Talvez a troca de histórias ou experiências importantes.

— Acho que sim.

Ele bate nos lábios de novo.

— Interessante. — Ele franze a testa, pensativo.

— Interessante bom ou interessante ruim? Ou interessante que eu tenho que descobrir por conta própria?

— A última opção. O luto é um vale em que existem várias portas de saída. Eu não tenho experiência com essa ideia de dia de despedida, mas existem terapias consolidadas que trabalham com base num princípio parecido, em que você dá um novo contexto para vivenciar algo. Se, por exemplo, você tem medo de se relacionar, entra num relacionamento e tenta vivenciá-lo de uma nova maneira, mais saudável. Então, interagir com a memória de Blake dessa maneira talvez dê a você um novo contexto para vivenciar a perda dele.

— Então devo topar?

— Seria difícil para mim responder isso mesmo se tivéssemos conversado mais. Eu diria que é uma decisão que você deve tomar sozinho. A pergunta é: você quer fazer isso? Parece certo? Se sim, mas no final não for aquilo que você esperava, podemos trabalhar isso juntos. Lição aprendida. Não é algo que eu teria sugerido, mas minhas sugestões não são necessariamente um parâmetro de excelência.

Continuo pensando no assunto enquanto eu e o dr. Mendez conversamos sobre como estou dormindo, comendo e lidando com tudo em geral.

Nossa sessão termina. O dr. Mendez e Georgia se despedem alegremente. Ele deseja sorte com o ano letivo que vai começar. Ela deseja o melhor para ele em seu novo casamento. Saio com minha prescrição de Zoloft na mão.

Me sinto mais leve. Não como se tivesse tirado uma mochila pesada das costas, mas como se tivesse me expurgado temporariamente de algum veneno. Vazio, oco, em branco.

Quando saio à rua, o céu está cinza-esverdeado e o ar tem uma espécie de vitalidade feroz, como se uma tempestade estivesse a caminho. Uma lufada de vento perfumado bate no nosso rosto e, ao longe, escuto o tinido metálico de um gancho de mastro de bandeira batendo contra o mastro. É o único som nos meus ouvidos além do vento.

Sentamos no carro e começo a chorar abruptamente. Não faço ideia por quê, e Georgia não pergunta. Talvez seja pelo som desolado do gancho daquele mastro. Talvez seja alívio. Talvez tenha sido bom conversar com alguém que parecia não me julgar. Talvez o luto não precise de um motivo para chorar. É temporada aberta de choro. Um bufê de chore-tudo-o-que-conseguir.

Georgia aperta minha mão.

— Ei.

— Ei. — Seco os olhos. — Preciso levar essa receita na farmácia.

—Você é corajoso por buscar ajuda.

Solto o ar que estou segurando.

— Sou nada. Estou obcecado em ir para a prisão. Me sinto com medo e um lixo e triste e culpado sem parar.

— Eu sei. Mas você vai melhorar. Faça o que o dr. Mendez disser. Seja sincero com ele. Tome seus remédios.

Espero que ela esteja certa. Talvez o dr. Mendez possa ajudar com o luto, mas e com a culpa? A menos que ele tenha uma máquina do tempo. E com certeza ele não pode me manter fora da prisão.

Georgia me leva pra casa depois de deixar minha receita na farmácia. Me preparo para o meu segundo primeiro dia — metade de um dia, acho — do meu último ano na escola.

Mesmo quando chegamos em casa, a tempestade ainda não começou. O céu parece um martelo pendurado por um barbante desgastado sobre a Terra.

DEZESSETE

Eu, Blake, Mars e Eli sentávamos nas últimas fileiras na aula de história da civilização ocidental do sr. McCullough. Foi a única matéria que nós quatro fizemos juntos. E quem nos deixou ficar juntos na mesma sala deveria ter sido demitido. O sr. McCullough, bendito seja, era extremamente bem-intencionado, sincero e sem qualquer senso de humor. Se esforçava para responder de forma honesta qualquer pergunta, por mais obviamente inútil que fosse. Por isso, cada hora um de nós fazia uma pergunta absurda e espertinha, tentando interrompê-lo, gastar o tempo de aula e permanecer acordado.

"Os mesopotâmicos faziam lutas de cócegas?"

"O Alexandre, o Grande, era chamado de Alexandre, o Meia Boca, e Alexandre, o Legalzinho, até ter algumas vitórias nas costas? (E como eram as costas dele?)"

"Os mongóis faziam cuecão nos povos que conquistavam?"

"Napoleão curtia motocicletas?"

Etc. etc.

Então, eu e o Mars sentamos um ao lado do outro, e Blake e Eli estão nos lugares bem à nossa frente. Eles estão virados para trás, sussurrando enquanto o sr. McCullough fala sobre os vikings em tom monótono.

— É a sua vez, Blade — Eli diz.

— Tem certeza? Achei que era a do Mars.

— Não, lembra? Perguntei se as pirâmides tinham banheiros.

— É, ele está certo — Blake diz. — Sua vez, Blade.

— Certo, espera. Só um segundinho.

— O segredo é não pensar demais — Blake diz.

Um momento se passa.

— Certo, já sei — sussurro.

Ergo a mão.

O sr. McCullough espia por sobre os óculos.

— Carver?

— Os vikings teriam curtido shorts jeans?

Blake, Mars e Eli gargalham em silêncio. Estão com a cabeça abaixada, os ombros tremendo e as costelas pulando.

O sr. McCullough limpa a garganta.

— Bom, hum, essa é uma pergunta interessante. É, hum, sempre intrigante especular sobre como os povos antigos teriam adotado tecnologias modernas. Os, hum, vikings produziam roupas à base de linho e, por causa da escassez de recursos e da dificuldade na produção de roupas... — E por aí vai. A conclusão é que, sim, os vikings provavelmente teriam curtido shorts jeans, pelo menos no verão, uma vez que são peças de roupa funcionais e duráveis que lhes permitiriam liberdade de movimento para cultivar, navegar e lutar.

Mas não estou prestando atenção. Estou me divertindo vendo os meus amigos rirem. Não parece haver consequência nenhuma a qualquer coisa que façamos.

É querer encontrar problemas me deixar levar assim pelas memórias antes da minha segunda tentativa de entrar na AAN. Pelo menos não paro para contemplar a escola antes de entrar. Abaixo a cabeça e sigo em frente, ignorando os rostos sorridentes de Blake, Eli e Mars implorando que eu — que todos nós — me lembre deles. Algumas poucas pessoas com quem cruzo a caminho do refeitório me cumprimentam e sorriem sem jeito, mas quase todas evitam contato visual.

Então vejo Adair saindo sozinha do banheiro.

Na verdade, não tem ninguém no corredor além de nós. Adair sozinha é uma ocorrência tão rara que talvez eu não devesse me repreender por fazer a idiotice de chamar o nome dela por impulso, aproveitando o momento, antes de pensar com cuidado no que dizer. Não sei de onde vem esse impulso. Talvez eu esteja disposto a ouvir um pouco depois da minha sessão com o dr. Mendez.

Ela gira — uma pirueta de dançarina — e vem na minha direção. Seus olhos em seu rosto pálido estão mais cinza, mais tempestuosos do que o céu lá fora.

— O que você quer? — A voz dela é como uma faca numa pedra de amolar.

Na verdade, fico grato quando ela me corta antes que eu possa dizer "Não faço ideia".

— Foi um belo teatrinho ontem — ela diz.

— Não foi teatro.

— Agora, em vez de todo mundo falar sobre o que você fez, você conseguiu mudar o foco pro seu *ataquezinho*. Que conveniente.

— Não foi conveniente pra mim.

— O que foi? É pra eu ter pena de você?

— Não estou pedindo isso.

— Como você é generoso. Obrigada.

— Adair, escuta. — *Não diga: "A gente era amigo". Qualquer coisa menos isso.* — A gente era amigo.

Ela cruza os braços e solta uma risada, entrecortada e ácida, piscando rápido e me observando com uma expressão incrédula.

— *Jura?* Foi por isso que você me parou no corredor? Pra me lembrar que a gente já foi amigável um com o outro?

— A gente pode conversar sobre isso uma outra hora? Tomar um café ou coisa assim? — Mantenho a voz baixa.

— Não.

— Adair.

— Estou falando sério. Você não teve vergonha nenhuma de buscar compaixão de todo mundo ontem. Agora está com vergonha de brigar no meio do corredor?

— Não é isso.

— É claro que é. E você deveria ter pensado nisso antes de me chamar. Então, o que você tinha na cabeça? Se é que tinha alguma coisa.

— Só pensei que... — Meu rosto queima.

— Fala logo.

— Eu...

— Hum? Pensou o quê? O que você *pensou?*

— Eu... pensei que podíamos, sabe, apoiar um ao outro. — Tenho total noção de como pareço idiota e pequeno. Pelo canto do olho, vejo alguém começar a entrar no corredor e reconsiderar rapidamente. Lembro por que eu tinha tanto medo das pessoas temerem Adair.

A voz dela soa falsa, doce e inocente. Ela pisca.

— Ah, você está *solitário*, Carver? A sua *vida* está difícil agora? É um saco estar *vivo?*

— Estou...

Ela ergue o dedo.

— Escuta, é o seguinte: eu tenho amigos de sobra. Mas só tinha um irmão. Se você estivesse tão preocupado em não ter amigos, talvez devesse ter mais amigos do que os que podem caber dentro de um carro e talvez devesse ter tomado mais cuidado ao mandar mensagens quando eles estão no tal carro.

— Sim. Você deve estar certa — murmuro. As palavras dela me esfolam.

— Mas você não está completamente sozinho, está? Vi que você e a Jesmyn estão bem amiguinhos.

— Quem mais eu tenho? Você não, obviamente.

— E a culpa é de quem?

— Não estou tentando dar em cima da Jesmyn, se é o que quer dizer.

— Que cavalheiro.

— Adair.

Os olhos dela ficam semicerrados com desprezo.

Paro ali feito um idiota babando de nervoso.

— Sinto muito.

Adair se aproxima.

— Pelo quê? Hein? Pelo que você sente muito?

Uma aparição do sr. Krantz flutua na minha mente. *Esse é um território perigoso.*

— Sinto muito por Eli, Blake e Mars. Eu também amava eles.

— Bom, o que você fez contra o Eli, o Blake e o Mars para sentir tanto?

Engulo em seco, imaginando meu pomo de Adão parecendo o de um personagem de desenho animado.

— Sinto muito por eles não estarem mais aqui. Tenho muita saudade deles.

Adair retoma o sarcasmo adocicado.

— *Ah.* Pois é, Carver. *Eu também.* Tenho certeza de que deve ser terrível pra você. Assim, eu e o Eli dividimos o útero e vivemos sob o mesmo teto por dezessete anos, mas não vamos esquecer da *sua* dor. — A voz dela começa a embargar e a tremer no final.

— Sinto muito. — Meu rosto fica vermelho e ainda mais quente. Outra pessoa passa apressada por nós, o olhar fixo no chão. *A escola toda vai saber disso em quinze minutos.*

— Você já falou isso.

— E o Mars? — pergunto baixo, meu coração se apertando. *O que tem o Mars? Até você se culpa mais do que o culpa. Covarde.*

Ela solta um riso breve — mais como uma expiração mordaz e perfurante.

— Ah, tenho muito a dizer pro Mars também. É só que, bom, ele não está mais aqui porque está *morto*, e você *não*.

Ficamos nos encarando por um momento. Os olhos cinza dela fervem como chumbo derretido. Queimam todas as palavras da minha cabeça. Mas, mais uma vez, Adair me salva de ter de falar alguma coisa.

— Tomara que você vá pra cadeia. Tomara mesmo. Quero que você morra lá — ela diz, antes de se virar e sair andando.

Entro no refeitório movimentado e vou para um cantinho às pressas. Me pergunto quanto do murmúrio das conversas já é sobre meu confronto com Adair. Encosto na parede e finjo ler mensagens inexistentes dos meus amigos no celular, me perguntando se algum ser humano já teve dois primeiros dias de aula piores do que estes. Tento forçar meu sangue a reabsorver a adrenalina. Depois de um tempo, a agitação no meu estômago diminui, a vermelhidão deixa meu rosto e tento encontrar Jesmyn em meio ao zumbido da multidão. Ela me encontra primeiro, surgindo de repente à minha esquerda.

— Olá, senhor — ela diz.

Levo um susto.

— E aí. — Rimos de nervoso.

Então Jesmyn me abraça. É a primeira sensação realmente agradável neste dia. Meu corpo parece encaixar perfeitamente no dela.

Sua bochecha fria se encosta à minha, e as luzes fluorescentes do refeitório atravessam seu cabelo. Ela tem cheiro de sabão em pó e bala de cereja. Queria poder aproveitar o momento totalmente sem me perguntar se Adair está observando.

É melhor contar para ela. É melhor contar para a Jesmyn que a Adair está nos vigiando e acha que eu estou dando em cima da namorada do irmão morto dela. É melhor dar a Jesmyn a chance de sair dessa enquanto ainda pode e fazer amigos na escola. É melhor deixá-la escolher não ser uma pária e um alvo como você. É melhor...

—Você estava com cara de quem precisava de um abraço. E aí, você é maluco? — Jesmyn pergunta.

— Que indelicada. E se tivessem dito que sou? Seria constrangedor pra você.

— Estava brincando. Está melhor?

Está aí uma boa pergunta. Antes do meu confronto com Adair? Um pouquinho. E também não tive um colapso ao entrar no prédio.

— Mais ou menos.

— Mais ou menos?

— Acabei de discutir com a Adair. Foi mais ela me chamando de escroto.

— Ops.

— Pois é.

— Vai levar tempo pra ela. Pra todos nós.

— *Muito* tempo no caso dela.

— Vamos sentar. Você trouxe almoço?

— Sim. — Pego meu sanduíche de peru com abacate e o desembrulho, mesmo sem apetite. — O que está comendo?

— Manteiga de amendoim, banana, mel e bacon — Jesmyn diz, cobrindo a boca cheia.

— E eu com medo de você não gostar dos milk-shakes no Bobbie's. Você é o quê? O Elvis?

— Quem dera. Por falar nisso, depois da aula vou trabalhar na minha peça para a audição. Preciso começar a ensaiar com alguém assistindo para superar o nervosismo de ter um público. Quer ver? Você pode fazer lição de casa ou algo do tipo; só preciso de uma pessoa na sala.

— Fico lisonjeado! Você literalmente precisa de um saco pulsante de carne humana e órgãos pra sentar numa cadeira? Opa! É isso mesmo o que eu sou!

Ela bufa e me empurra.

— E porque você falou que queria me ouvir tocar algum dia, seu besta. Não estou procurando caras aleatórios pra me ver tocar. Posso encontrar isso na internet.

Por falar em caras aleatórios, por falar em sacos pulsantes de carne: ergo os olhos para o outro lado do refeitório e avisto Alex Bishop. Nossos olhares se cruzam e o meu diz: "Não precisa ter pena de mim, babaca. Perdi muita coisa, mas tenho isto. Estou sentado aqui com a Jesmyn enquanto ela come o sanduíche de Elvis dela e você não. Então vá à merda". Eu tinha esquecido como é a sensação do triunfo. É ótima.

Aproveito essa sensação por uns três segundos, até finalmente notar Adair olhando feio pra mim e pra Jesmyn e sussurrando alguma coisa para as amigas dela. Nosso último encontro ecoa em meus ouvidos.

— E aí? — Jesmyn pergunta.

— Hã?

— Quer assistir?

— Ah, claro.

— No que você está pensando?

— Em nada — minto. — Por quê?

— Porque você estava com uma cara bem de Carver.

Rio involuntariamente.

— O que isso significa?

— Meio perdido.

— Ah, legal.

— Não, quero dizer perdido em pensamentos. Como se os mistérios do universo estivessem se revelando para você.

Nunca me acostumei à ideia de gente pensando em mim quando não estou diretamente na frente delas.

— Não estão. Quanto mais reflito sobre os mistérios do universo, menos entendo eles.

— Foi disso que você e o terapeuta falaram? Dos mistérios do universo?

— Mais dos mistérios do meu próprio cérebro.

— Que fascinante — ela sussurra.

— Que sarcástica.

— Só um pouquinho. Quer experimentar meu... — Jesmyn começa a falar, quando o estrondo de um trovão a interrompe. É mais alto do que o barulho das conversas no refeitório. Um alvoroço percorre a multidão. O rosto de Jesmyn se ilumina na hora.

Ela levanta com um salto e segura meu punho, me puxando para eu levantar também.

— Vem.

— Quê? — pergunto, com a boca cheia de sanduíche.

— Rápido. A gente precisa ver. — Ela está me puxando em direção ao corredor que sai do refeitório. É feito de janelas do chão ao teto.

Chegamos lá e Jesmyn solta meu punho, deixando minha pele sedenta. Ela encosta as mãos no vidro como uma criança no zoológico, encantada por uma visão maravilhosa. Como se tentasse absorver algo. Um clarão ofuscante de um raio e outro estrondo ensurdecedor de trovão. Ela estremece e ri baixo.

A chuva cai em torrentes transversais. O vento que a traz quase dobra as árvores no meio.

— Uau — ela sussurra.

Ignoro a tempestade e admiro o êxtase dela.

— É como se eu estivesse observando alguém presenciar um momento sagrado.

Seus olhos brilham.

—Você está — ela murmura, sem tirar os olhos da janela. — Adoro a energia das tempestades. Elas me lembram das forças poderosas que existem lá fora.

Outro estrondo ensurdecedor. Me pergunto se dá para ouvir tempestades da prisão.

— Se você imaginar a natureza como uma música, as tempestades são os movimentos — ela diz.

Minha sessão com o dr. Mendez me deixou disposto a ouvir mais, por isso apenas escuto sem falar nada.

—Você me acha maluca? — ela pergunta. É óbvio que ela não se importa se eu acho.

— Não. Quero dizer, não esqueça que te levei pra um rodeio de esquilos no parque, então quem sou eu pra dizer?

A tormenta cresce em intensidade. É meio-dia, mas lá fora parece o cair da noite. Outro clarão de raio, um estrondo de trovão e as luzes oscilam.

Me aproximo dela e volto a observar lá fora.

— Por falar em rodeio de esquilos, lembra quando brincamos disso e te contei sobre a sugestão da avó do Blake de fazermos um dia de despedida pra ele?

Ela deixa de olhar para a janela e me encara.

— Lembro.

— Falei disso com o meu terapeuta. Perguntei se eu deveria topar. Ele deixou pra eu decidir.

—Você vai topar?

—Talvez ajude.

— Então você deveria topar.

Um lampejo de raio ilumina a parte do rosto dela que está mais perto da janela. De repente, tenho uma intensa noção de como estou vivo e respirando. E também tenho a sensação momentânea — um lampejo — de que, embora Mars, Blake e Eli não estejam mais aqui para bagunçar na aula do sr. McCullough, tenho uma coisa diferente agora, que é admirar uma tempestade com Jesmyn Holder, e talvez não haja mal nisso. Tento me segurar a essa sensação, mas é efêmera demais e desaparece no ar.

Jesmyn entreabre um sorriso pra mim e vira para observar a tempestade.

Depois da aula, eu a vejo tocar. Nunca me sentei perto de alguém fazendo algo tão bem. Ela balança e murmura consigo mesma enquanto seus dedos deslizam pelas teclas feito asas. Ela para no meio da frase para marcar notas em sua música.

Se Adair entrasse para espiar e visse, as coisas só ficariam piores para nós dois.

Eu deveria estar na McKay's agora, pedindo meu emprego de volta e trabalhando algumas horas depois da aula, para pagar minha defesa legal.

Em vez disso, a vejo tocar. Se pudesse sair do meu corpo e me observar, acho que eu estaria parecido com ela enquanto observava a tempestade. Como se eu estivesse na presença de um momento santificado e genuíno. Como se fosse testemunha do que há oculto no coração de alguém, de algum ritual secreto. Por um tempo, esqueço de mim e de tudo o que carrego. O luto. A culpa. O medo.

Quaisquer que sejam os mistérios existentes no universo ou dentro dos recônditos da minha mente, o que Eli viu em Jesmyn não está entre eles.

DEZOITO

Tenho uma conta no Facebook apenas com propósito de me corresponder com a minha avó na Irlanda. Falei para ela fazer uma porque não parava de me encaminhar e-mails idiotas. Recebo uma notificação de que tenho uma mensagem dela. Quando vou ler, vejo a barrinha de "páginas recomendadas" na lateral da minha página.

Dessa vez, entre as páginas de sempre, há uma nova recomendação: *Processem Carver Briggs.*

Meu coração explode contra minhas costelas como um animal raivoso nas grades de uma jaula. Ainda não tem muita coisa na página. Há um breve relato do Acidente. Há algumas estatísticas sobre fatalidades automobilísticas relacionadas a mensagens de texto. A página compartilhou o artigo do *Tennessean* sobre o Acidente. O post tem cinco curtidas. Duas são de amigos da Adair. A página tem trinta e sete seguidores.

Fecho o notebook sem ler a mensagem da minha avó, levanto e começo a andar de um lado para o outro. Fecho as cortinas sem motivo. Me sinto nu e vulnerável.

A questão é que nenhum dos artigos sobre o Acidente me identificou pelo nome. Essa página sim. Agora, qualquer futuro empregador, qualquer faculdade que me pesquise no Google, vai ver isso.

Quer dizer, *se* eu tiver algum futuro empregador ou faculdade para ir ao invés de parar na prisão.

Acho que parte de mim pensava que algum dia eu não seria manchado pela morte dos meus amigos.

Quanta ingenuidade.

DEZENOVE

— Por que você precisa ir embora tão cedo? As aulas na UT só começam na segunda — digo.

Estamos na varanda. O carro de Georgia espera no fundo da garagem, carregado de malas.

— Ah, seria divertido. Acordar às três da manhã da segunda para conseguir chegar na UT às sete, guardar as malas e correr pra minha aula de química orgânica — Georgia diz.

— Não foi isso o que eu quis dizer. Mas você pode ir no domingo. Hoje é sexta.

— Você vai me ver de novo. Vou voltar para o show do Dearly em outubro.

— Vamos fazer alguma coisa hoje. Vai amanhã.

— Realmente preciso de tempo para me instalar.

— Você precisa de tempo para curtir as festas, isso sim — murmuro.

Georgia se inclina para a frente e leva a mão em concha à orelha.

— Hã, o quê? Não entendi direito. Preciso do quê? Você disse que preciso enfiar o dedo na sua orelha? — Ela enfia o mindinho na boca e o tira pingando de saliva. Tenta chegar à minha orelha.

— Georgia, não. Que nojo. Não seja babaca. — Seguro seu punho.

Ela dá risada, lambe o outro mindinho e tenta atacar minha outra orelha. Seguro esse punho também. Ela consegue soltar a mão e tenta chegar à minha orelha, passando do lado da minha bochecha. Ela é a louca do pilates e, bom, eu não. Então estou com dificuldades para revidar.

— Georgia, para. Por favor. Para. — Meu braço está tremendo enquanto tenta manter a outra mão dela longe da minha orelha.

— Tá, tá, trégua? — As bochechas delas estão vermelhas. Ela está se divertindo.

— Tá, trégua. — Solto os braços dela, já sabendo que estou perdido.

Nos separamos, nos observando com desconfiança. Então, como uma cobra dando o bote, antes que eu possa erguer os braços, o mindinho esquerdo dela entra babado na minha orelha.

Fico parado. Estou tão derrotado que nem tento afastar a mão dela. É muito constrangedor manter contato visual com alguém que está enfiando o dedo na sua orelha.

Ela tira o dedo.

—Você vai ficar bem. — A voz dela é gentil.

—Ah, é? — Quero acreditar, mas é difícil imaginar isso.

— Você tá conversando com o dr. Mendez. Isso é ótimo. Vai tomar seus remédios. Isso é importante. Tem a Jesmyn, que parece superlegal.

Jesmyn veio para o churrasco de despedida que fizemos para a Georgia na noite anterior.

— Ela é legal — digo.

— Não estrague isso, seja lá o que for.

Meu coração se aperta de culpa.

— Somos só amigos.

— Promete que vai continuar vendo o dr. Mendez, mesmo se as coisas não se resolverem logo de cara?

— Prometo.

—Você pode ligar ou mandar mensagem pra mim sempre que precisar conversar.

—Tá.

—Vai tentar se abrir um pouco mais pra mamãe e pro papai?

—Vou.

— Minha oferta de dar uma surra na Adair ainda está de pé.

— Eu sei. Não precisamos ir os dois pra cadeia.

— Carver? Por favor, toma cuidado. Não dê nada pro juiz Edwards. Não diga nada que não deve.

—Tá.

— Me dá um abraço.

Cubro as orelhas com as mãos e vou até ela. Quando estou seguro em seus braços, retribuo o abraço.

— Não sobraram muitas pessoas na minha vida. — Tento dizer isso em um tom de brincadeira, mas falho.

— Aguenta firme. — Georgia entra no carro, acena e vai embora.

Aceno enquanto ela dirige para longe; minha vida volta a se encolher.

Quase perco a coragem. Minhas mãos tremem enquanto disco o número da vovó Betsy.

— Blade — ela diz, com a voz radiante. — Como você está?

— Estou bem. E você?

— Sobrevivendo. Alguns dias são melhores que outros.

— Sei como é. Então… estou ligando porque pensei que a gente devia fazer um dia de despedida pro Blake, como você sugeriu. Não sei como isso funcionaria, mas quero tentar.

Há uma pausa do outro lado da linha.

— Ah, que maravilha! Acho que podemos deixar pra decidir na hora, né?

— Parece o jeito certo de prestar uma homenagem ao Blake.

Ela ri.

— O que você acha de sábado da semana que vem?

— Pode ser.

— Então vamos começar cedinho e ir até de noite. Vai ser um verdadeiro último dia com o Blake.

— Beleza.

— Isso significa muito pra mim. Significaria muito pra ele.

— Espero que sim.

Desligamos e fico um tempo sentado na cama, escutando minha própria respiração. Pensando sobre onde fui me meter. Pensando se estou à altura da tarefa de deixar meu amigo descansar em paz de uma vez por todas. Pensando se mereço qualquer paz que eu possa ganhar com isso.

VINTE

Sonho com eles de novo. No meu sonho, estamos juntos, fazendo alguma coisa feliz — não sei exatamente o quê; meus sonhos nem sempre são muito específicos —, e fico aliviado por eles não terem partido. Quando acordo, imploro para ficarem mais um pouquinho, mas eles não ficam.

Como fizeram tantas vezes, eles evaporam na escuridão da madrugada, me deixando sozinho com meu luto turbulento. Com minha culpa abrasadora.

VINTE E UM

Várias vezes na vida enfrentamos um desafio que parece mais do que somos capazes de suportar. Tive um desses pouco antes de começar meu último ano do ensino médio. Precisei aprender...

Precisei superar...

Isso me ensinou...

Não. Não dá. Desculpa, pessoal da admissão da faculdade, mas tenho que parar de mentir, de falar da boca pra fora nesta redação idiota, porque não aprendi. Não superei. Tenho ataques de pânico e não consigo dormir à noite. Perder meus três melhores amigos não me ensinou bosta nenhuma além da minha capacidade de sofrer e de sentir ódio de mim mesmo.

Tgjjgdssvhjinngdsbnkjmvcdfbnnnbcsdfdkfsfd'apsdofias'dpfosakdf'sapdfjo

Vou deletar este lixo de merda e vou para a Faculdade Comunitária do Estado de Nashville, onde vou estudar ciências da zeladoria. Isso se eu não estiver na penitenciária.

Me recosto na cadeira e resmungo para o teto. Hoje não estava sendo tão péssimo até agora. Faz uma hora que cheguei em casa depois de assistir Jesmyn tocar de novo. Agora sinto dores de fome nos dias em que não a vejo tocar. E a música parece abrir alguma porta enferrujada dentro de mim. As palavras estão começando a fluir de novo. Quero dizer, gotejar. Consegui escrever as duas primeiras páginas de um conto novo. Já é alguma coisa, acho.

Uma batida na porta.

— Pode entrar — grito.

Minha mãe entra, seguida do meu pai. Eles estão com uma expressão grave. Meu pai está segurando um jornal. Meu coração começa a acelerar.

— Oi, querido — minha mãe começa. — A gente pode conversar um segundo? — A voz dela tem um leve tremor. Mas, se não fosse o contexto da nossa interação, eu não teria notado.

— Hum, claro.

Meu pai senta na minha cama e minha mãe senta ao lado dele. Minha mãe vira para o meu pai.

— Callum, você pode? Eu não…

Meu pai pigarreia. Ele me encara por um momento e olha para o jornal. A voz dele é baixa. Com o mesmo tremor da minha mãe.

— Carver, o sr. Krantz ligou e nos contou sobre esse artigo no *Tennessean*. A procuradoria do distrito decidiu abrir uma investigação sobre o acidente.

As batidas do meu coração se tornam um rufar de tambores.

— Ele disse mais alguma coisa?

— Disse que provavelmente vão querer conversar com você agora. Então não é para falar com a polícia a menos que ele esteja presente — minha mãe diz.

Minha boca está seca. Minhas mãos estão suadas. Não consigo respirar. Uma sensação terrivelmente familiar.

— Posso ficar sozinho um pouco? Só… preciso ficar sozinho. — Tento não parecer frenético, por mais que meus pulmões estejam murchando.

Eles me abraçam e saem, fechando a porta com cuidado.

Caio na cama, a cabeça girando. Pontos pretos se formam no meu campo de visão. Tenho um leve momento de premonição de estar deitado numa cama estreita de prisão, sofrendo um ataque de pânico.

Acho que essas mortes em miniatura são apenas parte da minha nova paisagem. Pelo menos, vou ter muito o que conversar com o dr. Mendez na nossa próxima sessão.

Quando o pior passou, mando uma mensagem para Jesmyn e pergunto se ela pode colocar o celular perto do piano e tocar para mim. Não explico o porquê e ela não pergunta.

Ajuda um pouco.

Quando ela termina, conto que talvez eu vá para a prisão.

VINTE E DOIS

Acontece mais quando minha mente está em um estado silencioso. Quando estou pegando no sono. Quando escuto Jesmyn tocar. Quando desejo que estivesse repleta das palavras para meu próximo conto mas, em vez disso, é um céu de inverno cinza-ardósia.

Começo os cenários hipotéticos. As reformulações. As repetições. É uma ausência de ações. Não mando mensagem para o Mars. O que mais poderia ser? Acho que eu poderia tentar impedi-los de ir ao cinema, pra começo de conversa. Mas isso é mais difícil de imaginar porque envolve convencê-los a não ver um filme que eles queriam muito assistir sem motivos para acreditar que correriam perigo se fossem.

Não imagino o que Mars poderia ter feito. Eu não estava lá. Não tinha controle sobre aquilo. Não imagino o que o motorista do caminhão poderia ter feito. Só tenho o controle sobre o que eu faço. E, nesse cenário, tudo o que tenho a fazer é nada. Isso é fácil. Consigo *não* fazer.

Então não mando mensagem para o Mars. Em vez disso, apenas espero quinze minutos. Digo a mim mesmo que eles vão chegar logo e que mandar mensagem não vai fazer com que cheguem mais rápido. Fico tentado, mas não mando. Não mando mensagem para o Mars.

Enquanto espero, folheio um livro que deveria estar guardando na prateleira. Quando volto ao trabalho, ouço uma imitação terrível de voz feminina.

— Com licença, rapazinho, onde estão os exemplares de *Cinquenta tons de cinza*? Só os exemplares novos, por favor. — É o Blake. Eli e Mars estão ao lado dele.

Sorrio.

— Você sabe que esse livro envolve humanos, e não ovelhas, né?

— Ah… deixa pra lá então.

Todos nos acabamos de rir.

— Como foi o filme? — pergunto.

— Demais — Blake e Eli dizem ao mesmo tempo, enquanto Mars diz:

— Um lixo.

Eles viram para ele. Mars dá de ombros.

— A DC está sendo massacrada pela Marvel. — Blake e Eli reviram os olhos.

— Imagina ser tão nerd que você nem consegue se divertir — Eli diz.

— Ei, fico surpreso que você foi ao cinema. Pensei que a Jesmyn guardasse suas bolas numa caixinha de veludo — Mars diz.

— *Viiiiish* — todos murmuramos.

Eli manda a gente ficar quieto.

— Cara, pergunta pra sua mãe, minhas bolas estão exatamente onde deveriam estar.

Todos murmuramos mais alto.

— Ah, *caralho* — Blake diz, apontando para Mars e cobrindo a boca. — Você foi destruído, cara.

Mars começa a dizer algo, mas levo os dedos à minha boca sorridente.

— Ei, vocês. Calminha aí. Vou acabar sendo demitido desse jeito. Vamos só imaginar que o Mars tivesse uma resposta boa.

Eli estende o braço para Mars e eles batem as mãos.

Blake olha o celular.

— Blade, vai lá bater o ponto. Temos esquilos pra caçar e estou louco pra encher a cara no Bobbie's.

Tiro o avental verde e me dirijo para a sala dos fundos. Enquanto me afasto, ouço Mars dizer:

— Pessoal, precisamos arrumar uma namorada. Você não, Eli. Mas o resto precisa. Pô, caçar esquilos? Que merda é essa, gente?

As vozes deles desaparecem atrás de mim, subindo em direção ao céu. É assim que aquele dia deveria ter acontecido.

Então não mando mensagem para o Mars. Deixo o celular no bolso. Continuo arrumando os livros nas prateleiras até eles chegarem e conversamos e rimos e nos ajoelhamos no altar da vida sem nem perceber que estamos fazendo isso. Espero. Não mando mensagem para o Mars.

E eles não jazem mais em meio a um caos de luzes e gritos, com o sangue carmim escorrendo no asfalto escuro como se ali fosse o seu lugar.

Então não mando mensagem para o Mars.

Não mando mensagem para o Mars.

Não mando mensagem para o Mars.

VINTE E TRÊS

Enquanto ela toca, fico deitado embaixo do piano, com as mãos atrás da cabeça. Da minha posição estratégica, pareço completamente imerso em um oceano iluminado por estrelas. Acalma a minha mente.

Ela para de tocar. Continuo deitado ali. Começo a levantar, mas ela se ajoelha e olha embaixo do piano. Deita ao meu lado, olhando para cima.

— E aí? — ela diz.

— Você estava fenomenal.

— Você não pode dizer que não me ouviu cagando tudo na última parte.

— Posso e digo. Como chama essa música? É linda.

— "Jeux d'eau", do Ravel. É basicamente impossível, mas vou me ferrar se tocar alguma coisa fácil, mesmo se tocar com perfeição. — Ela cruza os braços e alisa o vestido leve sobre as coxas. — Então aqui embaixo é assim.

— Não estou aqui pela vista; estou pelo som. Você vai se sujar toda.

Ela bufa.

— E daí? Eu caçava sapos com meus irmãos. Ficava cheia de lama entre os dedos do pé.

— Você caçava sapos?

Ela suspira e revira os olhos.

— Lá vamos nós com o racismo de novo.

— Quê? Não. Ah, vá! Como?

— É, sim. Toda vez que comento alguma coisa típica do interior, você fica chocado porque asiáticos não podem ser do interior.

— Não é isso.

— Então você é machista.

— Não.

— Se eu fosse um cara branco de dezessete anos de Jackson, Tennessee, você ficaria surpreso se eu dissesse que caçava sapos com meus irmãos?

Merda. Caí direitinho.

— Sim?

— Mentiroso. Machista mentiroso.

— Não! É só que você é uma pianista e imaginei que todos vocês se preocupassem demais com as mãos. — *Boa. Fui rápido.*

Ela segura o riso e me dá um tapa na barriga com o dorso da mão.

— Isso é… *preconceito contra os músicos.*

Eu me curvo e dou risada.

— Ai. Doeu. O que não me surpreende nem um pouco, porque *meninas são boas em bater também.*

— Besta — ela murmura com um sorriso. — Então, quero ouvir como é o som daqui debaixo. Vai lá tocar alguma coisa.

— Eu não toco.

— Todo mundo na Terra sabe tocar alguma música no piano. Vai, trouxa.

Finjo estar irritado.

— Tá bom. — Levanto e tiro o pó da roupa. Sento ao piano.

Eli senta ao meu lado no banco do piano.

— *Isso vai ser bom.*

— *Sua cara vai ser boa* — *digo.*

— *Eu tentei com você, tentei mesmo.*

— *Eu sei. Te falei um monte de vezes: música não é meu lance. Os genes musicais do meu pai simplesmente passaram reto por mim. Sei lá.*

— *Quantas vezes me ofereci pra te ensinar violão?*

— *Cara, você tentou. Admito. Parece que não suporta ter alguém por perto que não saiba o prazer de tocar um instrumento.*

— *Fato. E outro fato é que preparei você muito mal pra sair com a minha namorada musicista depois da minha morte.*

— *Não é culpa sua.*

— *Eu ia ensinar violão pra ela. Ela teria se dado bem.*

— *Não duvido.*

Eli afasta o cabelo dos olhos com uma jogada rápida do pescoço.

— *Se limita à escala de dó, cara. Sem sustenidos ou bemóis. Mais seguro.*

— *Sou completamente a favor de segurança.*

— *Nada disso fez sentido pra você.*

— *Claro que não.*

— *Como você fugiu das aulas de piano na infância?*

— *Georgia deu tanto trabalho pros meus pais que eles nem tentaram comigo.*

— *Aqui vai minha sugestão oficial.*

— *Sou todo ouvidos.*

— *Seja engraçado. É sua única chance.*

— *É o que o Blake teria dito.*

— *Pois é. Bom, nós sabemos seus pontos fortes e fracos, Blade.*

— *Sinto falta de vocês.*

E ele se vai.

A voz de Jesmyn soa distante debaixo do piano.

— Certo. Me surpreenda.

Finjo um sotaque britânico horrível.

— Mas o que tocar? Devo deleitar você com o quê? Mozart? Naaah. Beethoven? Bobagem. É... Fala aí outro compositor.

— Bartók. — Ela está rindo.

— Bartók? Absurdo e coisa e tal. Não, vou tocar pra você uma das minhas obras-primas...

— Toca logo, babaca!

— *Xiiiiu*... Uma das minhas obras-primas intitulada "A dona Aranha subiu pela parede".

Ela ri baixo. Toco de um jeito hesitante, desajeitado. Termino com um floreio, levanto e me curvo. Ela aplaude.

Vou para debaixo do piano e me deito ao lado dela.

— Como fui?

— Bravo, maestro. — Ela me dá um tapinha no peito. — O som aqui embaixo é incrível. — Depois de um momento ou dois, ela fala mais baixo: — Me lembra de quando Eli tocava pra mim.

O ar entre nós é como quando uma ventania cessa e as árvores ficam imóveis.

— É — digo, porque não sei mais o que dizer.

— Ele tocava para vocês? — Jesmyn vira na minha direção, com as mãos juntas embaixo do rosto.

Viro para ela e imito sua posição.

— Às vezes. Mas imagino que ele não estava tentando beijar nenhum de nós. — Entreabrimos sorrisos tristes.

— Ainda não estou bem — Jesmyn diz. — Estou melhor, mas não de volta ao normal.

— Eu estava voltando de um ataque de pânico quando liguei pra você no outro dia e pedi que você tocasse para mim.

175

—Você ganhou. Como você está?

— É. Que bosta de competição para se ganhar.

— Continuo chorando do nada — Jesmyn diz. — Outro dia minha mãe me mandou comprar ovos no mercado e eu estava na fila, e a fila era bem longa, aí comecei a chorar. *Nunca* fui de chorar pelas coisas.

— Lembra que te contei sobre o dia de despedida com a avó do Blake? É amanhã.

— Uau — ela murmura. —Você está nervoso?

— Estou. Conversei com ela ontem e ela tem um plano, então acho que vamos seguir esse plano. É difícil saber como homenagear a vida de alguém.

— Sim. Mas você é inteligente e sensível… vai ficar bem.

— Não sou *tão* sensível assim.

— Em primeiro lugar, sensibilidade é uma característica incrível nos homens; e, em segundo, sim, você é sensível, e não tem problema nenhum nisso. Eu estava tentando te fazer um elogio.

— Desculpa. Elogio aceito. — A parte de "nos homens" salva a parte do meu ego que ficou ferida por ser considerado sensível demais.

— Que horas são?

Olho o celular.

— Quatro e quinze.

— Merda. Tenho um aluno daqui a meia hora. — Jesmyn sai de debaixo do piano e levanta com um salto. Faço o mesmo.

Ela vira as costas e dá um passo para trás, puxando o cabelo longo e farto para cima.

— Me limpa.

Travo. Ela espera. Então começo a tirar o pó da roupa dela. Limpo seus ombros macios quase nus. Têm cheiro de loção de madressilva. O lugar onde seu pescoço encontra os ombros, embora o cabelo provavelmente o estivesse cobrindo. Só quero fazer um bom trabalho. Não ajo como se estivesse tirando farelos de bolacha do estofado do carro. Ajo mais como se estivesse espanando o pó de uma pintura valiosa descoberta no sótão. A pele dela é quente sob meus dedos, como o primeiro dia de primavera quando as janelas são abertas.

Limpo suas escápulas. O meio das costas. A parte de trás do braço esquerdo. A parte de trás do braço direito. Sua lombar, até o mais baixo que me atrevo a ir.

Meu pulso formiga na ponta dos dedos.

— Quer que limpe suas pernas também? — Ela pode facilmente alcançar as próprias pernas. Mas...

— Não — ela murmura. — Quero andar por aí com as pernas sujas.

Interessante.

—Viu como não supus que você quisesse que eu limpasse porque é uma garota com medo de um pouquinho de sujeira?

Ela vira um pouco a cabeça para eu ver seu sorriso.

—Você não é um caso perdido.

Eu me agacho e limpo a parte de trás de suas coxas macias sob a barra do vestido. No minuto em que faço isso, começo a sentir o que vamos chamar de "um crescimento pessoal". Estou realmente tentando manter isso puro e inocente, e não quero ser indecente com uma amiga, mas estou encostando nas pernas dela, que são muito bonitas. Então invoco a imagem da minha avó cagando para tentar cortar o mal pela raiz e evitar qualquer constrangimento quando Jesmyn se virar. Quase dá certo.

—Você vai se sair muito bem amanhã — Jesmyn diz do nada. E esse lembrete funciona ainda melhor do que a minha avó cagando. —Você está fazendo a coisa certa. Aposto que vai ajudar.

— Não quero piorar as coisas de alguma forma.

— Não vai piorar. Já acabou? Estou bem? — Ela pergunta, soltando o cabelo.

— Sim — digo. — Está ótima.

No caminho para casa, Darren Coughlin liga. Paro o carro para atender. Ele pergunta se tenho algum comentário sobre a investigação iminente. Digo que não e fico parado e respiro e escuto as batidas do meu coração até ter certeza de que não vou ter um ataque de pânico enquanto dirijo.

Se eu tivesse um milhão de dólares... bom, primeiro pagaria o sr. Krantz, mas depois usaria o resto do dinheiro para pagar por apenas uma hora em que não pensasse sobre o Acidente, sobre o juiz Edwards, sobre a promotoria, sobre Adair, sobre os custos do processo, sobre a prisão, sobre qualquer coisa do tipo.

Uma hora em que pudesse sentar e deixar o calor da pele de Jesmyn se esvair da memória dos meus dedos no momento em que minha cabeça está tão clara e tranquila quanto um mar sem ondas num dia sem vento.

VINTE E QUATRO

Sem dormir, fico deitado na cama, e o silêncio ruge nos meus ouvidos. Os dígitos verdes brilhantes do meu despertador mostram 2h45. Estava quase dormindo quando um trem me acordou. A vovó Betsy não estava brincando sobre acordar cedinho. Fiquei de encontrá-la às sete.

Tento reunir minhas histórias sobre Blake. Não vai me ajudar a dormir, mas continuo mesmo assim. Arrumo-as em uma fila na minha cabeça. Dou um banho e um polimento nelas.

Preparo para pôr todas elas para dormir.

É a terceira semana do oitavo ano na AAN. Não conheço ninguém porque é meu primeiro ano lá (é uma escola que vai do oitavo ano do ensino fundamental ao ensino médio). Deixei todos os meus poucos amigos e muitos valentões no colégio Bellevue. É estranho estar numa escola em que todo mundo na classe é o aluno novo.

Estou sentado no fundo da aula de educação cívica, e a professora, a sra. Lunsgaard, está falando em tom monótono sobre o bicameralismo e a separação de poderes. É a hora mais longa do dia porque é a hora que antecede o almoço. Lanço um olhar para o menino ao meu lado. Ele parece simpático e gentil. Sorri e começa a fazer gestos elaborados com as mãos, como se estivesse dando nós. Faz um nó invisível no pescoço, aperta, e o puxa para cima, deixando a língua pra fora, caída pelo canto da boca.

Contenho uma risada e finjo abrir um frasco de comprimidos e jogar tudo na boca.

Ele não consegue segurar o riso. A sra. Lunsgaard nos encara.

— Blake? Carver? Isso vai cair na prova.

— Desculpa — murmuramos. Olhamos um para o outro de novo. Por baixo da mesa, Blake finge cortar os pulsos.

O sinal finalmente toca. Estou guardando as coisas na mochila. Blake estende a mão para mim.

— Ei, cara, meu nome é Blake.

Aperto a mão dele.

— Carver.

— Que nome da hora, meu. Parece o nome de um assassino em série, Carver, o Entalhador de Boston. — Ele tem um sotaque arrastado. Não parece da cidade.

— Sim, é em homenagem a um escritor de contos.

— Ah.

— Um escritor de contos *aclamado*.

— *Oh*. — Ele imita a voz de uma velhinha e cobre a boca. Dou risada.

— Então, onde você estudava antes?

— Ah, cara, você nunca deve ter ouvido falar. Colégio Andrew Johnson. Fica em Greeneville.

— Carolina do Sul?

— Leste do Tennessee. Bem mais perto da Carolina do Norte do que daqui.

— Como veio parar aqui?

— Moro com a minha avó, e meu avô morreu faz um tempo,

então ela precisava de uma mudança e queria que eu fosse para uma escola melhor. Daí nos mudamos pra cá.

— Legal. Está gostando de Nashville?

— Sim. Queria conhecer mais gente.

Saímos pelo corredor.

— Quer almoçar comigo? — pergunto.

Ele sorri.

— Claro, cara. Vamos lá.

Comemos juntos. Ele me mostra sua página no YouTube. Falo dos meus contos. Rimos.

Rimos muito, na verdade.

Pode até ter havido algum período em que não éramos melhores amigos nem inseparáveis. Dias. Talvez semanas. Mas, na minha memória, daquele dia em diante, ficamos amigos pra sempre. É engraçado como a memória apaga as partes chatas. E isso a torna uma boa editora de histórias. Às vezes, porém, você quer se lembrar de todos os minutos que passou com alguém. Quer se lembrar até dos momentos mais banais. Deseja ter habitado neles por completo e deseja que você tenha sido marcado por eles da maneira mais indelével — não "apesar da simplicidade" deles, mas por causa dela. Porque você não está pronto para o fim da história. Mas só descobrimos isso quando já é tarde demais.

Reflito sobre isso enquanto me reviro na cama, esperando o sol nascer.

Estaciono na frente da casa da vovó Betsy às 6h45 e espero no carro até as 7h01. Um cachorro late para mim de trás de uma cerca de arame do outro lado da rua e há um zumbido de insetos, mas, fora isso, a vizinhança tem a placidez e a sonolência dos sábados de manhã. O ar ainda está pesado pela umidade do verão, ainda que estejamos acabando a primeira semana de setembro. O orvalho brilha na grama, está ficando um pouco alta. Faço uma nota mental de voltar em breve para aparar.

A vovó Betsy atende a porta usando uma camiseta com estampa de ursinho, um boné de beisebol da Universidade do Tennessee, calça jeans de avó e um tênis branco. Ela tem um ar cansado que parece tatuado na cara. Não é o tipo de cansaço temporário e passageiro que dá para recuperar dormindo ou lavando o rosto. Mas parte dele desaparece quando ela sorri.

— Blade. Entra, entra. Então.

— Então. — Retribuo seu sorriso exausto e entro.

— Está pronto?

— Acho que sim.

— Se importa de se sujar um pouco?

— Não.

— Ótimo, porque pensei em começar com uma das coisas que eu e o Blake mais gostávamos de fazer numa manhã de sábado: pesca depressiva. Depois vamos para a Waffle House, nosso lugar favorito para tomar café da manhã.

— Espera, você quis dizer *pesca esportiva*?

— *Pesca depressiva*. No carro eu explico.

Ajudo a vovó Betsy a guardar duas varas de pescar, duas cadeiras de praia, um isopor e uma caixa de ferramentas no porta-malas de seu Buick com tinta marrom descascada. Me afundo no banco acolchoado. O cheiro é de pinheiro e de lenços de papel empoeirados, e o painel é iluminado por várias luzes laranja. O motor solta um ruído agudo enquanto damos ré para sair da garagem. O rádio, ligado na wsm 650 am, toca Johnny Cash baixinho.

— Foi o Blake quem inventou o nome, óbvio — vovó Betsy diz. — Não sou nem de perto tão rápida com as piadas.

— Ninguém é.

—Verdade. Enfim, pesca depressiva é mais ou menos o que diz seu nome. Pesca depressiva. Nunca fomos bons em pescar. Quando Blake veio morar comigo, tinha oito anos. Nunca tinha feito nenhuma das coisas que os meninos dessa idade costumam fazer. Mitzi vivia bêbada ou drogada. Os únicos homens da casa eram namorados dela ou pior. Então deixavam Blake na frente da TV por horas e horas a fio.

"Foi assim que ele se interessou por comédia. De tanto assistir TV. Ele nunca foi de falar muito sobre a antiga vida dele, mas isso ele me contou.

"Enfim, um dia, Blake vira para mim e diz: 'Vovó, quero ir pescar como as pessoas na TV'. Bom, meu marido Rolly adorava pescar. Mas ele já tinha falecido naquela época. Então achei que era melhor tentar aprender. Comprei duas varas de pescar e alguns anzóis e arranjei minhocas. *Vamos fazer como nos desenhos*, penso eu. Aí passamos a manhã inteira pescando e não pegamos nada. Nem uma fisgada. Mas, Deus do céu, como nos divertimos… cortando a linha, conversando, tomando refrigerante. Já tínhamos ido várias vezes quando Blake finalmente me disse…"

Vovó Betsy começa a tremer de tanto rir e precisa secar as lágrimas.

— Desculpa, não é tão engraçado assim. Mas ele disse: "Vovó, isso não é pesca esportiva. Está mais pra pesca depressiva".

Eu tinha me preparado para a experiência de pisar em solo sagrado. Mas a realidade é diferente. De repente, quero confessar exatamente por que não sou digno de fazer isto. Então a voz do sr. Krantz ecoa na minha cabeça e me puxa de volta à realidade. Uma confissão parcial, apenas.

— Vovó Betsy, não sei se sou a pessoa certa pra fazer isso. Isso é tão especial.

Ela diminui o volume do rádio já baixo.

— É especial. É a coisa mais especial que podemos fazer agora. O que significa que eu decido quem é ou não é digno de fazer isso comigo. E, quando digo que você é, você é. Estamos entendidos?

— Seu tom é gentil, mas com um toque de não-mexa-comigo.

Ela lança um olhar para mim e assinto.

— O que o Blake diria se estivesse aqui? — ela pergunta. — Ele diria: "Não, vovó, ele não é digno de fazer isso"?

Faço que não. Mas ainda tenho medo de a generosidade da vovó Betsy e do Blake não ser o bastante para me absolver.

— A primeira vez que ele falou sobre você foi num passeio de pesca depressiva — vovó Betsy diz.

— Sério?

— Perguntei como estava indo na escola, se ele tinha feito algum amigo. Ele tinha um monte de fãs virtuais da página dele, mas não é a mesma coisa que amigos de verdade. Eu ficava preocupada porque ele não tinha tido os melhores exemplos sociais.

— Você não tinha como saber.

— Pois é, mas a gente estava vindo de uma cidadezinha minúscula no leste do Tennessee para uma cidade grande, e o Blake entrou nessa escola com um monte de crianças inteligentes e talentosas. Eu sabia que ele era inteligente e talentoso, mesmo assim tinha medo.

— Então o que ele te contou?

Vovó Betsy sorri.

— Ele disse: "Vovó, conheci um menino legal na escola chamado Carver e ele almoçou comigo. Vamos virar amigos!".

— Foi exatamente isso que ele disse? — Me soa tão infantil.

— Exatamente. Lembro porque foi um dos dias em que eu soube que tinha feito a coisa certa ao mudar nossa vida e vir pra cá. Foi um grande risco, e eu tinha medo.

E então percebo subitamente: *Esse risco que você tomou resultou na morte do Blake. Se você e ele tivessem ficado lá, ele não teria morrido.*

— Você se arrepende de ter vindo pra cá? — pergunto baixo. Não consigo completar a pergunta e ligar os pontos.

Mas ela parece ter ligado por conta própria. Seus olhos cintilam e se enchem de lágrimas.

— Não. O Blake morreu aqui. Mas, se não tivéssemos vindo, ele nunca teria vivido. Ele encontrou os amigos dele aqui. A mão de Deus guia nossa vida, e acredito que nos guiou pra este lugar. Não sei por que ordenou que Blake fosse tirado de nós; mas o Senhor escreve certo por linhas tortas.

Ficamos quietos por alguns minutos, com o silêncio pendendo entre nós como uma cortina suspensa por um barbante fino. Então, a vovó Betsy aumenta o rádio.

— A gente vai conversar muito hoje. Mas, por enquanto, precisamos cantar desafinado do alto dos pulmões algumas músicas country antigas. Tradição é tradição.

Chegamos perto do lago Percy Priest, estacionamos e caminhamos por algumas trilhas até o lugar de pesca deles. Montamos as cadeiras de praia. Vovó Betsy me ajuda a colocar a isca no anzol, rindo.

— Acho que descobri a única pessoa na Terra pior em pescar do que eu e o Blake.

— Sorte a sua.

Lançamos nossas linhas e nos acomodamos nas cadeiras.

Vovó Betsy encosta no meu joelho e aponta.

— Olha — ela sussurra. Uma elegante garça azul passa planando, com as pernas espigadas aprumadas.

— Uau.

— Parte do motivo por que vínhamos. Sentávamos neste lugar bonito e admirávamos a criação divina.

Vovó Betsy observa o lago com melancolia. Começa a dizer

alguma coisa. Cobre a boca, mas começa e tremer e fungar de tanto gargalhar.

— Claro que nem a poderosa criação de Deus estava a salvo de Blake. Uma vez uns quatro ou cinco cervos foram até a beirinha do lago beber água, a menos de cinco metros da gente. Ficamos observando e o Blake sussurrou: "O que você acha que Deus estava pensando, vó? Ele faz esse cervo marrom bonito que combina com tudo e diz: 'Não, ainda não está completo'. E dá para eles essas bundas brancas reluzentes, brilhantes e gloriosas. As bundas mais bonitas de todas as criaturas de Deus".

Rimos até perder o fôlego.

— Deve ser por isso que nunca pescamos nada. A gente não conseguia calar a boca. Assustava os peixes — vovó Betsy diz. E, depois de um momento de reflexão: — Penso muito em como ele me mudou. Ele mudou você?

Minha boca começa antes mesmo que meu cérebro saiba que está preparado.

— Ele me deixou com menos medo de ficar nu.

Vovó Betsy parece um pouco horrorizada.

— Não nesse sentido. Menos medo de ser vulnerável. Desculpa.

— Ah, porque com o Blake...

— Pois é, nunca dava pra saber.

Vovó Betsy abre o isopor, pega um refrigerante e passa para mim.

Abro e dou um gole.

— Uma vez, fui com o Blake filmar um vídeo. Aquele em que ele entra no shopping Green Hills sem camisa.

Vovó Betsy cobre o rosto com as mãos.

— Ah. Queria que você tivesse convencido ele a não fazer esse. Deus do céu.

— Ah, acredite, *eu tentei*. Eu estava morrendo de vergonha só de ir atrás dele com a câmera. Fiquei tão aliviado quando um guarda finalmente nos expulsou quando ele entrou na Nordstrom.

— Ele não perguntou para o guarda como poderia comprar uma camisa se não tinha permissão de entrar num lugar que vende camisas?

— Algo do tipo. Enfim, fomos até o carro e perguntei: "Blake, cara, você não fica com vergonha?". E ele me encarou como se eu fosse maluco e disse: "Você já menosprezou alguém por fazer você rir de propósito?". Pensei por um segundo e disse que não. Então ele falou: "Dignidade é superestimada. Dá pra viver sem ela. Eu sei porque vivi. Mas não dá pra viver sem risadas. Tenho o maior prazer em trocar dignidade por risadas, porque a dignidade é barata, e as risadas valem ouro".

Vovó Betsy observa o lago concentrada, balançando a cabeça devagar. Pigarreia algumas vezes e seca o nariz.

— Ele sempre me falou a primeira parte. Nunca a segunda. O quanto Blake contou pra você sobre as circunstâncias em que ele cresceu?

— Não muito. Estava na cara que ele odiava falar disso. Imaginei que tivesse sido ruim.

Vovó Betsy termina seu refrigerante, coloca a lata vazia no isopor e pega outra. Ela parece triste.

— Mitzi sempre foi nossa garota rebelde. Ela era a mais nova, e acho que estávamos cansados demais na época para ser tão rígidos quanto deveríamos ter sido, então ela fazia o que bem entendia. Ficou grávida do Blake aos dezesseis anos. Podia ser filho de cinco homens diferentes, todos com mais de trinta. Ela escolheu aquele com o trailer mais bonito e com mais carros funcionando, e o convenceu de que Blake era seu filho.

— Então Blake nunca soube quem era o pai dele de verdade?

— Não. E todas as possibilidades eram terríveis.

— Nossa.

— Aí eles — vovó Betsy faz sinal de aspas — criaram o Blake. O que significa que o deixavam sentado na frente da TV por horas todo dia com a mesma fralda imunda enquanto davam festas e cheiravam metanfetamina. Às vezes, me deixavam passar o dia com ele, e eu dava banho e comida boa pra ele, e tentava ensiná-lo a ler e todas as coisas que ele já deveria saber.

—Você chegou a ligar pra…

— Assistência social? Meu Deus, sim. Pro xerife? Várias vezes. Mas a gente está falando de um condado rural com recursos limitados. Eles não faziam nada.

— Desculpa. Continua.

— Então ficou assim até o Blake fazer oito anos. Eles o largavam por dias. Ele não ia à escola. Os namorados de Mitzi viviam batendo nele. Até que finalmente não aguentei mais. Fui buscá-lo sem pedir permissão de ninguém. Imaginei que se o xerife e a assistência social não conseguiam proteger Blake de Mitzi, não tinham como proteger Mitzi de eu proteger o Blake.

Isso traz uma memória.

— Teve um outro jeito de Blake tentar me mudar — digo baixo. — A gente estava no meu quarto. Não lembro o que eu estava fazendo. Enfim, minha mãe bateu na porta pra me fazer uma pergunta e fiquei superbravo… fico com vergonha de contar isso pra você porque me faz parecer o pior filho da face da Terra.

— Não estou julgando você. Você falou que o Blake ensinou você a não ter medo da vulnerabilidade.

— É. Bom, fiquei superbravo com a minha mãe e ela saiu, e o Blake perguntou: "Por que você trata a sua mãe mal?". E eu falei: "Sei lá, cara, você não entende". E ele: "É, não entendo porque se eu tivesse uma mãe como a sua, nunca ficaria bravo com ela. Você não faz ideia da sorte que tem, mas eu faço". Pois é. Fico com vergonha de ter tratado a minha mãe daquele jeito na frente dele.

Ficamos sentados por um tempo, matando mosquitos, tomando refrigerante e conversando, o sol quente nas nossas costas. Algumas vezes pensamos ter fisgado alguma coisa. É claro que no final não é nada. Só o vento soprando nossas varas ou coisa assim. Nem nos damos ao trabalho de puxar a linha para verificar se nossos anzóis ainda estão com a isca.

Finalmente, a vovó Betsy olha para o relógio.

— Blade, estou ficando com fome. Deve ser hora de dizer adeus à pesca depressiva. — A voz dela embarga. — Devo dizer que você foi um ótimo companheiro de pesca depressiva. O segundo melhor que já tive.

— Podemos repetir quando quiser.

Ela olha para o chão, para o lago, e de volta para o chão, piscando rápido.

— Acho que não. Eu vou embora.

Não entra direito no meu cérebro. Por um segundo, acho que ela está falando sobre irmos embora dali agora.

— Pera. Como assim?

— Vou voltar pra minha cidade. Sinto falta das minhas montanhas. Só estava aqui por causa do Blake, para separar um pouco nossa antiga vida da nossa nova vida. Meus dois filhos moram em Greeneville, e minha filha mais velha mora em Chattanooga.

Isso me silencia na hora.

— Trabalhei pro Estado por anos o bastante para conseguir minha aposentadoria. Vou pôr a casa à venda na segunda. Não vou pedir muito. Só o suficiente para cobrir os custos do velório e para poder comprar um lugarzinho à beira de uma montanha com vista pra algum vale. E vou ver minhas histórias e ler meus mistérios e ter jantares aos domingos com meus filhos e ter uma vida tranquila com meus pensamentos e minhas lembranças até chegar a hora do Senhor me chamar.

Nunca tinha passado pela minha cabeça que a morte de Blake teria esse tipo específico de consequência. Pensei que seu impacto se limitaria a luto, culpa, sofrimento, saudade. Não alguém fazendo as malas e se mudando. Me pergunto o que mais vai cair dessa árvore sacudida.

— Sinto muito.

— Não tem por quê. Estou feliz em voltar pra minha terra.

— Quero dizer, sinto muito por fazer você se mudar.

— Já falamos disso. Não tem por que pedir desculpas.

Mas tenho. Cometi uma coisa tão parecida com homicídio negligente que não tenho nem permissão de contar nada a ninguém com a exceção do dr. Mendez e do sr. Krantz. Se eu não fosse culpado, por que precisaria tomar cuidado para contar o meu lado da história?

— Tudo bem — digo finalmente. Começo a pegar minha vara.

Vovó Betsy coloca a mão dela sobre a minha.

— Não. Deixe aí. — Ela tira uma folha de caderno dobrada do bolso da calça e a desdobra. Alisa o papel e o deixa em cima de uma das cadeiras. Usa uma pedra do tamanho de um ovo para segurá-lo no lugar.

Espio o bilhete, que tem uma caligrafia precisa, caprichada e gramaticalmente correta. Diz:

A quem encontrar estas coisas,
Por favor, fique com elas. São suas.
Eram minhas e do meu neto.
Nunca fomos bons em pescar, mas as usamos para criar memórias maravilhosas.
Espero que faça o mesmo.
Em memória de Blake Jackson Lloyd.

Começo a trilha, esperando que vovó Betsy venha atrás de mim. Ela não vem.

— Blade, se importa em ir na frente sem mim? Preciso de um minuto ou dois sozinha aqui. — A voz dela é um sussurro arranhado, como o vento passando pela grama alta. Ela me dá as chaves do carro.

Antes de ir, a observo sentar na cadeira ao lado daquela com o bilhete. Ela apoia os cotovelos nos joelhos e posiciona a cabeça entre as mãos.

Faço o mesmo quando chego ao carro.

Nós dois estamos quase recompostos quando ela vem até mim, uns dez minutos depois.

— Certo — ela diz com o que parece uma animação sincera (ou pelo menos um alívio temporário). — Eu comeria waffles com bacon depois da pesca depressiva. E você?

— Com certeza.

Vamos até a Waffle House mais próxima. Enquanto estacionamos, vovó Betsy ri.

— Não deve parecer um último dia muito glorioso pro Blake. Mas é o que eu e ele adorávamos fazer juntos. Todo sábado de manhã quando podíamos, nos últimos anos. Só estou supondo que é isso que ele teria desejado no seu último dia, mas definitivamente é o que eu desejaria.

— Como eu estou no lugar do Blake hoje, digo que é o que ele teria desejado.

— Acho que, se você quisesse que seu último dia na Terra não parecesse um dia comum pra você, você precisaria rever sua vida.

— Concordo. — Acho que um Buick no estacionamento de uma Waffle House é um lugar tão bom quanto qualquer outro para ter a noção de uma vida bem vivida ampliada, maior do que o Grand Canyon.

—Vamos comer waffles.

Uma garçonete loira com voz de fumante nos cumprimenta.

— Bom dia, Betsy! Já faz um tempinho. Você está com um companheiro diferente neste café da manhã.

O sorriso da vovó Betsy diminui quase imperceptivelmente.

— Olá, Linda. Blake não pôde vir hoje. Este é o melhor amigo dele, Carver.

— Oi. — Aceno.

— É um prazer conhecer você, querido — Linda diz. — Precisam do cardápio ou vão querer o de sempre?

Vovó Betsy olha para mim.

— Eu topo o de sempre, seja lá o que for — digo.

— Então vai ser o de sempre — vovó Betsy diz.

— Já trago — Linda diz. — Fala pro seu neto que sentimos falta dele hoje.

Vovó força um sorriso.

— Aposto que ele já sabe disso.

Sentamos e Linda sai às pressas depois de nos servir xícaras de café. Vovó Betsy se aproxima para sussurrar.

— Não consegui contar pra ela. Ela é tão simpática… E não tinha por que deixá-la triste.

— Blake teria achado engraçado.

Os olhos da vovó Betsy brilham.

— Imagino o Blake vendo a gente lá do céu agora e rindo da brincadeira que fizemos com a Linda.

Sorrio e brinco com o meu garfo.

—Você acredita no céu? — vovó Betsy pergunta.

A resposta fácil é que acreditava, de maneira tão despreocupada quanto acreditava em tudo relacionado ao Divino. Era uma crença não testada e não examinada, e por isso vivia confortável em mim. Mas agora? Se virassem para mim e dissessem: "Escuta, o Blake vai morrer, mas não tem problema porque você acredita no céu, certo?", minha resposta teria sido não.

— Sim. Quase sempre — digo. — Mas não passei muito tempo da minha vida pensando sobre isso como eu penso agora.

— Eu acredito no céu — ela murmura. — Acredito na ressurreição da carne quando os mortos vão ascender aos céus. Acredito em tudo isso. E você pode achar que isso torna as coisas mais fáceis. Acreditar que vou abraçar o Blake de novo algum dia. Deveria ser tão fácil quanto se eu estivesse mandando Blake para passar o verão em um acampamento. Mas não é.

Linda ressurge com dois pratos de waffles empilhadas e um grande prato de bacon.

— Aproveitem.

— Pode apostar que vamos aproveitar — vovó Betsy diz.

Nós dois olhamos pela janela, para os carros que passam, as pessoas indo e vindo. Ouvimos o tilintar dos talheres, o chiado da grelha, a crocância do bacon. O zumbido das conversas e alguns pedidos ocasionais.

Sinto uma ânsia de confessar.

— O que você acha que impede alguém de entrar no céu?

Vovó Betsy me encara nos olhos enquanto termina de mastigar e toma um gole de café.

— O que você quer dizer?

— Quero dizer, e se Deus achou que eu tinha algo a ver... — Linda se aproxima e enche nossos copos com água.

— Tudo bem por aqui? — Linda pergunta.

— Tudo ótimo — vovó Betsy diz. Linda sai de novo.

Falo com um leve tremor na voz.

— E se Deus me acha responsável pelo Acidente? — Quero

falar mais, mas a palavras do sr. Krantz ecoam na minha mente. Sempre achei incompreensível por que os criminosos confessavam seus crimes. Ainda mais quando entregam à polícia a única chance que têm para continuar livres. Agora entendo perfeitamente.

— Vou te falar sobre o Deus que eu conheço. — Ela olha pela janela por um segundo, depois volta a me encarar. — Meu Deus julga uma vida inteira e um coração inteiro. Não nos julga pelos nossos piores erros. E vou te dizer mais uma coisa. Se Deus é alguém que nos faz andar numa corda bamba sobre as chamas do inferno, não estou nem aí pra cantar louvores pra ele por toda a eternidade numa nuvem prateada. Prefiro pular da corda bamba a fazer isso. — A voz dela vacila na última parte, mas isso não diminui a força da convicção dela.

De repente, sinto como se tivesse um cubo gigante de gelo entalado na garganta. Tento engolir mesmo assim. Eu adoraria ter a mesma convicção, mas não consigo.

— Você se importa se eu contar uma história totalmente aleatória que não tem nada a ver com esse assunto? — pergunto.

— De jeito nenhum.

— Lembro de uma vez em que Blake estava na minha casa, e a Georgia estava com algumas amigas ouvindo música com a porta do quarto aberta. Eu e o Blake entramos no corredor, onde dava pra elas nos verem, e começamos a fazer umas danças engraçadas. Rebolando, fazendo hula-hula, imitando uma galinha, coisas assim. No começo, elas estavam gritando pra gente ir embora, mas, no final, estavam rindo tanto que não conseguiam nem respirar. Enfim. Acho que não parece tão engraçado quando conto. Talvez precisasse estar lá.

Vovó Betsy está tremendo; está com a mão sobre a boca e lágrimas escorrem de seus olhos. Não sei se está rindo ou chorando. Finalmente, ela engasga, e parece um engasgo de riso.

— A maioria das histórias sobre as pessoas que a gente ama não é assim? Precisava estar lá pra saber.

Terminamos de comer e nos levantamos para sair. Vovó Betsy tira mais uma folha de caderno dobrada do bolso e a deixa sobre a mesa, junto com uma nota de vinte e uma novinha de cem dólares. Coloca um copo vazio em cima de tudo.

— Tchau, pessoal... Bom dia pra vocês! — Linda diz, passando com um bule de café. — Até a próxima!

— Tchau, Linda — vovó Betsy diz. — Obrigada por tudo. E Blake manda um obrigado também.

Linda não parece notar o tom de despedida na voz da vovó Betsy, mas eu noto.

Saímos para o carro num silêncio meditativo. Estou ponderando sobre o inferno. Me pergunto se, em vez de um lago ardente de chamas, cheio de condenados gritando, é na verdade um corredor infinito de quartos sem barulhos nem janelas. E, dentro deles, cada um dos condenados se senta confortável numa cadeira de escritório perfeitamente comum, olha para as paredes cinza vazias e revive seu pior erro.

De novo.

E de novo.

E de novo.

Vovó Betsy planejou tudo muito bem, porque sabia que precisaríamos de um pouco de silêncio neste momento. Então vamos a uma matinê no cinema, o que funciona porque ela e Blake adoravam ir ao cinema juntos.

É uma adaptação de *Danny, o campeão do mundo*. Era um dos meus livros favoritos quando eu era criança, e eu pretendia assistir mesmo. Claro, normalmente eu via filmes com a Trupe do Molho ou com a Georgia. Mais uma maneira como a minha vida mudou e sobre a qual eu não tinha pensado ainda. Jesmyn poderia ter topado. Parece provável, na verdade. Talvez um pouco esperançoso da minha parte.

Eu e a vovó Betsy compramos um balde enorme de pipoca para dividir.

— Entendo se você não conseguir comer mais nada. Eu sei que não consigo. Mas eu e o Blake sempre dividíamos uma pipoca grande, e tradição é tradição.

Assistindo no escuro, reflito sobre os rituais comuns que, unidos de ponta a ponta, formam uma vida. Trabalhamos para ganhar dinheiro e, depois, se tudo der certo, usamos esse dinheiro para comprar memórias com as pessoas que amamos. Coisas simples que nos trazem alegria.

Com a mente agitada, acabo não prestando muita atenção, e o filme passa sem eu perceber. Talvez eu volte para assistir com a Jesmyn.

Nenhum de nós encosta na pipoca.

O filme acaba e vovó Betsy levanta do banco com um gemido.

— Essas cadeiras de cinema me causam um estrago... Envelhecer não é nem um pouco divertido.

Não envelhecer também.

Vovó Betsy anda devagar em direção à saída.

— Acho que não vou mais ao cinema. Pelo menos não até os meus outros netos crescerem um pouco. Não gosto de ir sozinha, e Blake era meu companheiro de filmes. — Ela abre a porta da saída e semicerramos os olhos sob o sol forte da tarde depois do escurinho frio do cinema. Por um segundo, me pergunto se a ressurreição é parecida como isso. Sair das trevas para a luz ofuscante.

No caminho até o carro, vovó Betsy cobre os olhos e diz:

— Eu sempre falava pro Blake procurar uma menina bonita

para levar ao cinema em vez de mim. Ele sempre dizia: "Não, vovó, prefiro ir com você". Verdade seja dita, fico um pouco grata por ele nunca ter encontrado a garota certa. — Ela começa a destrancar a porta.

E agora tenho um puta de um problemão.

— É, você é mais gay do que... andar num pônei branco num campo de pintos — Eli diz para Mars. Eles riem de novo. Eli dá um tapinha no braço de Blake enquanto estaciono na casa do Eli. — Porra, mano, você deve ter alguma.

Blake meio que entreabre um sorriso e se remexe no banco.

— Não, vocês já esgotaram todas.

— Poxa — Mars diz. — Vai, Blade. Acaba com ele.

— Não, não tenho nada aqui.

— Você está perdendo o jeito — Mars diz enquanto ele e Eli saem.

— Sua mãe é que está perdendo o jeito — Blake diz.

— Essa nem faz sentido — Mars diz.

— Sua mãe é que nem faz sentido.

Damos risada, e Mars e Eli sobem o caminho para a casa do Eli correndo.

Saio com o carro e começo a dirigir pra casa do Blake. Eu nunca o tinha visto tão quieto. Estendo a mão e dou um soquinho de brincadeira no braço dele.

— Está tudo bem, cara. A gente só precisa fazer um vídeo com cenas de treinamento de piadas gays, em que você corre enquanto eu ando de bicicleta, e levanta pesos enquanto grita piadas sobre gays, tudo pra você se redimir dessa derrota humilhante.

Blake ri baixo, mas está na cara que não é um riso sincero.

— Pois é.

— Estou zoando, cara.

— Eu sei.

—Você está bem?

— Estou sim. — Depois de alguns segundos, ele diz: — Posso te perguntar uma coisa?

— Claro — digo.

— Não, deixa pra lá.

— Cara.

— Não, é esquisito.

— É óbvio que é esquisito. É você que está perguntando.

— Promete que posso confiar em você?

— Sim, cara. Total. Juro.

Ele suspira e coça a cabeça. Começa a dizer algo e para. Tenta de novo.

— Como… Quando você descobriu que curtia meninas?

Fico sem palavras.

— Hum, você quer dizer, tipo, *sexualmente*? Desde que eu tinha mais ou menos uns onze anos. Por quê? — No fundo, já sei exatamente por que ele está perguntando.

Ele respira fundo, trêmulo. Como se estivesse prestes a pular de um barco naufragando.

— Porque… eu… nunca curti meninas… desse jeito. Nunca.

Um longo silêncio.

Prefiro que Blake revele quando estiver pronto, mas ele não fala, então eu digo:

— Você curte…?

— Ovelhas? Não.

Rimos.

— É — Blake diz baixo. — Acho que eu… curto meninos. — Ele acrescenta rápido: — Não você; não se preocupa.

— Nossa.

— É óbvio que eu gosto de você como amigo. Mas não *desse* jeito.

— Caramba, agora estou me perguntando se eu deveria ter feito mais hidratação ou esfoliação. Poxa, eu malho, cara — digo.

— Não, não malha — Blake diz.

— Ei. Desculpa, cara — digo, fechando o sorriso. — Por todas as piadas de gay que eu já fiz. Não foi por maldade. Mars e Eli também pediriam desculpa se soubessem. Eles não são homofóbicos de verdade. Nenhum de nós é. A gente só... não pensou. Foi idiota da nossa parte. Estou muito envergonhado.

— Tudo bem. Um dia conto pra eles, mas vamos manter isso só entre nós por enquanto, pode ser?

— Sim, cara. Claro. Mas vou falar pra eles pararem de falar merda da próxima vez que fizerem piada de gay. É de mau gosto zoar essas coisas.

— Isso eu acho legal. É bom desabafar. Você é a primeira pessoa pra quem eu conto. Obrigado por me ouvir.

— Imagina. Isso não faz da gente menos amigos. — E, depois de um segundo: — Mas, rapidinho, é por causa do meu cabelo?

Ele não contou pra ela. Imaginei que, depois de me contar, contaria pra ela. Tinha sido há pouco menos de um ano. E agora preciso decidir se deixo que ela conheça Blake por inteiro.

Se ele quisesse que ela soubesse, teria contado.

Se não quisesse que ninguém soubesse, não teria contado pra mim.

Talvez quisesse esperar o momento certo pra contar pra ela. Mais cedo ou mais tarde, ele teria contado.

Esse momento nunca vai chegar agora.

Ele nunca falou pra você que contaria pra ela.

Ele nunca falou que não contaria pra ela.

Ela vai ficar perfeitamente feliz com as memórias dele se não souber.

As memórias dele vão ser incompletas se ela não souber.

Ela vai ficar magoada por saber que eu soube antes dela.

Ela convidou você aqui hoje porque você tinha peças de Blake que ela não tinha.

É a coisa errada a fazer.

É a coisa certa a fazer.

Vovó Betsy entra no carro e eu também.

— Certo, agora nós…

— Preciso te contar uma coisa. — *É uma má ideia.*

— Sim. Claro.

As palavras tropeçam na minha boca ao saírem.

— O Blake… nunca encontrou a garota certa porque ele… não quis.

— E não é verdade? Parece que namorar era a última coisa na cabeça dele.

Espero pra encarar seus olhos antes de ela ligar o carro.

— Não foi isso o que eu quis dizer.

A expressão dela não muda por alguns segundos. Então a ficha vai caindo aos poucos. Ela balança a cabeça como se estivesse meio dormindo, tentando despertar.

— Ele não era…

Meu coração goteja frio e viscoso dentro do meu peito — claras de ovos quebrados escorrendo pelas prateleiras de uma geladeira. Não faço ideia se fiz a coisa certa.

Ela tira a mão das chaves e parece murchar no banco, paralisada. A única coisa mais sufocante do que o calor no carro é o silêncio. Ela se inclina para a frente e dá partida, e, graças a Deus, o ar-condicionado ganha vida com um chiado. Mas ela se recosta e não nos mexemos.

— Eu não fazia ideia — ela diz. — Moramos juntos por anos. Eu não fazia a menor ideia.

— Eu também não, até ele me contar.

— Quando ele te contou?

— Faz pouco menos de um ano.

O rosto dela se enruga e ela começa a chorar.

— Por que ele não me contou?

— Ele… ia contar. Ele me disse. — Definitivamente é uma mentira. Mas necessária para consertar o que temo ter quebrado.

— Mas por que esperar?

—Acho que… ele sabia como a religião é importante pra você e tinha medo de como você reagiria.

Ela revira a bolsa em busca de uma caixa de lenços de papel e seca os olhos.

— Nossa religião definitivamente não aprova esse estilo de vida, mas nunca acreditei que as pessoas escolhessem ser assim. Fico pensando… Se talvez eu tivesse tirado o Blake da Mitzi antes…

— Tenho quase certeza de que não é assim que funciona. Acho que ele nasceu desse jeito.

— Não consigo entender. Havia uma enorme parte dele que eu não conhecia.

— Mas essa era só uma parte de quem ele era. Você o conheceu melhor do que qualquer pessoa na Terra.

— Não tão bem quanto você, pelo visto.

— Mas você sabe inúmeras coisas sobre ele que eu não sei. Acho que a única pessoa que conhece alguém completamente é a própria pessoa. E, mesmo assim, nem sempre.

— Imaginei o futuro dele todo errado. Imaginava uma garota e um vestido de noiva e netos.

— Ainda dá pra imaginar um casamento e netos. Só que haveria um smoking no lugar de um vestido de noiva. — *Tomara que eu esteja melhorando, e não piorando a situação.*

— Só conheci uma pessoa gay na vida. Meu cabeleireiro em

Greeneville. Eu adorava aquele rapaz. Mas era fácil perceber que ele era. — A vovó Betsy assoa o nariz e pressiona a testa. Seu corpo se enruga e seu choro começa a ser de soluçar. — Tantas vezes deixei as pessoas falarem besteira homofóbica e preconceituosa na frente do Blake e não repreendi ninguém. Não é nenhuma surpresa que ele tivesse medo de me contar.

Meu coração continua a gotejar.

— Desculpa se você ficou magoada pelo que contei. Tentei fazer a coisa certa.

A voz dela treme.

— Você fez. Você está aqui para ajudar a narrar a história de Blake. — Ela hesita. — Blade, você acha que ele conseguiu amar alguém do jeito que queria?

— Não sei. Espero que sim.

— Eu também.

Ela faz menção de engatar a marcha do carro mas para de novo.

— Você pode dizer não pra esse pedido, mas pode fazer uma encenaçãozinha comigo?

— Posso tentar.

—Você pode fingir ser o Blake e me contar para eu poder dizer em voz alta o que eu teria dito? Caso ele possa nos ouvir?

—Acho que sim. Tá bom. Isso não vai ser tão engraçado quanto seria se fosse o Blake.

— Não tem problema.

—Tá. Hum. Vovó, posso conversar com você sobre uma coisa? — Não sei como fazer isso. Acho que não existe nenhum manual sobre como sair do armário no lugar do seu melhor amigo morto.

Ela seca os olhos.

— Sim, Blake, pode. — Nós damos risada, embora não seja nada engraçado.

— Já sei disso faz um tempo, mas preciso contar pra você que sou gay.

Vovó Betsy olha para o céu.

— Blake, querido, se você consegue me ouvir, preste atenção. — Ela me encara e engole em seco e, quando fala, o tremor desaparece da sua voz, que me envolve como um edredom. — Isso não faz a menor diferença pra mim. Eu te amo mais do que amo o próprio Deus. Então, se ele tem algum problema com isso, ele que venha conversar comigo, porque eu te amo do jeito que você é. Agora, se isso é tudo o que você tem pra me dizer, então é melhor irmos logo comer frango frito caseiro com pão de milho. Seu prato favorito.

Ela assente uma vez, como um juiz batendo um martelo, engata a marcha do carro, e saímos.

Ela não estava falando hipoteticamente quando mencionou o frango frito com pão de milho. Estamos sentados na cozinha enquanto ela espera o óleo esquentar em uma de suas frigideiras pretas de ferro fundido. Outra frigideira está no fogo, esquentando para aquecer o pão de milho. Um monte de sobrecoxas de frango mergulhadas em farinha e tempero espera num prato. Uma tigela grande de massa amarela de pão de milho repousa ao lado.

Minhas emoções se agitam. De certa forma, este dia aguçou tudo o que eu vinha sentindo nas últimas semanas. A culpa. O luto. O medo. Afiou esses sentimentos até ficarem cortantes e ardentes. Mas, por outro lado, tirou um pouco daquela pontada e a substituiu por uma sensação pesada de ausência. Enquanto o luto é um sentimento mais ativo — um processo de negociação —, a ausência parece o luto com uma dose de aceitação. Se o luto é uma rebentação de ondas, a ausência é uma melancolia, um mar se agitando de maneira suave.

—Você está feliz por ter feito isto? — vovó Betsy pergunta do nada. Meu rosto deve ter revelado minha emoção.

— Sim. — Em grande parte, é verdade. A parte que não é verdadeira tem mais a ver com o meu desejo de nunca haver tido a ocasião de sentar na cozinha da vovó Betsy para viver um dia de despedida para Blake. — Meu terapeuta falou que seria uma boa ideia. — Também não é inteiramente verdade. Pelo contrário, é quase uma mentira.

— Meu Deus, terapeuta? E eu achava que isso tinha me impactado feio. —Vovó Betsy coloca uma pitada do seu tempero de frango no óleo, e ele estala e crepita. Usando pegadores, despeja com cuidado alguns frangos no óleo quente. Eles chiam e borbulham.

Acho que é melhor contar logo pra ela. Eu não teria comentado do dr. Mendez se parte de mim não quisesse.

— Eu estava tendo ataques de pânico. Tive três até agora. O primeiro foi algumas horas depois que saí da sua casa no dia do velório do Blake. O segundo foi no primeiro dia de aula, assim que entrei pela porta da escola. O terceiro foi depois que descobri… — Essa confissão está indo além do que eu tinha planejado.

— Descobriu o quê?

Minha boca fica seca e me sinto zonzo.

— Descobri que a promotoria está considerando abrir um processo contra mim por causa do acidente.

— *Como é que é?* — Ela vira do fogão, boquiaberta, com os pegadores abaixados ao lado do corpo.

Minha voz é fraca — a de uma criança que fez xixi nas calças durante a aula:

— O pai do Mars pediu para a promotoria investigar o acidente e ver se tem alguma acusação que podem fazer contra mim.

— Você só pode estar de brincadeira comigo.

— Bem que eu queria.

— Como assim?

— A gente falou com um advogado e ele disse que podem me acusar por homicídio negligente.

— De que forma?

— Acho que se conseguirem provar que eu estava mandando mensagem para o Mars sabendo que ele estava dirigindo e que ele me responderia, e que eu sabia que usar o celular enquanto dirige é perigoso. — Minhas entranhas são um bando de enguias se contorcendo.

Vovó Betsy se volta para o fogão e vira os pedaços de frango.

— Mas você não sabia de nada disso.

Fico paralisado. Não falo nada. Não me mexo. Vovó Betsy me encara nos olhos. Sinto como se estivesse com a mão perto demais do fogo. O que faz sentido, já que essa conversa toda pode me queimar algum dia. Mas, de novo, sinto uma compulsão irresistível de me expurgar do veneno dessa culpa.

— Mas você saberia disso tudo? — Ela pergunta baixo.

Ainda paralisado, com a voz baixa, digo:

— Meu advogado falou que a única maneira que eles têm de me pegar é se eu confessar. E eles não podem me obrigar a fazer isso. Mas, se eu confessar pra outra pessoa, vão me pegar. — Eu praticamente me desossei abertamente. E é estranhamente satisfatório. Como arrancar uma casquinha de machucado. Enfiar um cotonete bem no fundo da orelha. Aquele desejo inexplicável de pular de lugares altos ou de entrar na contramão. É estranho como somos programados para sentir prazer em nos autodestruir.

Vovó Betsy não diz nada enquanto tira uma frigideira de dentro do forno, coloca um pouco de gordura de bacon nela, derrama a massa de pão de milho e a devolve para o forno. Senta à mesa comigo.

— Então acho que essa conversa nunca aconteceu.

— Não precisa mentir por mim. Eu mereço ser punido.

— Mentir sobre o quê?

— É por isso que eu não me achava digno de estar aqui hoje.

— Por isso o quê?

Coloco o rosto entre as mãos.

— Estou tão envergonhado. Eu me odeio pelo que fiz.

Vovó Betsy tira minhas mãos do rosto e as segura. Não consigo encará-la. Meu rosto está queimando.

Ela espera e, como não me viro para ela, diz:

—Você cometeu um erro. Mas essa história precisa de pelo menos um sobrevivente. Você deve a Blake sobreviver a isso.

Ela solta minhas mãos, se levanta e, com cuidado, tira o frango da frigideira, deixando o óleo de cada pedaço dourado escorrer antes de deixá-los num prato forrado de papel-toalha.

Ela coloca mais três pedaços na frigideira e senta.

— Sabe quem nunca teria culpado você? — ela murmura.

Balanço a cabeça de leve.

— Blake. Ele não era de culpar ninguém. Nunca o ouvi falar uma palavra negativa sobre Mitzi. E essa é uma pessoa que ele tinha o direito de culpar. Tudo o que sei sobre a infância dele, aprendi observando ou ouvindo de outras pessoas. Nunca dele.

— Ele nunca falou mal dela pra mim.

— Ele não sentia pena de si mesmo pelo jeito como a vida lidou com ele. Não acho que esteja sentindo isso agora no céu porque não vai crescer com você.

A parte de "não vai crescer com você" me dá a sensação de um estômago cheio tentando digerir pregos gelados.

Vovó Betsy se levanta para virar o frango.

— Por falar em crescer, como você está nos últimos dias? Conseguiu fazer novos amigos?

—Você conheceu a Jesmyn, namorada do Eli?

— A japinha bonita?

Fico vermelho.

— Filipina.

Vovó Betsy cobre a boca como se tivesse arrotado.

— Desculpa. Filipina.

— Isso. Eu e ela ficamos bem amigos no meio do processo todo. Mas ela é a única, no campo dos amigos. Antes eu era amigo da Adair, irmã do Eli. Mas não sou mais.

— Pelo menos tem alguém.

— Eu tinha minha irmã por perto e a gente ainda conversa, troca mensagens e tal, mas não dá exatamente pra ir ao cinema juntos porque ela faz faculdade em Knoxville.

— E os seus pais?

Me contorço por dentro.

— Não falo muito com eles sobre a minha vida.

— Eles parecem legais.

— E são. Pensei que deveríamos manter a vida pessoal longe dos pais.

Vovó Betsy se vira do fogão e apoia a mão no quadril.

— Garanto que não está escrito isso em nenhum lugar.

Olho para o piso de linóleo bege.

— Não sei qual é o meu problema.

Felizmente, talvez percebendo minha relutância a falar sobre esse assunto, vovó Betsy deixa que ele morra. Ela tira os outros pedaços de frango da frigideira, deixa-os no prato, abre o forno e tira o pão de milho fumegante.

Ela vem à mesa, equilibrando um dos pratos que preparou para nós no antebraço enquanto segura uma jarra de chá gelado. Ela volta à geladeira para buscar uma vasilha de salada de repolho caseira.

Faz uma oração e atacamos a comida.

— Esse foi exatamente o prato que fiz pra comemorarmos quando ele entrou na Academia de Artes de Nashville. Falei que ele poderia escolher qualquer restaurante, mas foi isso que ele escolheu.

— Dá pra entender por quê — falo de boca cheia. — Eu nem estava com fome.

— Guarde um espaço: tem torta de limão na geladeira.

Comemos devagar, saboreando cada mordida como achamos que Blake faria, e conversamos por horas. Tratamos a refeição como uma Comunhão, o que de certa forma acho que estamos fazendo. Começamos uma conversa agradável sobre as coisas pequenas e banais que lembramos sobre Blake.

Ela me conta que ele nunca matava aranhas porque elas comiam os insetos que ele tinha mais medo.

Conto que Blake pronunciou "lagartixa" como "largatixa" a vida inteira, até onde eu sei.

Ela me conta que Blake adorava tanto lamber a batedeira que, se ele não estivesse em casa, ela guardava a tigela na geladeira para ele lamber depois.

Conto que Blake nunca pegou no pé de ninguém na escola.

Ela me conta que ele odiava uva-passa.

Conto que eu deixava ele dirigir meu carro e que isso sempre o deixava empolgado; a novidade de dirigir nunca perdia a graça.

Ela me conta que ele nunca aprendeu a nadar nem a andar de bicicleta.

Conto da nossa primeira discussão — sobre se ainda podiam existir mamutes em algum lugar da Sibéria.

Ela me conta como, até fazer catorze anos, ele deixava a luz do corredor acesa antes de ir para a cama.

Conto que, toda vez que me despedia dele, uma leve sombra cobria minha vida — apagando todas as cores — até eu revê-lo.

208

★

É fim de tarde quando terminamos de comer e de conversar e o que restou da torta de limão repousa na mesa à nossa frente. Nos recostamos nas cadeiras para aliviar a pressão em nossos diafragmas.

— Bom, já está pronto para a próxima parte? — Vovó Betsy varre com a mão as migalhas da mesa e as joga no prato.

— Desde que não seja mais comida. Não que não tenha sido ótimo.

Ela sorri e levanta. Escuto-a revirando as coisas. Ela volta segurando um tipo de bexiga cor-de-rosa. Está com um brilho travesso no olhar.

— Já brincou com uma dessas?

Faço que não.

— É uma almofada de pum — ela diz. — Olha. — Ela sopra dentro dela, coloca sobre a cadeira e, quando senta, solta um guincho agudo de peido. Damos risada.

— Já li sobre isso — digo. — Mas nunca vi uma.

— Tive que encomendar na internet.

— Acho que dava para baixar um aplicativo no celular.

Vovó Betsy parece acanhada.

— Sou velha demais pra ter pensado nisso.

— Para que vamos usar?

— Vamos viver o mundo através dos olhos do Blake. Entrei em contato com o YouTube e consegui recuperar as informações de login do canal dele. Preciso que você me ajude a filmar um vídeo de despedida pra ele.

Eu não tinha nem pensado no que seria de todos os seguidores do Blake no YouTube. Não sabia se eles faziam alguma ideia do que havia acontecido.

— Tenho experiência como câmera do Blake.

— Então acho que estamos preparados. Mas, antes de tudo: precisamos gravar uma introdução para o vídeo. Podemos fazer isso aqui.

Enquanto filmo, vovó Betsy tropeça e gagueja durante sua mensagem.

— Olá, pessoal. Eu sou a avó do Blake. Blake faleceu e sentimos falta dele. Queríamos agradecer a todos pelo apoio que deram a ele. Obrigada. Este próximo vídeo é nosso tributo ao Blake.

Vovó Betsy pega suas chaves e sua bolsa, a qual esvazia para guardar a almofada de pum cheia. Faz um teste, apertando. Funciona. Ela enche a almofada mais uma vez e a guarda de novo.

— Bom. Vamos lá.

Vamos de carro até uma loja de artesanato. Blake adorava lugares com funcionários arrumadinhos e certinhos, e uma loja dessas com certeza tem clientes que gostam mais de arranjos de flores do que de barulhos de peido.

— Nossa — vovó Betsy diz enquanto esperamos no estacionamento. — Estou com um friozinho na barriga. Como Blake conseguia fazer isso?

— Blake não inventou esta frase, mas dizia que a comédia é sobre controlar por que as pessoas riem de você.

Vovó Betsy assente com firmeza. Sua expressão fica mais decidida. Ela respira fundo.

— Então vamos lá controlar por que as pessoas riem de nós. Em nome dele.

Entramos na loja, que cheira a flores e poeira. Vovó Betsy segura a bolsa com firmeza ao lado do corpo como se guardasse um explosivo lá — o que, de certa forma, é verdade. Seus lábios estão tensos. Seus olhos se movem de um lado para o outro rapidamente, em busca de um alvo. Estou com o celular a postos.

Tem mais meninas na casa dos vinte com piercing no nariz e

cabelo roxo do que eu esperava. Elas não servem para nós. Examino a loja. Vamos andando até o corredor de tecidos.

— Ali — sussurro e aponto discretamente para uma mulher com cara de mãe e cabelo grisalho. Ela está com os óculos de leitura equilibrados na ponta do nariz, enrolando um pedaço de flanela.

— Boa — sussurra vovó Betsy. Ela respira fundo de novo. — Ai, Senhor, o que estou fazendo? — murmura consigo mesma.

Nos aproximamos da mulher. Tiro o celular do bolso e finjo estar concentrado olhando alguma coisa, mas estou filmando. Ao meu lado, vovó Betsy engole em seco e dá um passo à frente.

— Com licença, senhora — ela diz. Sua voz parece aflita, mais aguda que o normal. Como se a almofada de pum estivesse presa na sua garganta.

A mulher ergue os olhos com uma cara azeda e as sobrancelhas arqueadas. *Ótima escolha de alvo.*

— Posso ajudar? — pergunta.

— Sim, a gente estava procurando por… — Vovó Betsy coloca a bolsa em cima da mesa e põe a mão dentro, como se estivesse procurando uma folha com medidas. Em vez disso, aperta a almofada de pum, emitindo um longo e sonoro guincho flatulento. E então, um momento de completo silêncio, que é a hora perfeita do corte de filmagem. A mulher está ligeiramente boquiaberta, e alterna o olhar entre mim e vovó Betsy depressa.

Vovó Betsy está vermelha como se tivesse dormido no sol e acordado cinco horas depois. Com a mão no braço da mulher, balbucia um pedido de desculpas entre ataques de riso nervoso.

— Senhora, me desculpa. Juro que não pretendia ser rude. Nós precisávamos… Eu…

A mulher encara a vovó Betsy como se ela tivesse peidado de verdade na frente dela.

— Tenho muito a fazer aqui, então se não se importam.

Vovó Betsy se recompõe com rapidez. Isso me lembra como ela fez no velório do Blake. Ela fala mais baixo e devagar.

— Peço desculpas sinceras. Perdi meu neto há algumas semanas. Ele era um pregador de peças e adorava pegadinhas em que fazia papel de bobo em público. — Ela aponta para mim. — O melhor amigo dele e eu estamos fazendo um último dia de despedida pra ele. Eu precisava experimentar um pedacinho do mundo do meu neto pelos olhos dele.

A expressão da mulher relaxa visivelmente.

— Sinto muito por sua perda.

Vovó Betsy revira a bolsa de novo e tira uma nota de vinte dólares. Ela a estende para a mulher.

— Por favor, aceite. Estávamos apenas tentando fazer o papel de bobo, e não você.

A mulher balança a cabeça e recusa a nota gentilmente.

— Não, senhora. Perdi um sobrinho num acidente de moto há alguns anos. O luto faz todos nós de bobos.

Vovó Betsy guarda a nota de volta na bolsa.

— Sim, é verdade. Enfim. Desculpa de novo se te ofendi.

— Não precisa se desculpar. Espero que tenham uma ótima noite.

Vamos andando até o carro.

— Não foi tão ruim assim — digo. — Mas o pum de verdade funciona melhor que uma almofada de pum. Deixa mais fácil manter o contato visual que o Blake dizia ser tão essencial.

Vovó Betsy sorri.

— Na minha idade, não dá pra arriscar esse tipo de coisa, mesmo se eu conseguisse fazer como Blake fazia.

Ela destranca o carro e entramos.

— O vídeo ficou bom?

— Sim. Quer que eu poste no canal para você?

— Pode fazer isso? Toma. — Ela me dá um papel com as informações de login do YouTube de Blake. Entro na conta pelo celular e subo os dois vídeos que gravamos.

— Foi difícil. Nunca mais gostaria de fazer isso de novo. Passamos a vida toda fazendo de tudo pra não parecer idiota — vovó Betsy diz.

— É o medo. Nós só temos medo.

— Ele era movido por esse impulso de fazer alguma coisa ridícula para iluminar o dia de alguém. Fez isso várias e várias vezes; enfrentou o medo para fazer as pessoas rirem. Não sei como ele conseguia fazer isso. Quase morri lá dentro.

Ninguém sabe como as pessoas superam as coisas. Elas apenas superam.

As sombras são longas, e a luz, enevoada e dourada quando voltamos à casa da vovó Betsy.

Ela parece mais melancólica e contemplativa agora. Talvez filmar o vídeo quebrou uma última parede dentro dela.

— Estou quase acabada — ela diz. — Mas tinha planejado mais uma coisa.

Vamos até a cozinha, onde ela abre um enorme saco de papel pardo no balcão. Está cheio de grandes espigas de milho.

Ela revira um armário em busca de uma panela e a enche de água. Não olha pra mim. Alguma coisa desceu sobre ela.

— Quando Blake tinha oito anos, Mitzi me proibiu de me encontrar com ele. Disse que estava cansada de eu me metendo. Eles se mudaram para Johnson City, a uma hora de distância, pra dificultar as coisas. — A voz dela é um sussurro, preciso me esforçar para ouvir.

Ela põe a panela no fogão e acende o fogo. Pega um milho do saco e começa a descascá-lo.

— Quer ajuda? — Pego uma espiga e começo a descascar ao lado dela.

— Por favor. Enfim, eu estava em casa numa noite e o Blake ligou. Nunca vou esquecer como a voz dele estava baixa e fraca. Ele disse: "Vovó, faz três dias que a mamãe sumiu e eu estou com medo". Eu falei: "Querido, agora já chega. A vovó vai te buscar".

Ela pega as espigas de milho descascadas e as coloca na água. Senta à mesa e faço o mesmo.

— Então carreguei a espingarda do Rolly e levei para o carro. Estava disposta a tirar meu neto à mão armada da minha própria filha e de quem mais fosse preciso. Consegue imaginar isso?

— Não. — Damos risada mesmo não sendo engraçado.

— Então dirigi o mais rápido que pude na minha vida. Quando chego lá… o cheiro quando abri a porta do trailer… Lembro até hoje. — Ela estremece com a memória sensorial. — Lixo misturado com fumaça de cigarro e roupas imundas e leite estragado e carne podre. O que é estranho, porque não vi nenhuma comida que viesse da natureza naquela casa. Latas de refrigerante, caixas de bolinho, pacotes amassados de salgadinho jogados por toda a parte. Já ouviu falar de gente vivendo numa lixeira? Aquilo era bem pior do que uma lata de lixo de verdade. Até hoje não consigo imaginar como seres humanos viviam lá…

— Jesu… gente!

— Chamo Blake e finalmente o encontro escondido embaixo da cama. Escondo a espingarda para não assustar. Ele sai e está imundo. Está com cara e cheiro de quem não toma banho há um mês. O que fazia sentido, porque tentei abrir uma torneira e não saiu nada. Ele está coberto de feridas e picadas de inseto. Está com um hematoma na forma de uma mão nas costas e outro que parece a marca de um sapato.

Parece errado falar algo agora, então não digo nada. Coisas terríveis podem ser tão sagradas quanto as belas, à sua maneira. Além disso, não tenho palavras. Essa história é tão nova pra mim quanto a notícia da sexualidade do Blake foi para a vovó Betsy, e é algo que só posso ouvir.

Ela dá uma olhada no milho e volta.

— Então saímos de lá o mais rápido possível. Deixei a espingarda carregada como presente. Esqueci completamente dela. Eles devem ter vendido e usado o dinheiro para comprar metanfetamina antes mesmo de notarem que Blake não estava lá. Quando chegamos, já tinha passado da meia-noite. O mercado estava fechado e eu estava exausta demais de qualquer maneira. Mas queria dar alguma coisa para o Blake comer. Não queria que ele fosse pra cama com fome de novo. Queria dar alguma coisa que crescesse da terra, que fosse cheia de sol. Então eu tinha um saco de milho que eu havia comprado no dia anterior na feira. Era lindo. Comemos quente com manteiga e sal. Estava doce como um bombom. Ele comeu três espigas.

Sinto meu coração envolto por um fino fio de prata, cortando--o a cada batida.

— É assim que vamos terminar este dia de despedida. Comendo este milho bonito que tem o gosto da noite em que a vida de Blake começou. Espero que você tenha espaço.

Tenho.

Passamos manteiga e sal no milho e sentamos em cadeiras de balanço na varanda, comendo enquanto o sol se põe no horizonte e o céu se dissolve num gradiente rosa-azulado pálido. O cheiro de folhas e grama exala seu calor por todo lado.

— Quer ouvir de quando o Blake mais me fez rir? — pergunto mesmo sem imaginar a resposta, porque quase dá para apalpar a tristeza que tomou conta da vovó Betsy.

— Claro. — Sua boca abre um sorriso, mas seu olhar não acompanha.

— Fui com o Blake num daqueles piqueniques da sua igreja. Não lembro se você estava lá. Enfim, um menininho estava fazendo a oração lá em cima, falando no microfone "Senhor, agradecemos pela grama e pelas árvores e pelos oceanos", e ele estava basicamente agradecendo a Deus por todas as coisas na face da Terra. E, claro, a gente estava morrendo de fome. Aí o Blake disse bem alto: "Vai logo, garoto. Tenho que ir pra alguns lugares e tenho pessoas pra ver". — Enquanto conto a história, não tenho certeza de que essa foi a vez em que Blake me fez rir *mais* (afinal, esse momento tem muita concorrência), mas definitivamente me fez rir muito, muito mesmo.

Vovó Betsy ri baixo, mas ainda emana melancolia.

— Queria me segurar a todos os momentos com ele como alguém que se afoga se segura a uma boia.

Por um tempo, reviramos as gavetas de nossas memórias, tirando as histórias mais brilhantes e afiadas feito facas, e as dispondo numa fileira. Reacendendo chamas que haviam virado cinzas. E então ficamos em silêncio, imóveis, porque simplesmente ouvir a nossa respiração parece um ritual sagrado nos corredores da Morte.

Ela parece tão cansada quanto eu. Hesito em ser a pessoa a terminar o dia, mas alguém precisa fazer isso.

— Não que eu queira, mas acho melhor eu ir — digo, balançando para a frente na cadeira. — Foi gostoso. Estou feliz por ter feito isso. Conheço Blake melhor agora.

— Já passou da minha hora de dormir também. — Ela coloca a mão sobre a minha e sinto o tremor nela. — Não sei como te agradecer. Fizemos coisas simples hoje, as coisas que eu e o Blake fazíamos numa semana normal. Mas é assim que eu gostaria de passar um último dia com ele.

— Eu também. — Começo a me levantar. — Em breve volto pra aparar a grama.

— Não precisa. O ar fresco me faz bem.

— Eu sei, mas... — Me levanto, fazendo a comida se assentar no meu estômago. — Isso tudo ainda dói muito. Mas não tanto quanto antes.

— Não — ela responde, distante. Há um timbre novo em sua voz. Trêmulo. Nervoso. Ela está se remexendo na cadeira como se quisesse dizer algo. Não consegue olhar para mim.

— Vovó Betsy?

Ela me encara nos olhos e vejo medo em seu rosto.

— Carver, tenho mais uma coisa pra te pedir.

— Claro. — *Ele me chamou de Carver, não de Blade.* Agora estou contaminado pela apreensão dela. Sento.

Ela expira com força e coloca a mão no bolso. Tira outra folha de papel. Quase o deixa cair de tanto que suas mãos tremem. Ela a desdobra e vejo um número de telefone.

— Contratei um detetive particular para encontrar Mitzi. Ele a viu faz alguns dias e me arranjou este número. Não liguei para contar pra ela ainda. Pensei que este dia me daria forças para eu conseguir fazer isso sozinha, mas não funcionou. Você entra e fica mais alguns minutinhos comigo para segurar a minha mão enquanto ligo pra ela?

Contenho o pavor sombrio que sobe pelas minhas costelas.

— Fico.

O rosto dela se contorce. Ela chora.

— Ela vai dizer: "Você tirou Blake de mim e agora ele morreu por causa disso". E não sei como responder, porque ela está certa.

— Não. Mas... Não... isso está errado. É ridículo. Foi por minha causa. Como contei pra você.

Vovó Betsy solta um riso amargo por entre as lágrimas.

— Ah, Blade. Ele nunca estaria naquele carro se eu não tivesse me mudado pra cá. Só não estou preparada para ouvir isso dela. Mas nunca vou estar preparada, então acho que não tem hora melhor do que agora.

— Não é culpa sua. — A encaro nos olhos e torço para que meu olhar transmita minha convicção.

Ela finalmente assente.

— Está bem — ela diz como se não quisesse discutir; não como se eu a tivesse convencido. Entramos e sentamos perto um do outro à mesa da cozinha, no escuro. Imagino que, se ela quisesse a luz acesa, teria acendido.

Ela respira fundo.

— Deus, dai-me forças. — Ela pega o telefone e liga. Estendo o braço e seguro a mão dela. Ela aperta a minha como o afogado de que falou há pouco.

Ouço os toques do telefone do outro lado da linha. Um. Dois. Três. Quatro. Cinco. Vovó Betsy olha na direção do céu. Eu a vejo murmurar algo. Seis. Sete. Cada toque é um corvo me bicando na orelha. Oito. Nove. Ela aperta minha mão com mais força.

E então, quando vovó Betsy está para desligar, alguém atende.

Rapidamente, ela volta a erguer o aparelho.

— Mitzi? Mitzi? É a Mitzi? Mitzi, aqui é a mamãe. A *mamãe.* Mitzi, dá pra… dá pra abaixar a música, por favor? Abaixa a música, por favor. Não importa como consegui; preciso falar com você. Eu sei. Eu sei, mas você… Querida, por favor, você precisa me ouvir… Porque é sobre o Blake. *É sobre o Blake.*

Sua mão está desmoronando na minha. É como tentar segurar um punhado de areia do oceano enquanto a onda chega.

Ela tenta dizer mais, mas as palavras entalam em sua garganta. Lágrimas descem cintilantes por suas bochechas.

— Não consigo — ela faz com a boca. — Não consigo. — Ela abaixa a mão com o telefone para o seu colo, nos iluminando com o brilho branco etéreo da tela. Mitzi grita algo. Vovó Betsy cobre os olhos e sacode a cabeça.

Sinto que está iminente. Uma coisa escorregando de uma prateleira. Mas não cai. Fica cambaleando na ponta, esperando pra cair. Mas não cai.

Isso. Pelo menos isso você pode fazer por ela. Solto a mão da vovó Betsy e pego o telefone devagar. Ainda escuto os gritos de Mitzi. Seria quase cômico se não fosse tão completamente o contrário de cômico.

Levo o telefone à orelha.

— Alô, Mitzi? — Engulo em seco. Minhas pernas começam a se agitar. Meu coração está pulando.

— Quem está falando, caralho? — A voz de Mitzi tem uma rouquidão química. Sinto baratas rastejando sob a pele e feridas no meu rosto e dentes apodrecendo só de ouvi-la. Tem gangrena nas pontas afiadas da sua voz. No fundo, ouço uma TV ou música alta e a voz de um homem falando alguma coisa.

— Aqui é o… eu sou amigo do Blake. Carver. Melhor amigo do Blake.

— O que está acontecendo? Por que minha mãe está me ligando pra falar do Blake? Como ela conseguiu este número?

— Estamos… estamos ligando pra te contar que o Blake morreu num acidente de carro pouco mais de um mês atrás. — Minha garganta lateja por segurar o dilúvio.

— *Como é que é?* Não, ele não morreu. Isso é um trote? — As palavras dela são desafiadoras, mas sua voz é pequena. Como a de uma criança que ouviu que não há conserto para seu brinquedo predileto. Ou talvez como alguém que levou um tapa. Ouço essa experiência na voz dela também.

Balanço a cabeça e depois me lembro de que Mitzi não consegue me ver.

— Blake se foi. Fizemos o velório dele. Ele foi enterrado. A vovó... sua mãe tentou te encontrar, mas não conseguiu a tempo. Eu... sinto muito. Sinto muito mesmo. Ela queria ter te contado antes.

— Não. — A voz de Mitzi é ainda mais baixa. — Não sei nem quem é você. — Ouço a voz do homem de novo, mais perto.

— Sinto muito. — Minha voz treme.

— *Deeeeeus nããããão.* — Seu lamento logo se transforma em gritos incoerentes e ásperos.

Preciso afastar o telefone da orelha. Vovó Betsy cobre os ouvidos e apoia os cotovelos na mesa. Ela está chorando de soluçar e respira com dificuldade.

Quando coloco o aparelho de volta no ouvido, Mitzi está chorando uma liturgia de:

— *Põe ela de volta. Põe ela de volta. É culpa dela por ter levado o Blake. Quero falar com ela. Põe ela de volta. Põe ela de volta. A culpa é dela. A culpa é dela dele ter morrido. Ah, Jesus, Nosso Senhor. Ah. Ah, não posso. Não posso. Ah.*

— Não — digo, com toda a dureza que consigo. — Não vou colocar sua mãe de volta na linha. Você vai gritar com ela.

Vovó Betsy ergue a cabeça e estende a mão para o telefone. Mas é uma tentativa fraca, e me levanto para me afastar. Mitzi está engasgando de chorar. Então preencho o espaço.

— Não é culpa dela. Não é de ninguém... A culpa é minha. A culpa é minha. Pode gritar comigo. Vai. Grita comigo. A culpa é minha.

Ela lamenta:

— *Você deixou que ele se machucasse. Não cuidou bem dele.*

— Eu sei — digo, com as lágrimas se acumulando quentes e gotejantes. — Desculpa. — Mas algo está mudando dentro de mim. Algo está queimando e se transformando em raiva. Consigo ver que estou prestes a dizer algo de que vou me arrepender, e já estou familiarizado com o arrependimento. — Mas você também não. Você não estava lá pra cuidar dele. Você não estava nem no velório dele. Seu filho teve uma boa vida por causa da sua mãe. Ele teve amigos e pessoas que o amavam. Você deveria ser grata. Eu...

A linha cai e o único som nos meus ouvidos é o choro contido da vovó Betsy. Abaixo o telefone devagar e o deixo sobre a mesa. Sinto que fui pendurado num galho de árvore dentro de um saco e apanhei com uma vara.

— Eu ia te devolver o telefone. Não queria que ela te culpasse. Não esperava que ela fosse desligar.

Ela balança a cabeça.

— Obrigada por contar pra ela.

De repente, percebo que quase fiz uma confissão a Mitzi. Eu deveria parar com isso. Agora, porém, não me importo. Eles que tentem encontrar a Mitzi. Pela voz dela, nem parece que vai sobreviver mais vinte e quatro horas. Melhor ainda, eles que me crucifiquem. Seria um alívio.

Vovó Betsy tem uma expressão vazia e distante. Manter a cabeça erguida parece requerer um grande esforço.

— Estou esgotada. Não sobrou mais nada.

— Eu posso ir embora. — Começo a ir em direção à porta.

— Blade? — ela chama. — Pode fazer mais uma encenação comigo?

— Sim.

— Deixe-me dar adeus para o Blake.

— Claro. — Me preparo.

Ela se levanta e me encara.

— Blake. Eu te amo e amei os dias que passei com você. Guardei todos no meu coração. Um dia, quando aquele trompete soar, vou ter você nos meus braços de novo. — E ela me abraça.

Fico sem palavras.

Depois de um longo tempo, ela diz:

— Foi um bom dia de despedida. Espero que você concorde.

— Sim.

— Blake foi um menino lindo e vou sentir falta dele.

— Eu também. — Com isso, vou embora.

Meus pais estão assistindo à TV no quarto deles. Não contei muito para eles sobre o que iria fazer hoje. Só que eu e a vovó Betsy passaríamos o dia juntos pra lembrar do Blake.

Entro e dou um abraço neles mais longo que o normal e digo que os amo. Eles perguntam sobre o meu dia e respondo que não quero falar sobre o assunto; estou muito cansado. Depois a gente conversa.

Caio na cama, mando uma mensagem para Jesmyn e pergunto se ela pode conversar.

Enquanto espero a resposta, minhas memórias se dobram e se recolocam nos baús de onde as tirei. Hoje foi um dia catártico como uma sessão vigorosa de vômito. Você não se sente exatamente bem. Apenas expurgado de algo.

VINTE E CINCO

— Você está com óculos novos — comento. O dr. Mendez está usando uma armação preta circular.

— Sim e não — ele diz. — Não, porque tenho este par faz um tempo; sim, porque vivo comprando óculos novos dos quais não preciso. Compro óculos como algumas mulheres compram bolsas e sapatos.

— Minha amiga Jesmyn diria que isso é machista.

O dr. Mendez sorri, com um assentimento de concessão.

— E ela estaria certa. Preciso melhorar.

— Não vou contar pra ela.

Ele tira os óculos e os ergue para luz, examinando se estão sujos.

— O engraçado é que nunca vejo o mundo de maneira diferente através de óculos novos. Só vejo as coisas diferentes quando me olho no espelho.

Aperto o indicador na ponta do meu nariz.

Ele ri.

— Na cara. É verdade. Se eu jurasse pra você que não pretendia falar como um psiquiatra agora, você acreditaria?

— Assim, deve ser meio difícil. É o que você faz o dia todo.

— É verdade. Você está aliviando minha preocupação sobre minhas limitações sem me deixar fugir da responsabilidade. Talvez devêssemos trocar de lugar.

223

Entreabro um sorriso.

O dr. Mendez se afunda na cadeira e cruza uma perna sobre a outra.

— Então. Desculpa ter te perdido nas últimas semanas; estávamos de férias. Como você está?

Inspiro fundo e seguro até não conseguir mais para reunir meus pensamentos.

— Na semana passada, fiz aquele negócio que te falei. O dia de despedida com a avó do meu amigo.

— Ah, é? Como foi?

— Muito bem. Talvez tenha me dado um pouco de paz. Precisei contar pra mãe do Blake que ele morreu quando a avó dele não conseguiu.

— Parece difícil.

— E foi. Quase tive outro ataque de pânico contando pra ela, mas não tive.

— Que bom.

— Pois é. Enfim, pude conhecer Blake melhor. Contei algumas coisas da vida dele para a avó que ela não sabia. Talvez tenha contado mais do que deveria.

—Você se sente culpado por isso?

— Não tanto quanto por outras coisas.

— Outras coisas?

Olho para o chão e esfrego o rosto. Quero contar para ele, e ao mesmo tempo não quero. Não que eu tenha medo de ele me julgar. Tenho medo de ele *não* me julgar. E então me pergunto se meu quase ataque de pânico logo antes de ligar para Mitzi significa que estou melhorando e se vou perder qualquer progresso que estou fazendo se não contar pra ele.

Por isso, conto.

Tudo. Todos os detalhes de que consigo me lembrar. Confesso

tão completamente como fiz para o meu advogado. Mais até, porque acrescento sentimentos, enquanto com o sr. Krantz eram apenas fatos. Conto ao dr. Mendez sobre a investigação da promotoria. Ele escuta tudo sem pestanejar. Às vezes assente de leve e diz um "Hum".

— Então — ele diz, cruzando um braço embaixo do outro e batendo no lábio com o dedo indicador. Ergue três dedos. — Sua condição emocional do momento parece ter três componentes. Você tem o luto: sofreu a perda e tudo que vem junto com ela. Tem o medo: da investigação sobre o acidente. E, em cima de tudo isso, tem a culpa: acha que causou a morte dos seus amigos. Estou certo?

— Bem por aí. Também tenho medo do quanto vai custar o advogado pros meus pais.

— Certo.

— Além disso, a irmã de um dos meus amigos quer acabar comigo na escola.

— Entendi. E imagino que aqui, o luto, o medo e a culpa tenham um efeito sinérgico. Um mais um mais um é igual a dez, não a três.

— Bem por aí.

— Uhum. — Ele se recosta e cobre a boca com os dedos. Ficamos nos encarando por alguns segundos, ouvindo o tique-taque do relógio. A nossa respiração. Deixamos o silêncio florescer.

— Me conta uma história — ele diz baixo.

— Tipo, qualquer história?

— Uma história sobre a morte dos seus amigos em que você se retira da questão de causalidade.

— A gente se chamava de Trupe do Molho.

Ele sorri.

— Aposto que tem uma boa história por trás disso também.

— Tem. Posso te contar essa?

— Algum dia, claro. Mas conte a que eu te pedi agora.

— Então você quer que eu conte uma história em que a culpa não é minha?

— Exato.

Minha mente gira, procurando algo em que se segurar. Algum fragmento que eu consiga desenredar e recriar algo. Não está funcionando.

— Não consigo.

— Por que não?

— Porque não. Não foi isso o que aconteceu.

— Ah, qual é? — ele diz. —Você é um contador de histórias. É um escritor.

— Desculpa desapontar você.

— Me conta uma história. Qual é o problema em tentar?

— Eu gosto de fazer por merecer as coisas.

—Você sofreu, não sofreu?

— Sim.

— Então fez por merecer. Não que precisasse.

Reviro os olhos e ergo as mãos.

— Beleza. Hum. Naquele dia, em vez de mandar mensagem pro Mars, espero que me busquem no trabalho para sairmos. Eles todos vivem e não estou sentado aqui. Fim.

— Não, não. Lembra das regras? Essa narrativa ainda gira em torno das suas ações. O que você *não* fez salvou seus amigos. Quero que você me conte uma história em que você não tem nada a ver com o acidente.

Solto um resmungo gutural.

— Certo. O caminhão em que eles bateram não deveria estar lá. O motorista estava atrasado então… é isso. E, se ele não estivesse lá, eles teriam vivido.

O dr. Mendez franze a testa e assente.

— Nada mal. Mas não consegui me... apegar aos personagens. Qual é o nome do motorista mesmo?

— Não sei.

— Talvez seja por isso que a história não me pegou. — Os olhos dele brilham. —Você consegue coisa melhor.

Reviro os olhos de novo e me afundo na cadeira, encarando o teto. Quando falo, olho para cima.

—Tá. O motorista do caminhão se chamava... Billy... Scruggs. É um bom nome de caminhoneiro, né? — Continuo sem olhar para o dr. Mendez.

— Excelente.

— A mulher do Billy tinha largado ele fazia pouco tempo. Disse que queria o divórcio porque estava cansada de ele viver na estrada. Por isso ele estava deprimido. Ele sai de... Macon, na Geórgia, onde mora. É um bom lugar pra um caminhoneiro morar, né?

— Billy Scruggs de Macon. Ótimo. Quero ouvir mais.

— Então, Billy está levando uma carga de... — Olho para o dr. Mendez.

Ele ergue as mãos em um gesto de "Não sei! A história é sua".

— ... manuais de psiquiatria e óculos para Denver. — Quase quero que ele me chame a atenção pela ironia.

Em vez disso, o dr. Mendez ri e aponta.

— Agora você me pegou.

Dá uma sensação estranhamente boa.

— Então, Billy nunca foi um motorista responsável e está um pouco atrasado. Ele fez uma pausa numa parada para caminhões em Chattanooga para tomar café. Ele sabe que deveria voltar pra estrada, mas não consegue, por causa da garçonete. O nome dela é... Tammy Daniels. Ela tem trinta e nove anos, mas não parece ter mais do que cinquenta.

O dr. Mendez ri baixo.

— Fantástico.

— Ela não é tão bonita quanto já foi e tenta esconder isso com muita maquiagem. Mas Billy acha ela bonita mesmo assim. Porque ela só precisa ser bonita em comparação com o asfalto infinito e os outdoors e a traseira de outros caminhões.

O dr. Mendez assente.

— Sim — ele diz baixo. — Muito bom.

— Então, Billy fica tentando criar coragem pra pedir o número dela. Ela já sorriu e piscou pra ele, então ele acha que tem chance. Ele bebe um café depois do outro, mais do que tem vontade, porque isso a leva para a mesa dele. Ele está se perguntando quando a veria de novo caso criasse coragem. Finalmente, ele amarela e desiste. Billy não é só um mau caminhoneiro, também é o tipo de cara que desiste fácil. Ele deixa uma gorjeta generosa e escreve "Você é linda!" na conta antes de pegar a estrada.

— Eu estava torcendo pro Billy — dr. Mendez diz. — Agora ele está atrasado *e* não conseguiu a garota.

Em algum momento, passei a sentar na ponta da poltrona sem nem perceber.

— Além disso, ele precisa parar toda hora para fazer xixi por causa de todo o café que tomou esperando por uma chance para falar com a Tanya.

— Tammy.

— Ah, é. Tammy. Então ele está bem atrasado. Quando chega a Nashville, era pra estar bem mais longe na estrada. Mas não está. Em vez disso, está onde a Trupe do Molho bateu nele. Na frente dele, tem um furgão com uma carga de almofadas de penas e isopor picado. Se eles tivessem batido naquele furgão, teriam sobrevivido. Mas bateram no Billy. Maldito Billy.

Um longo silêncio se passa. Limpo uma mancha na minha calça.

— Nessa história, você não é a causa da morte deles — o dr. Mendez diz.

— Acho que não. Nessa história.

— Como você se sente depois de me contar?

— Como se eu estivesse mentindo pra nós dois.

— Por quê?

— Porque não foi isso que aconteceu.

— Como você sabe?

— Sabendo.

— Como?

— Sabendo.

— Como?

Suspiro.

— Tá, não sei.

Mais um longo momento pensativo se passa antes do dr. Mendez falar:

— Nossa mente busca causa e efeito porque isso sugere uma ordem no universo que talvez não exista, mesmo se você acreditar em algum poder superior. Muita gente prefere aceitar uma parcela indevida da culpa por alguma tragédia do que aceitar que não existe ordem nas coisas. O caos é assustador. É assustadora uma existência inconstante em que coisas ruins acontecem a pessoas boas sem nenhum motivo lógico.

Definitivamente.

— Pareidolia — digo.

— Como é?

— Pareidolia. Uma das minhas palavras preferidas. É quando a mente busca um padrão que reconhece onde não existe nenhum. Como ver um rosto na lua. Ou formas nas nuvens.

O dr. Mendez sorri, mais para si mesmo.

— Pareidolia. Que palavra bonita.

— Pra algo que nem sempre é bonito.

— Pra algo que nem sempre é bonito.

VINTE E SEIS

Às vezes, esqueço por alguns segundos que eles se foram. Escuto alguma coisa na escola sobre a próxima produção de dança ou de teatro. Leio sobre um filme ou um videogame novo. Algo que dividiríamos. Existe uma faísca de entusiasmo. E, tão rápido quanto surge, ela se evapora, como se o próprio ar tivesse mais controle sobre a minha felicidade do que eu. Seria de esperar que isso acontecesse com menos frequência quanto mais tempo passasse depois da morte deles. Mas parece acontecer mais à medida que o verão se entrega ao outono.

Ouvi dizer que pessoas que perderam um membro do corpo têm um "membro-fantasma", que coça e sente dor como se o corpo tivesse esquecido que ele não está mais lá.

Eu tenho uma trindade de fantasmas.

VINTE E SETE

Estamos dentro, mas não deveríamos estar. Era para estarmos aproveitando o fim de tarde perfeito de vinte e dois graus. O fim do verão é minha miniestação favorita, com seus dias amenos: noites suaves e frescas com grilos cantando devagar, e manhãs que são como seda fresca contra a pele. Normalmente fico feliz sem motivo nessa época. Não neste ano.

Estamos na biblioteca Bellevue. É um prédio novo e moderno com dezenas de pássaros entalhados com a madeira das árvores derrubadas do terreno da biblioteca flutuando sobre nós, pendurados em cabos. O mesmo que fazemos com nossa memória depois que nossa vida é esvaziada e terraplenada. Nós as entalhamos como pássaros e as penduramos, como se ainda voassem de verdade.

Jesmyn está sentada à minha frente. De fone de ouvido, assiste a algo concentrada no notebook. Eu deveria estar trabalhando na minha redação sobre Toni Morrison para a aula de literatura inglesa avançada, mas Jesmyn me distrai. Ela pareceu irritada o dia todo. Tento decifrar sua expressão, mas ainda não estou acostumado com todas as nuances dela.

Começa a fungar. Limpa os olhos rapidamente com os polegares. Fico em dúvida se finjo não notar ou se digo alguma coisa. Decido dizer.

— Ei — sussurro.

— Ei — ela sussurra com a voz trêmula, secando os olhos de novo.

— Quer sair?

Ela assente e fecha o notebook. Enfia o computador na mochila sem fazer contato visual, deixando o cabelo cobrir o rosto. Pego minhas coisas depressa e a sigo pra fora, onde está sentada num banco, com a mochila aos seus pés.

— Eu fiz alguma coisa? — pergunto.

Ela fica em silêncio por vários segundos, observando os carros passarem. Enfim, diz:

— Quero que seja completamente honesto comigo.

—Tá bom. — Me remexo, apreensivo.

—Você andou falando pras pessoas que a gente está ficando?

Fico gelado e minha boca seca.

— Não. *Não.* Como assim? Pra quem eu falaria?

— "Pra quem eu falaria" não é muito tranquilizador. Caras falariam pro entregador de pizza se quisessem se gabar de pegar uma garota.

Estou me esforçando de maneira consciente pra parecer sincero, o que é verdade. O problema é que, quanto mais você se esforça para parecer confiável, menos realmente parece.

— Jesmyn, eu *juro.* O que você ouviu?

— Hoje, na aula de teoria musical, a Kerry comentou que ouviu um pessoal falando que eu e você estávamos ficando, e que tínhamos começado antes mesmo do Eli morrer.

Nada despe você e o deixa caído nu e machucado como descobrir que alguém andou contando mentiras maldosas sobre você. Acho que é por isso que as pessoas fazem esse tipo de coisa. Pessoas que odeiam você. Uma onda crescente de fúria e humilhação sobe em meu peito.

— Nossa, quem será que anda espalhando uma fofoca dessas?

— Adair? Você acha?

— Ela odeia a gente pra caralho.

— Mas pra que mentir?

— Porque ela quer machucar a gente? Fico sinceramente surpreso por você ter se voltado contra mim antes de se voltar contra ela.

— Bom.

— Não, sério. Mesmo se a gente estivesse ficando de verdade, eu *nunca* contaria pra ninguém.

— A gente ainda está se conhecendo.

— Você deveria me conhecer melhor a essa altura. Cara, a Georgia me treinou direitinho.

Jesmyn parece um pouco aliviada.

— Desculpa. É só que aconteceu isso na minha última escola. Comecei a ficar com um garoto e a ex-namorada dele começou a falar pra todo mundo que eu era uma vadia.

—Viu? As meninas são tão capazes de espalhar fofocas de merda quanto os caras.

— Não disse que não eram.

— *Sexista.*

—Tanto faz.

— Estou muito arrependido de ter te colocado nessa história. — *Mas não arrependido demais.*

— Que história? Ser amigos? Ah, tá bom. Vou ser amiga de quem eu quiser. Adair vai ter que me engolir. Só não gosto de pessoas mentindo sobre mim. — Mas, apesar do tom ousado, ela ainda parece chateada.

— Era só isso que estava te incomodando?

Ela mexe no bracelete. Suas unhas estão pintadas de cinza-escuro, quase preto.

— Não.

— Quer conversar?

— Só se me prometer não tentar consertar o problema. Os garotos vivem querendo consertar as coisas.

— Prometo. Na verdade, não só não vou tentar consertar as coisas como prometo estragar ainda mais.

Ela ri.

— Não faça isso também. Só escute.

— Só escutando.

— Então, eu tenho uma condição neurológica chamada sinestesia.

— É aquele negócio em que...

— Em que um sentido estimula o outro. Então, quando toco ou escuto uma música ou qualquer som, na verdade, eu vejo cores.

— Ah. Uau. Que incrível. Já ouvi falar disso.

— Mais ou menos. Às vezes é incrível. Mas nem sempre. Enfim, sabe aquela música que estou ensaiando para minha audição na Juilliard? "Jeux d'eau"? Eu mal conseguia ver a Martha Argerich tocando. É para soar cristalina, azul-cobalto. Como... um vitral azul. É assim que soa quando ela toca. Mas quando eu toco, o som é verde-amarronzado. Todo catarrento. É nojento e horrível. Sinto uma dor física me escutando.

— O som é incrível quando você toca.

— Sem ofensa, cara, mas tenho que tocar pra pessoas com ouvidos muito mais apurados que os seus.

—Você vai mandar bem.

— Bom, nos últimos dois meses, tudo o que toco tem cor de catarro. É como se a morte do Eli tivesse quebrado alguma coisa dentro de mim e agora tenho esse filtro estranho amarelo-esverdeado de doente em tudo o que faço. É horrível ter algo que amo tanto parecendo absurdamente errado.

— Sei bem.

— Não sei o que fazer.

Em resposta, fico notavelmente imóvel e de boca fechada. Jesmyn me encara com expectativa.

— Isso sou eu não fazendo nadinha para tentar consertar o problema — murmuro pelo canto da boca.

Ela ri. Esse som se tornou um santuário para mim.

— Tá bom, pode me abraçar. É não consertador o bastante.

Levantamos e nos abraçamos, balançando um pouco.

— Seus abraços são bons — ela murmura.

— Cuidado pra não me deixar consertar alguma coisa sem querer.

— Não vou deixar.

— Sinto muito por você estar vendo o mundo através de lentes cor de catarro nos últimos tempos.

— Eu também.

Ela recua e — talvez eu esteja imaginando, mas — passa o canto dos lábios de leve pelas minhas bochechas. (Crescimento pessoal, então preciso sentar com cuidado.)

Jesmyn se senta.

— Acha que me ajudaria se eu tivesse um dia de despedida para o Eli como você fez com o Blake? Sem piadas sobre você não poder consertar nada.

Por essa pergunta eu não esperava, considerando os últimos acontecimentos.

— Talvez. Quero dizer, o Blake está definitivamente mais calmo na minha cabeça do que antes.

— Talvez a gente devesse fazer um dia de despedida para o Eli com os pais dele. Pode nos ajudar.

Por causa da Adair, isso nem tinha me passado pela cabeça. Acho a ideia estranha.

— Quer que eu veja se eles topariam? — Estou torcendo para ela dizer não.

— Talvez.

— E a Adair?

— Se a Adair for um problema, eles vão dizer não.

— E o que vamos fazer sobre a Adair em geral? Vamos tentar conversar com ela?

— Depois de uma tentativa, não acho que isso vá ajudar muito.

Ficamos em um silêncio contemplativo, meus pensamentos borbulhantes vêm à tona.

— Então — digo finalmente —, de que cor é a minha voz? Quando eu falo?

Ela esfrega o queixo e estreita os olhos.

— Hummm. Normalmente cor de burro quando foge.

VINTE E OITO

Não reconheço o número no meu celular.

— Alô?

— Carver Briggs? — A voz do outro lado é brusca. Não do tipo que dá a notícia de que você foi sorteado para nadar com filhotes de golfinhos enquanto alguém grita elogios para você de um megafone. Tem o som de um coldre de couro preto.

— Sou eu — digo mais alto que as buzinas estridentes na minha cabeça.

— Aqui é o tenente Dan Farmer, da Delegacia de Polícia de Nashville. Queremos conversar com você sobre o acidente de carro que aconteceu em 1º de agosto envolvendo Thurgood Edwards, Eli Bauer e Blake Lloyd. Soubemos que você era amigo deles. Quando você e seus pais poderiam vir à delegacia pra conversar com a gente?

Tento fazer minha voz parar de tremer, mas falho miseravelmente.

— Eu... Na verdade, é melhor eu falar com meu advogado primeiro.

—Você não está preso por nada. Só queremos conversar. — Ele parece claramente irritado.

— Meu advogado disse que não devo falar com nenhum policial sem a presença dele. Meu advogado é o Jim Krantz.

A irritação do tenente Farmer se torna uma exasperação total — ele esconde isso tão mal quanto escondo meu nervosismo.

— Tá bom. Meu número está no seu celular?

— Sim.

— Ligue pro seu advogado e depois me avise.

— Está bem.

O tenente Farmer desliga sem se despedir.

Conto para os meus pais. Depois ligamos para o sr. Krantz.

Está acontecendo.

Uma pequena parte de mim, tênue e remota, acha isso bom.

No dia seguinte, depois do dia de aula mais longo da minha vida, estamos todos sentados em volta da mesa de conferência do sr. Krantz. Meus pais estão à minha esquerda. Tem uma cadeira vazia à minha direita para o sr. Krantz. Uma câmera de vídeo repousa sobre um tripé no canto. Ninguém diz nada.

Escuto vozes; gentilezas de fachada sendo trocadas. A recepcionista conduz dois homens de calça social cáqui e casaco esportivo para dentro da sala. Eles têm distintivos e armas nos cintos. Uma moça com um terno bem preparado e um ar profissional igualmente bem preparado os segue.

O mais velho se apresenta.

— Carver? Tenente Dan Farmer. Obrigado por ter vindo.

Ah, de nada! Estou supercontente de estar aqui!

O homem mais novo se apresenta.

— Sargento Troy Metcalf.

A mulher dá um passo à frente.

— Carver, sou Alyssa Curtis. Assistente da promotoria do condado de Davidson.

—Veio a turma toda — meu pai diz. Ele tenta parecer descon-

238

traído, como se não tivéssemos nada com que nos preocupar, apesar do desprezo em sua voz (o sotaque do meu pai funciona bem com desprezo). Há um riso constrangido. Não do nosso lado da mesa. Meu estômago está cheio de vespas.

Eles se sentam à minha frente. Encaro minhas mãos suadas. Ninguém abre a boca. Por fim, o sr. Krantz entra, com os óculos na ponta do nariz, segurando uma caderneta amarela. Nenhum dos oficiais nem a sra. Curtis parecem especialmente contentes em ver o sr. Krantz. Mas todos se cumprimentam.

— Bom — o sr. Krantz diz, sentando-se com um gemido e olhando para o relógio. — Eu sou ocupado; meu cliente é ocupado; vocês todos são ocupados... ou pelo menos deveriam ser. Então vamos começar.

— Muito bem — o tenente Farmer diz, apertando o botão da caneta. — Carver, estamos aqui investigando o acidente que tirou as vidas de Thurgood Edwards, Elias Bauer e Blake Lloyd no dia 1º de agosto deste ano. Por que não nos conta tudo o que sabe sobre as circunstâncias desse acidente?

Engulo em seco. Quando estou prestes a falar, o sr. Krantz intervém. Ele tira os óculos e os joga em cima da caderneta.

— Não, não, não. Você tem alguma pergunta específica? Então faça. Não vou deixar meu cliente te contar de graça uma história de acampamento.

O tenente Farmer se contorce na cadeira.

— Carver, no momento do acidente, você estava ciente de que os três falecidos estavam em um veículo?

Começo a responder, mas o sr. Krantz me interrompe.

— Meu cliente exerce seus direitos sob a Quinta Emenda da Constituição dos Estados Unidos e Artigo Um, Seção Nove, da Constituição do Tennessee e se recusa a responder.

O tenente Farmer solta uma respiração de lá-vamos-nós pelo nariz.

239

—Você mandou uma mensagem para Thurgood Edwards imediatamente antes do acidente?

— Eu...

— Meu cliente exerce seus direitos sob a Quinta Emenda e o Artigo Um, Seção Nove, e se recusa a responder.

—Você estava ciente de que Thurgood estava dirigindo no momento em que você mandou uma mensagem pra ele?

Espero alguns segundos antes de tentar responder. Com razão.

— Meu cliente nunca falou pra vocês que mandou uma mensagem para o sr. Edwards. *Você* disse isso. Além do mais, ele exerce seus direitos sob a Quinta Emenda e o Artigo Um, Seção Nove, e se recusa a responder.

Sargento Metcalf suspira.

O tenente Farmer fala devagar:

— Olha, Carver, estamos só tentando chegar ao fundo dessa história. Não estamos tentando armar pra você.

O sr. Krantz dá risada.

— Dan, você não pode fazer o policial bonzinho depois de já ter começado como o policial malvado. Além disso, até parece. Você está tentando botar a culpa de alguma coisa no meu cliente, um garoto, para a Sua Excelência fechar o mandato. Vamos admitir do que isso se trata.

— Não estamos nos divertindo com isso, Jimmy.

— Não disse que estavam. Próxima pergunta. Não tenho muito tempo.

— Carver, com quem você falou sobre esse acidente?

Pausa. Espere pelo...

— Meu cliente exerce seus direitos sob a Quinta Emenda e o Artigo Um, Seção Nove, e se recusa a responder.

— Jim — diz a sra. Curtis —, a cooperação de Carver ajudaria muito para resolver essa situação ou dar a vocês uma moeda de troca mais pra frente. Ainda mais se a nossa investigação acabar encontrando alguma coisa. Aí vai ser tarde demais.

— Também ajudaria muito a dar a vocês a única chance que vocês têm. Esta é a sua única oportunidade de conversar com Carver, então sugiro agilidade.

O tenente Farmer crava os olhos em mim. Como se me provocasse para desafiar o sr. Krantz e falar algo sem pensar.

— Carver, tem alguma coisa que você gostaria de ter feito de maneira diferente no dia 1º de agosto?

Ah, as formas como eu poderia responder a essa pergunta. Ah, as formas como essa pergunta passou a definir toda a minha existência. E minha resposta chocante e surpreendente é…

— Meu cliente exerce seus direitos sob a Quinta Emenda e o Artigo Um, Seção Nove, e se recusa a responder.

Lá vamos nós.

A sra. Curtis toca o braço do tenente Farmer e se levanta.

— Certo. Isso é um desperdício de tempo pra todos nós. — Ela me encara feio. — Não posso prometer nada sobre como a promotora vai reagir à sua falta de cooperação se decidirmos seguir em frente com o caso.

O tom dela me dá calafrios.

O sr. Krantz solta um riso cretino.

— Que caso? — Ele se levanta. — Pessoal, sempre um prazer. — Ele não estende a mão. Tampouco os dois oficiais ou a sra. Curtis.

— Vamos entrar em contato — a sra. Curtis diz quando começam a sair.

— Assim espero. E, pessoal?

Os dois oficiais e a sra. Curtis se viram.

— Espero não ficar sabendo de nenhuma tentativa por baixo dos panos de fazer Carver dizer algo que não deva. Nenhuma policial novinha com decote disfarçada. Nenhum homem de meia-idade se passando por adolescente em salas de bate-papo. Nenhuma manobra; nenhum lero-lero. Daqui em diante, meu cliente está clara e inequivocamente exercendo seu direito de permanecer em silêncio. Ele não está interessado em ajudar a ser massacrado por Fred Edwards. Estamos entendidos?

Nenhum dos três responde. Eles saem.

O sr. Krantz olha para o relógio enquanto reúne suas coisas.

— Desculpa a pressa. Eu não estava brincando sobre ter pouco tempo. — Ele me dá um tapinha no ombro e aperta. — Segura firme, rapaz.

Segura firme. É sempre um bom conselho, ainda mais porque sempre vem quando você se sente pendurado à beira de um precipício.

Quando chego em casa, conto para Jesmyn que planejo conversar com os pais do Eli sobre fazer um dia de despedida. O que não conto é que decidi fazer isso porque estou preocupado com duas coisas: 1) ir para a prisão antes de ter essa chance; 2) não ir para a prisão e ficar me corroendo por dentro antes de ter essa chance. Enfim. É algo que prefiro fazer logo.

Fico nervoso de ligar para eles até lembrar que há pouco tempo informei uma mãe pelo telefone de que o filho dela tinha morrido. Se consegui fazer aquilo, acho que consigo fazer qualquer coisa. Em termos de telefone. Ainda tem a Adair me deixando apreensivo, mas deixo isso para eles resolverem.

Pensei que teria de explicar mais, mas não preciso. Converso com a mãe do Eli. Ela me conta que a vovó Betsy ligou para eles pouco depois do dia de despedida do Blake e recomendou a experiência como terapêutica. Então eles estavam considerando, mas estavam preocupados em como me abordar. E o momento é perfeito, porque eles planejam espalhar as cinzas do Eli na cachoeira Fall Creek neste outono. Acham que ele teria gostado disso. Ela me fala para convidar Jesmyn. Falo que vou fazer isso.

Não falo que espero que isso permita que Eli finalmente descanse na minha mente, porque a morte se torna real apenas quando as pessoas enfim descansam.

VINTE E NOVE

— Me conta uma história. — É a primeira coisa que o dr. Mendez diz quando nos sentamos nas poltronas. Pulamos toda a conversa fiada.

Vim preparado. Por que não? Eu sabia que ele tentaria me arrancar isso e eu teria de inventar algo na hora.

— Em 2001, Hiro Takasagawa era um engenheiro de segurança na Nissan. Na verdade, ele era um artista, construía esculturas móveis. Mas as pessoas não compravam, então ele precisou fazer um trabalho de verdade de acordo com as suas habilidades.

— O mundo é um lugar difícil para os artistas.

— Pois é. Mas Hiro adorava seu trabalho porque seus pais morreram num acidente de carro quando ele era bem pequeno. Eles bateram na traseira de um caminhão em uma estrada coberta de gelo. Ele queria evitar que isso acontecesse com outras pessoas. Por isso, projetou um sistema de segurança para carros em que havia um par de asas brancas mecânicas, asas de uma grua, dobradas embaixo do carro. E havia… um sensor ou algo do tipo na frente do carro e, se você estivesse se aproximando de um obstáculo rápido demais, as asas se abririam e começariam a bater e levantar o carro sobre o obstáculo. Ele planaria por um tempo e daria para dirigir no ar usando o volante. Até você chegar a um lugar onde pudesse pousar com segurança.

244

O dr. Mendez parece realmente absorvido pela história.

— Em 2001. Você foi bem específico em relação a isso.

— Então, Hiro levou a ideia pro chefe dele. A ideia era começar a colocar aquilo nos Nissans 2002. Mas o chefe ficou furioso: "Takasagawa, você tem noção do quanto isso vai custar?", ele perguntou. "Mas funciona", Hiro disse. "Construí um protótipo e testei. Quanto custa a vida das pessoas?" E o chefe falou: "Seu idiota! Estamos dirigindo uma empresa aqui. Você desperdiçou tempo e dinheiro com isso?! Você está demitido!". — Estou entrando na história. Estou fazendo vozes diferentes pro Hiro e pro chefe.

— Como chamava o chefe? — o dr. Mendez pergunta.

— Yoshikazu Hanawa. Presidente da Nissan em 2001. Eu pesquisei.

— Ótimo — o dr. Mendez fala baixo. — Muito bom. Desculpa. Por favor. — Ele faz sinal para eu continuar.

Respiro fundo.

— Então, Hiro sai devastado da sala do Hanawa. Acha que falhou com seus pais e desonrou a si mesmo. Entra no carro e sai dirigindo. Planeja se suicidar. Tenta bater o carro na lateral de um prédio, mas, no último segundo, um par de asas reluzentes de grua surge debaixo do carro. E o engraçado é que ele não estava dirigindo o protótipo. Elas simplesmente surgiram. Elas o levam para o alto, para o alto, por cima do prédio, rumo ao céu. E ele nunca mais desceu. Ainda está voando naquelas asas.

Há uma longa pausa antes do dr. Mendez dizer:

— E Mars dirigia…

— Uma Nissan Maxima 2002.

— Não equipado com as asas de Hiro.

— Teriam sido caras demais.

— Mas, se o sr. Hanawa tivesse aprovado a ideia de Hiro…

— Então, mesmo com Mars me mandando mensagem, as asas o fariam passar por cima do caminhão.

— O caminhão de Billy Scruggs.

— Exato.

— Independentemente do que você fez ou deixou de fazer.

— Exato.

— Como se sente contando essa história?

— Ainda como se eu estivesse mentindo pra mim e tentando botar a culpa em outra pessoa.

— Por quê?

— Porque sim. A história de Hiro não aconteceu de verdade.

O dr. Mendez inclina a cabeça com um brilho no olhar e vejo a pergunta.

— Tá — murmuro. — Não tenho como saber.

O dr. Mendez abre um sorriso largo.

— Então. Como você está?

Mordo a parte de dentro do lábio.

— Conversei com policiais sobre o acidente outro dia. Quero dizer, sentei numa sala com os policiais enquanto eles faziam perguntas que meu advogado falava que eu não iria responder.

— Não estou acostumado a elogiar meus clientes por se recusarem a falar, mas bom trabalho.

— Por que bom trabalho?

— Lembra do que discutimos na última visita? Como buscamos causa e efeito onde talvez não exista?

—Você pensa que eu não deveria aceitar a culpa agora.

— O que eu penso não importa. O que importa é o que você pensa. Estou tentando ajudar você a pensar no seu melhor. Quero ter certeza de que você considerou outras perspectivas antes de dar um passo que possa ter consequências drásticas.

— Estou com medo.

— Do quê?

— De ir pra cadeia.

— Imagino. — Ele franze a testa.

Me afundo na poltrona.

— Soaria estranho se eu dissesse que também estou com medo de *não* ir pra cadeia?

— Sabe por que você está com medo disso?

— Não sei totalmente.

— Em parte porque você sente que isso tiraria de você uma oportunidade de se redimir?

— Talvez.

O dr. Mendez não diz nada, mas sua expressão me fala que devo continuar seguindo por esse caminho.

— Falando em remissão — digo —, vou fazer outro dia de despedida. Com os pais do Eli.

— Você disse que a experiência com a avó do Blake foi importante.

— Foi.

— Depois de viver com essa experiência por um tempo, você tem alguma reflexão sobre ela?

Fico observando a estante atrás do dr. Mendez, como se a lombada de um livro tivesse a resposta à pergunta dele.

— Me… me fez querer ainda mais que eu tivesse aproveitado melhor o tempo que tive com eles enquanto pude.

— É um arrependimento muito comum de se ter. Você não quer viver constantemente à sombra da morte, mas, a menos que faça isso, sempre vai haver coisas que não foram ditas ou aproveitadas por completo. Se achou a experiência do dia de despedida terapêutica, sou a favor de que faça com os pais de Eli.

— Tá.

Ele me lança um olhar que costuma vir antes de quando está prestes a entrar dentro da minha cabeça.

— Mas você tem ressalvas.

— Tenho.

— Por quê?

— Porque a família do Eli é muito diferente da avó do Blake.

— Em que aspecto?

— Tipo… filosoficamente, acho. O mundo deles é muito mais complicado. Os dois são muito estudados. Com a avó do Blake, tem Deus, céu, inferno e só. Os pais do Eli… duvido que eles acreditem que vão voltar a ver o Eli como a avó do Blake acredita que vai encontrar com ele de novo. Eles definitivamente não frequentam a igreja. Além disso, o Eli tem uma irmã gêmea. A Adair. Ela me culpa.

— Hummm.

— Não sei direito qual é a posição dos pais do Eli sobre a questão da culpa.

— Imagino que, se eles responsabilizassem você, não aceitariam a ideia e pronto.

— Talvez. Outra coisa é que fiquei muito próximo da Jesmyn, namorada do Eli. Ex-namorada. Viúva-namorada. Sei lá como chama o que ela é.

— E isso te preocupa por quê?

— Não quero que pareça que estou tentando tirar algo do Eli. Não estou. Já tem fofocas na escola. Suspeito que foi Adair que espalhou.

— Essa é a mesma Jesmyn que teria me dado bronca, com razão, pela minha piada machista infeliz na última visita?

— Exato. Boa memória.

O dr. Mendez faz um triângulo com os dedos em frente à boca.

— Pelo pouco que você me falou dela, ela não aceitaria a ideia de ser dada ou tirada de alguém.

— Ah, com certeza não.

— Então, o que você ou os pais de Eli pensam sobre sua relação com ela é irrelevante. Ela nunca se permitiria estar em um relacionamento que não quisesse. É justo dizer isso?

— Com certeza. Mas somos só amigos. — Sempre parece errado dizer isso. Tirando as ereções (vamos ser sinceros: um anúncio de lingerie de loja de departamentos pode movimentar as coisas lá embaixo sob as circunstâncias certas), não acho que sejamos nada além de amigos. Mas dividimos uma intimidade emocional que nunca tive com nenhum amigo antes, então não sei se "só amigos" descreve totalmente o que somos.

— Entendo.

— Converso com ela sobre tudo isso mais do que converso com os meus pais.

— Seus pais estão dispostos a ouvir?

— Sim. Mas não sou muito de conversar com eles. Tenho dificuldade em ser vulnerável com eles. Não é nada que eles fizeram. Acho que... Não quero desapontá-los ou coisa assim. Só quero ser independente? Gosto do meu espaço? Talvez eu seja esquisito, sei lá.

Dr. Mendez balança a cabeça.

— Não, de jeito nenhum. Olha, eu sou formado em conversar com as pessoas e, mesmo assim, meu filho, Ruben, que é um pouco mais velho que você, não fala muito comigo. Isso não faz de você esquisito.

Alguns segundos se passam.

— Permitir ser vulnerável com seus pais e se abrir com eles é algo que podemos trabalhar — o dr. Mendez diz.

— Sim. Mas já tenho muita coisa pra lidar agora.

— Eu sei. Mais pra frente.

—Vou ficar bem algum dia? — pergunto.

— Espero que sim. Vai levar tempo e trabalho. Mas um dia você vai estar melhor. Nunca achei que fosse uma questão de se livrar de um sentimento, mas sim de conviver com ele. Torná-lo uma parte de você que não doa tanto. Sabe como as ostras fazem pérolas?

— Sim.

— Da mesma forma — ele diz. — Nossa memória dos entes queridos é a pérola que formamos em volta do grão de luto que nos causa dor.

Reflito sobre isso por um tempo antes de voltar a falar.

— Lembrei de uma coisa engraçada e aleatória.

— Eu gosto de coisas engraçadas e aleatórias.

— O pai da Jesmyn trabalha na Nissan. Assim como o Hiro. Foi por isso que eles se mudaram pra cá.

O dr. Mendez responde com um sorriso.

TRINTA

Vovó Betsy vende a casa em questão de semanas. Ela consegue o bastante para comprar um lugarzinho novo e cobrir as despesas do velório de Blake. Espero que tenha sobrado um pouquinho para Mitzi, que não parecia muito bem de vida.

Passo um dia ajudando na mudança junto com os filhos dela. Jogamos mais coisas fora do que guardamos em seu caminhão alugado. Jesmyn vem depois de terminar de dar aula e nos ajuda com as miudezas.

Quando terminamos, os filhos da vovó Betsy começam a dirigir o caminhão para Greeneville. Ela vai depois, seguindo em seu carro. Jesmyn vai para casa praticar. Eu e a vovó Betsy sentamos nos degraus da frente da casa dela mais uma vez no frio do crepúsculo azul de outubro com cheiro de folhas queimadas. Durante uns quinze minutos mais ou menos. Ela precisa ir embora. Mas nos despedimos um do outro.

Ela me conta que a polícia veio conversar com ela sobre o Acidente. Diz que não contou para eles nada do que falei para ela e que nunca faria isso.

Agradeço. E meu estômago se abre com um vazio úmido enquanto penso em como a tornei uma mentirosa perante Deus. Enquanto penso em como estou vivendo sob uma sombra crescente.

Ela me pede para acompanhá-la ao túmulo de Blake quando ela voltar para deixar flores no dia de finados.

Digo que vou.

Ela me pede para ter uma vida boa e feliz, cheia de risadas, amor e amizade.

Digo que vou tentar.

TRINTA E UM

Dois meses depois do Acidente e já estou chegando ao ponto em que desconfio que meu cérebro está criando falsas memórias deles. *Fanfics* da Trupe do Molho. Em que você não consegue lembrar se foi um sonho ou se aconteceu de verdade. Você acredita em sonhos.

Tenho esta "memória" persistente de todos nós no playground da escola em uma tarde amena — talvez durante os últimos dias de aula, quando a primavera está dando lugar ao verão.

Por algum motivo, um de nós tem um rádio portátil em que dá para ligar o iPod. Sentamos nos brinquedos do playground, ouvindo música. Só isso. Não me lembro de mais nada.

Não consigo imaginar quando ou por que isso teria acontecido. Não me lembro de nenhuma outra ocasião além dessa em que fizemos isso. Não me lembro de nenhum outro detalhe.

Mas meu cérebro está convencido de que isso aconteceu.

Se meu cérebro quer produzir novas memórias deles, vou aceitar e não vou fazer perguntas demais.

TRINTA E DOIS

Sentados em frente à casa do Eli, eu e Jesmyn trocamos algumas palavras, esperando para entrar.

— A Adair vem? — Jesmyn pergunta.

—Vamos torcer pra que não. — Começo a abrir a porta do carro.

Jesmyn ri sozinha.

— Que foi? — pergunto.

— Não é engraçado de verdade. Só percebi que, como o Eli só me viu no verão, ele nunca me viu usando casaco. Eu adoro casacos. Isso me lembrou de como tivemos pouco tempo juntos. Uma estação.

Ela está usando uma jaqueta de motociclista de lã cinza com um cinto e uma fileira diagonal de botões no lugar de um zíper.

— Ele teria curtido essa jaqueta. Fica bem em você.

Ela abre um sorriso apreensivo.

—Vamos lá.

— Também estou nervoso.

— Pelo menos você já fez um desses.

— Mesmo assim.

— Eu só o conheci por dois meses. Tenho certeza de que vou ter partes da história dele que você e os pais dele não têm, mas não quero ser uma decepção.

— Duvido que vai ser.

Nos encaramos e me aproximo para dar um abraço. Mais para o meu consolo do que para o dela. Adoro estar perto dela. Não num sentido sensual. No sentido de que eu adorava esfregar cetim entre os dedos quando pequeno. Há algo inexplicavelmente agradável nisso.

Respiramos fundo ao mesmo tempo e subimos os degraus de entrada. É a primeira vez que venho à casa do Eli desde o Acidente. A dor aguda de nostalgia aperta meu peito.

Observo ao redor, impressionado. Sempre ouvi que havia casas chiques em Hillsboro Village, mas nunca entrei em uma. É cheia de livros amontoados em prateleiras limpas e modernas que cobrem as paredes do chão ao teto. Eles têm uma parede de tijolos expostos na sala com várias pinturas abstratas penduradas. Não entendo nada sobre artes plásticas, mas poderia facilmente vê-las num museu e não seria uma surpresa se custassem mais do que a minha casa.

Em uma parede há um enorme mapa antigo de Londres. Em outra, um imenso panorama em preto e branco do horizonte de Nova York. Os móveis parecem o que vi num passeio de família até a Ikea, só que mais sólidos e luxuosos.

— Cara, que casa da hora — digo.

— Valeu. Não é mérito meu — Eli diz.

— Seus pais são, tipo, artistas, arquitetos ou algo do tipo?

— Não. Minha mãe é neurocirurgiã no hospital Vanderbilt. Meu pai é professor de história na Vanderbilt. Ele pesquisa sobre a Guerra Fria. Você precisa ouvir a teoria maluca dele sobre o Caso Roswell dos óvnis em 1947.

Dou risada.

— Meu pai é professor de inglês na Belmont. Minha mãe é fisioterapeuta.

— Tá brincando! A gente tem famílias totalmente paralelas.

— Eu tenho uma irmã.

— Cara, eu também. Gêmea, na verdade. Ela também estuda na nossa escola. Ela está no ensaio de dança agora.

— Legal.

— Está com fome, sede ou alguma coisa?

— Sempre.

Eli me leva até a cozinha, que não é menos impressionante do que o que já vi. Cheia de vidro, aço e granito. Tem uma adega de vinho gigante, e panelas e frigideiras de fundo de cobre pendem do teto. Ele abre um armário e começa a tirar pacotes de salgadinho, pipoca, frutas secas e nozes.

— O que você quiser — ele diz.

Ele vai até a geladeira e pega algumas garrafas de refrigerante que nunca ouvi falar, mas que ele alega ser "feito de maneira artesanal em pequenos lotes".

— Valeu. — Examino o rótulo. — Como se faz refrigerante artesanal?

— Esquisito, né? Fico imaginando um cara de avental de ferreiro batendo um martelo num barril de refrigerante.

— Um carpinteiro serrando a serra no refrigerante.

Damos risada. Pego um pacote de tangerina seca. Vamos para o quarto dele.

Aqui tem a primeira indicação de que alguém com menos de quarenta anos mora na casa. As paredes são cinza-escuro e cobertas de pôsteres de bandas de que nunca ouvi falar — bandas de black e death metal cujos logos esqueléticos e retorcidos são quase todos ilegíveis. Uma das paredes lembra um museu de instrumentos, com quatro guitarras e dois violões pendurados.

Calças jeans pretas e camisetas pretas com outros nomes de banda cobrem o chão.

Passo por cima de algumas.

— Músico, hein?

— Como adivinhou? E você? Qual é o seu lance na AAN?

— Escrita. Ficção.

— Legal. Quer ser nosso escriba?

— Pode ser. — Tiro o notebook da mochila e sento à mesa do Eli.

Eli tira um violão e se senta à beira da cama.

— Se importa? Eu me concentro melhor tocando.

— Fique à vontade.

Ele começa a dedilhar. Dá pra perceber na hora por que conseguiu entrar na AAN.

— Então — ele diz. — Temos que prever uma tecnologia futura...

— E o impacto que ela vai ter na nossa vida.

— Cara, que bom que você é a minha dupla. Esse trabalho é a sua cara.

— Que pena que não escrevo ficção científica.

— O que você escreve?

— Está mais para coisas góticas sulistas.

— Legal. Eu curto gótico.

— Quem diria?

Ele ri.

— Quem sabe um dia a gente possa trabalhar em conjunto? Você escreve a letra; eu faço a música.

— Eu topo.

— Certo. Então. No futuro. Minha mãe estava me falando um dia desses que os cientistas criaram uma orelha humana nas costas de um camundongo. Estava numa das revistas científicas dela.

— Como assim? Que medo.

— Pois é, mas é da hora.

— E se algum dia criassem, tipo, um pinto humano em tamanho real num rato?

E foi assim. No dia seguinte, Eli almoçou comigo e com o Blake em vez de com Adair. E em todos os dias depois desse.

Melissa atende a porta. Ela está vestida para um dia ao ar livre. Calça de trilha, tênis de corrida, um colete térmico. Seu cabelo escuro e encaracolado está preso em um rabo de cavalo. Lembro de Eli me contando que ela era uma corredora ávida. Ela tem o mesmo ar que a vovó Betsy tinha — distante, assombrado.

— Entrem. É bom ver vocês.

— Oi, Melissa — digo. Parece errado chamar uma neurocirurgiã pelo primeiro nome, mas Eli e Adair sempre chamavam os pais de Melissa e Pierce, então…

A casa está quase igual como me lembro. Tem até o mesmo cheiro — a mãe de Eli adora velas que cheiram a uma mistura de chá preto, folhas de tabaco e couro —, abrindo ainda mais portas da memória.

Vejo uma dor parecida no rosto de Jesmyn.

— Ei — sussurro.

— Ei — ela responde com outro sussurro.

Seguimos Melissa até a cozinha. Uma série de pães e de croissants está empilhada num prato. Ela faz sinal para nos servirmos.

— Essas são algumas das coisas favoritas do Eli da padaria Provence. A gente ia lá todo sábado de manhã em que eu não trabalhava, quando o tempo estava bom. Ainda vamos com a Adair. Jesmyn, você foi com a gente uma vez, não foi?

Ela assente.

— Comi um croissant de chocolate.

— Compramos desse tipo também — Melissa diz.

Eu e Jesmyn pegamos um croissant de chocolate cada, e começamos a comer enquanto Melissa, sem dizer nada, faz um suco de laranja natural e coloca alguns copos à nossa frente.

— O Pierce vem? — Jesmyn pergunta.

— Ah… sim. Ele saiu pra fazer algumas coisas. Deve chegar daqui a pouco.

— E a Adair? — pergunto, hesitante. — Ela vem?

Melissa suspira e faz uma pausa.

— A Adair é… complicada.

Nossa, você acha?

— A gente chamou. Ela se recusou. Passou a noite na casa de uma amiga — Melissa continua. — Está lá até agora. Não está pronta para nada disso. É diferente com gêmeos. Eu e o Pierce nunca entendemos direito o laço deles. Não tínhamos como entender.

— Este dia vai dificultar as coisas com ela? — Jesmyn pergunta.

Melissa vira de costas para nós e limpa a bancada já impecável.

— Na verdade, é engraçado. Adair insistiu para irmos, mesmo não querendo ir. Mas decidimos não espalhar as cinzas de Eli como estávamos planejando. Não sem ela. Vamos fazer isso num outro momento.

Por que a Adair queria que seus pais fizessem isso? Isso deveria me fazer me sentir melhor, mas não faz.

— Podemos cancelar se quiser — digo.

— Não — Melissa diz baixo, mas firme. — Eu quero fazer isso. É bom confrontar os sentimentos. Vocês dois conheceram o Eli de formas que não conhecemos, nem mesmo Adair. — Ela pega um pote cheio de areia colorida. — Em vez disso, vamos espalhar isto aqui na cachoeira. Foi uma das primeiras coisas que Eli fez pra mim na pré-escola. Contém sua energia criativa. Essa vai ser nossa cerimônia.

A atmosfera é tensa. A família do Eli nunca foi do tipo fofinha. Então comemos, e eu e Jesmyn trocamos alguns olhares de apoio.

Uns cinco minutos depois, ouvimos a porta da frente se abrir e Pierce entra, vestido para o ar livre também. Ele parece desgrenhado. Exausto. Definhado, especialmente no rosto.

— Oi, pessoal — ele diz. Embora eu não tenha a sinestesia de Jesmyn, a voz dele me soa cinza.

Pierce se aproxima e dá um beijo na bochecha de Melissa. Ela abre um sorriso discreto, mais apertando os lábios do que erguendo os cantos da boca.

— Se sirva — Melissa diz.

— Não, estou bem — Pierce responde.

— Obrigada por fazerem isso — Jesmyn agradece. — É bom ver vocês de novo. Estava com saudades.

Melissa dá um sorriso mais caloroso para ela.

— Também estávamos com saudade. Adorávamos ter você por perto.

— Então — Jesmyn diz —, não sei direito como isso funciona, mas posso contar pra vocês exatamente como conheci o Eli, se estiverem interessados.

— Adoraríamos ouvir — Pierce diz. — Temos uma vaga ideia, mas só do lado do Eli. Não do seu.

Jesmyn dá um gole no suco de laranja e limpa a boca.

— Notei Eli no primeiro dia do acampamento de rock. Tivemos que sentar em círculo no palco do auditório. Os orientadores tentavam nos ensinar uma "aeróbica punk rock", mas eu ficava toda hora distraída olhando pra ele. Ele estava bem na minha frente. Achei o cabelo dele bonito. Longo, escuro e cacheado. Me lembrou do Jon Snow do *Game of Thrones*.

— Eu tinha tanto medo de ele herdar meu cabelo, e claro que

herdou — Melissa diz. — Pentear era um drama sem fim quando ele era pequeno.

Jesmyn continua.

— Mas tirei isso da cabeça porque eu estava lá pra fazer música, não pra arranjar um namorado. Enfim, eles nos dividiram em bandas e claro que...

— Vocês ficaram na mesma banda — Pierce diz. — Foi tudo o que Eli nos contou.

— Pensei "Não importa", porque guitarristas costumam ser um saco. Beleza, ele é bonito, mas e daí? Então começamos a trabalhar na nossa música pra apresentação e, de repente, ele vem com uma ideia. Eu e ele tocamos essa melodia ascendente e descendente de guitarra e teclado, e ele vai harmonizando comigo. Pensamos num jeito e tentamos. É um vermelho-laranja-rosa quente.

— Carver, você sabe sobre a sinestesia da Jesmyn? — Melissa pergunta.

Faço que sim, estranhamente magoado pela mãe de Eli saber disso antes de mim. É bobagem, porque ela é a mãe do Eli e cirurgiã cerebral, mas mesmo assim...

— Eu adorava ver essa cor, então ficava insistindo para o Eli repetir essa parte comigo de novo e de novo. Em nenhum momento achei que ele estava dando em cima de mim. Ele foi um perfeito cavalheiro. Fui eu que fui atrás dele. No fim da semana, a gente estava inseparável. Vocês deviam ver o ataque que dei quando descobri que a gente iria pra mesma escola.

A história é um picador de gelo entrando devagar entre as minhas costelas. Mas de um jeito diferente de como foram as histórias do Blake. Fixo o olhar no meu prato como se a resposta para algum mistério estivesse naquelas migalhas. Tenho medo de erguer os olhos, porque não quero que ninguém me pergunte o que estou sentindo. Eu não saberia dizer.

Comemos por mais alguns minutos, trechos de conversas vazias e tensas emergindo e voltando a se afundar. Quando Pierce sugere para sairmos, estou quase torcendo para que Jesmyn tenha outra história dela correndo atrás do Eli, já que a primeira, mesmo me deixando incomodado, pareceu aliviar o resto da tensão.

Embrulhamos os pães. Estamos quase saindo pela porta quando Pierce nos detém.

— Esperem. — A voz dele soa ainda mais carregada; nuvens de chuva à beira do dilúvio. — Estamos prestes a tirar parte do Eli desta casa pela última vez. Esta é a casa em que o criamos. No dia em que trouxemos o Eli e a Adair recém-nascidos do hospital pra casa... — Ele para e tosse, recompondo-se. Tenta recomeçar, mas vacila. Finalmente, limpa a garganta e diz: — Melissa estava amamentando Adair. Então sentei lá fora na varanda com o Eli e deixei o vento tocar seu rosto pela primeira vez. Eu percebi ele ouvindo as árvores farfalhando pela primeira vez. É uma coisa incrível: ver um ser humano sentir o vento pela primeira vez. Ele abriu os olhos só uma vez, semicerrando-os para mim. Me perguntei quantas outras coisas deste mundo eu mostraria pra ele.

Eu não tinha considerado esta diferença entre o dia de despedida do Blake e o do Eli: os pais do Eli têm histórias de bebê.

Vamos para a varanda, onde a brisa ficou mais forte, soprando nosso cabelo.

Pierce para.

— Pessoal, o plano era espalhar a areia nas cachoeiras, mas podemos deixar uma parte aqui?

Todos concordamos. Melissa se mantinha impassível. Como uma cirurgiã que lida com morte e moribundos todos os dias, imagino que ela não tenha muito espaço para sentimentalismo. Mas lágrimas escorrem por suas bochechas.

Pierce abre o jarro e tira uma pitada de areia. Então devolve essa pequena parte do espírito de Eli para o vento que um dia tocou seu rosto.

Eu e Jesmyn sentamos no banco de trás da suv Volvo de Melissa, que está ao volante. Pierce está sentado ao lado dela, com olhar fixo no jarro em seu colo. As árvores passam rápido à beira da interestadual. Aqui e ali, aparece uma iluminada por vermelho, amarelo ou laranja. Mas a maioria continua com um tom cansado e desbotado de verde, a memória do verão ainda nelas.

Pelo canto do olho, noto a expressão de Jesmyn. Ela coloca a mão do meu lado, faz um joinha e arqueia as sobrancelhas. Coloco a mão do lado da dela e faço um gesto de "mais ou menos". Depois faço um joinha e arqueio a sobrancelha. Ela retribui o "mais ou menos".

Continuamos em silêncio. Realmente existe coisa pior do que conversas vazias.

— Adorávamos esse passeio — Melissa diz finalmente. — Era uma das raras ocasiões em que o Eli baixava a guarda de verdade e nos contava coisas.

— Talvez seja meu lado historiador falando — Pierce diz —, mas não posso deixar de contemplar os momentos únicos, como aquele bater de asas de uma borboleta, levando a consequências imprevistas. Decidimos juntos num desses passeios que o Eli deveria ir pra Academia de Artes de Nashville com a Adair.

Ah, merda. A conversa não está indo numa boa direção. Olho fixo para a frente, com medo de me mexer, a adrenalina zumbindo em minhas veias. Jesmyn me lança um olhar rápido.

A voz de Melissa tem uma pontada impaciente.

— Bom, a consequência disso foi que o Eli teve uma educação maravilhosa e fez ótimos amigos.

— Olha, Mel, dá pra não ser tão defensiva? Estou apenas fazendo um comentário.

— Bom, sinto reprovação no seu "comentário".

Somos dois.

—Você está errada.

— Jura?

— Sim, juro. Não estou dando nenhum valor moral pra nada. Estou afirmando um fato histórico: se Eli não tivesse ido à AAN, ele nunca teria estado num carro com Mars e Blake.

Por um momento passageiro, considero o quanto me machucaria se eu abrisse a porta e me jogasse na estrada.

—Você pode não reconhecer que haja alguma questão de julgamento moral intrincada no "fato", mas há. Simplesmente fazer essa observação é um julgamento moral. Enfim, podemos não fazer isto — Melissa aponta para ela mesma e depois para Pierce — na frente dos nossos convidados?

Estou me encolhendo no banco. Jesmyn desliza o pé discretamente perto do meu e bate de leve. *Estou aqui*, a batidinha diz. *Estou com você.*

Pierce olha para trás, na nossa direção.

— Alguém se importa se celebrarmos a vida do Eli sendo honestos e abertos emocionalmente uns com os outros? Alguém neste carro acha saudável ficar guardando as coisas? Alguém acha que estaríamos fazendo algum serviço ao legado de Eli com isso?

Entrevejo Melissa revirando os olhos pelo retrovisor.

— Seria perfeitamente aceitável e respeitoso com o legado do Eli se celebrássemos a vida dele e não tentássemos desenterrar a causa ou as causas de sua morte. Não estamos tentando descobrir quem construiu Stonehenge aqui.

Então. Pois é. Este vai ser bem diferente do dia de despedida do Blake.

Estar perto de adultos brigando é um saco. Estar perto dos pais do seu amigo morto brigando é um saco ainda maior. Estar perto dos pais do seu amigo morto brigando sobre como você talvez tenha matado seu amigo morto é o maior saco de todos.

Pierce começa a responder.

— A primeira vez em que eu e o Eli nos beijamos? — Jesmyn intervém de repente, antes que ele possa continuar. Todo mundo cala a boca. Estou aliviado ao mesmo tempo que desconfio que essa história vai me fazer me contorcer. — Foi depois da apresentação no acampamento de rock. Estávamos todos nos bastidores e as pessoas estavam começando a ir embora. Estava cheio, mas, por algum motivo, quando fui pra coxia guardar meu teclado, a única pessoa ali era o Eli. Ele estava pegando sua guitarra e seu amplificador. E demos parabéns um pro outro e não sei como, mas fomos ficando cada vez mais perto. Eu estava *tão* nervosa, mas estava adorando. A mesma sensação de estar no palco. E então a gente simplesmente... se beijou. Não lembro quem começou. Talvez nós dois. Foi um beijo rápido porque ouvimos alguém se aproximando. Mas lembro de ficar sorrindo o dia todo sem motivo. Meus pais deviam ter achado que eu estava chapada.

Essa história de fato me deixa profundamente desconfortável. Não sei por quê. Não é como a culpa ou o luto. É ainda mais bruta e vermelha do que as duas.

Mas parece ter o efeito oposto sobre Pierce e Melissa. O rosto de Pierce se ilumina um pouco. Melissa ri.

— Eu *lembro* desse dia exatamente por isso. Eli estava tão risonho e palhaço que achamos que alguns dos meninos tinham fumado depois do show. Lembra, Pierce?

— No carro a gente nem precisou brigar por causa da música. Isso era raro. Não achei que ele estava chapado nem nada; pensei que ele estava eufórico por ter tocado.

Jesmyn está com uma expressão saudosa e distante. Ela parece não tirar os olhos do jarro.

— Eu nunca tinha beijado alguém que só conhecia fazia uma semana. Nunca. Talvez nunca faça isso de novo.

— Dava pra ver que vocês dois eram especiais — Melissa diz. — Vocês pareciam ter uma química e uma amizade incríveis.

— A gente adorava ficar juntos até... não ficarmos mais.

Sinto que estou sangrando. Talvez a cura seja como uma cirurgia, em que é preciso abrir novas feridas para sarar as antigas. Tomara que tudo isso sirva para alguma coisa.

A conversa vai murchando até acabar. Fazemos uma parada para usar o banheiro e esticar as pernas, mesmo estando no carro só há uma hora.

Pierce sai da SUV, ainda segurando o jarro junto ao peito.

Eu o vejo com o olhar fixo e cansado voltado para longe, e percebo que tem mais uma coisa diferente neste dia de despedida. Não tenho vontade de confessar, como tinha com a vovó Betsy. Por mais que sinta que Pierce quer isso de mim. Por mais que eu possa ver que ele tem parte do desejo de Adair de me ouvir confessar.

Pierce assume a direção e Melissa segura o jarro de Eli. Fico pensando em como posso contribuir. Que revelações posso oferecer. Não encontro nada. Minha mente está vazia e meus pensamentos não tomam nenhuma forma que dê para segurar.

Pierce fica se remexendo no banco como se quisesse dizer algo.

— Toda vez que eu dirijo agora, aqueles últimos momentos me assombram.

Melissa solta um barulhinho de repulsa.

— Pierce.

— Imagino o que Eli viu na fração de segundo antes da traseira daquele caminhão crescer em seu campo de visão até aquilo ser tudo que ele via.

— Por favor, não seja mórbido. Não hoje.

Pierce dá um riso amargo e sarcástico.

— É, porque o nosso filho, Eli, que não tinha nenhuma roupa que não fosse preta e que começou a pedir para ler *Histórias assustadoras para contar no escuro* antes de dormir aos quatro anos, ficaria muito ofendido com a minha morbidez.

— Não estou falando por causa do Eli.

— Desculpa, mas este dia não é pra ele?

Melissa balança a cabeça e ergue as mãos num gesto de não-posso-com-isso.

Trato o tema como o dr. Mendez faria.

— Não tem problema — digo. — A gente… eu consigo lidar, se falar sobre isso ajuda. Não se preocupem comigo.

— Eu também estou bem — Jesmyn diz.

Pierce me encara nos olhos pelo retrovisor e dá um aceno firme. Depois lança um olhar triunfante para Melissa.

Ela olha fixo para a frente e ignora.

— Diga o que precisa dizer então. — O tom dela é frio.

Já vi Pierce e Melissa tendo discussões intelectuais antes. Era parte do cenário da casa do Eli. Mas isto parece mais incisivo e pessoal. De repente, desejo que o dr. Mendez estivesse aqui de verdade em vez das minhas fracas tentativas de personificá-lo. Ele está à altura intelectual dos dois e poderia apaziguar a situação melhor.

— Fico pensando se ele teve alguma noção do que estava acontecendo, se a consciência dele sobreviveu mesmo que por alguns segundos. Ou se, num minuto, tudo estava claro e normal e, no minuto seguinte, tudo estava escuro.

— Bom, a) como uma resposta pra isso mudaria sua vida de alguma forma? e, b) como esses dois poderiam ajudar você a responder isso?

— Não estou fazendo uma pergunta Mel, estou só dizendo que

me questiono isso. Não tenho permissão de expressar curiosidade sobre algo perto de alguém que não pode acabar decisivamente com essa curiosidade?

Melissa começa a responder.

— Eli acreditava em Deus — digo sem pensar. Todo mundo cala a boca na hora. Vamos ficar bem se eu e Jesmyn conseguirmos continuar lembrando de revelações dramáticas toda vez que Pierce e Melissa começarem a se atacar. Até Jesmyn me encara na expectativa.

— Talvez — continuo. — Um pouco.

Pierce parece atordoado.

— Ele nunca expressou isso para nós.

— Talvez porque você chamava pessoas religiosas de idiotas em qualquer oportunidade que tinha — Melissa diz.

— Isso é totalmente injusto.

Falo mais alto.

— Uma vez… Não lembro o que a gente estava fazendo; indo ao cinema ou coisa assim. Eu e o Eli estávamos conversando no carro. Não sei como chegamos no assunto, mas ele começou a falar sobre Deus. E eu sabia que vocês dois eram ateus, então fiquei surpreso quando o Eli disse: "E se existe um deus que é tão maior e mais poderoso que qualquer coisa que constrói universos como navios em garrafas e, por mais que você tente olhar ou alcançar, não dá pra ver nem encostar fora da garrafa? Então, não dá pra ter ideia se Deus existe. Não dá pra provar que Deus existe. Mas ele está lá. Ou talvez todo o nosso universo seja só um grande programa de computador que Deus esteja controlando". Então, sim. Talvez ele acreditasse em Deus.

— Bom, ele estava admitindo a possibilidade da existência de um deus. O que não o torna um teísta, necessariamente; isso faria dele um agnóstico. — Pierce está com uma expressão magoada e incomodada. Pela minha experiência revelando informações novas para a vovó Betsy, posso imaginar o que ele deve estar pensando.

A expressão de Melissa é parecida com a de Pierce.

— O que o Carver disse — ela diz, tensa —, se entendi bem, foi que Eli não tinha necessariamente o mesmo sistema de crenças que a gente, e construiu um só dele. Não sabia isso sobre ele. Obviamente você também não.

— Queria que ele tivesse conversado sobre isso com a gente — Pierce diz.

— Queria que tivéssemos criado um ambiente mais propício pra isso — Melissa diz.

Pierce balança cabeça.

— Não acho que isso seja culpa de ninguém — digo. — Eli tinha coisas que eram só dele. Ou que só conversava com certas pessoas.

— Eu e o Eli nunca nem conversamos sobre Deus, na verdade — Jesmyn diz. — Mas ele adorava ponderar sobre coisas incompreensíveis. Fazia duas semanas que a gente estava saindo quando ele me levou ao Centennial Park. Era a minha primeira vez lá. A gente sentou e se abraçou e olhou pro horizonte… Desculpa, espero não estar deixando vocês constrangidos ao falar sobre demonstrações públicas de afeto.

Pierce e Melissa fazem que não. Olho fixamente para a frente. Não é nem a parte de demonstrações públicas de afeto que me deixa constrangido (por que deixaria?), mas é o fato de não ter sido tão especial quando eu e Jesmyn sentamos no parque, observando as luzes da cidade cintilarem como uma constelação de estrelas humanas. É saber quanta magia, da qual não fiz parte, aconteceu no mundo entre pessoas próximas a mim.

Ela continua:

— Enfim, o Eli me perguntou do nada: "Se você pudesse descobrir o nome de todo mundo que já amou você, você gostaria de saber?".

Esperamos, mas Jesmyn não fala mais.

— E então? — Melissa pergunta.

Jesmyn abre um sorriso triste.

— Falei que não sabia. Ainda não sei. A última coisa que a gente quer é descobrir que nunca foi amado por alguém que achava que amava você.

— E o que ele disse? — Pierce pergunta.

— Não disse nada. Prometi pra mim mesma que arrancaria a resposta dele algum dia.

Não consigo me imaginar fazendo este dia sem Jesmyn. Mas, toda vez que ela fala sobre Eli, é como se o lado direito do meu coração fosse amarrado ao para-choque de uma caminhonete. E, toda vez que Pierce e Melissa falam sobre ele, é como se o lado esquerdo fosse amarrado a outro. E as caminhonetes estão partindo em direções opostas, rasgando meu coração ao meio.

E, claro, quando nenhum deles fala nada, penso em outros dois veículos. O caminhão articulado da promotoria vindo na minha direção. E a traseira do caminhão que encheu o campo de visão de Eli nos seus últimos segundos de vida.

Discretamente, Jesmyn coloca a mão ao lado da minha. Noto o olhar dela. Quando Melissa e Pierce estão voltados para a frente, ela estende o mindinho e bate duas vezes no meu. *Ei. Você está bem?*

Respondo batendo duas vezes. *Não. Na verdade, não. Mas vou fingir que estou até minha fachada ruir completamente e eu estiver exposto na frente de todos vocês.*

Tecnicamente, eu e a Hara não terminamos. Dizemos que vamos manter contato depois que sua família se mudar pra Chicago, blá-blá-blá, mas, na boa? Temos dezesseis anos. Não vamos passar os finais de semana juntos. Então, sim, a gente basicamente termina no minuto em que vejo o caminhão de mudança da família dela sumir do meu campo de visão.

Por isso, estou solitário. Tanto que nem quero mandar mensagem chamando a Trupe do Molho para sair porque tenho medo de ser rejeitado. A Georgia saiu com o namorado. Meus pais estão na faculdade em algum lance do trabalho do meu pai. Estou sentado no quarto tentando escrever alguma coisa, mas, surpresa, surpresa, não sai nada.

A campainha toca. É o Eli.

— Meu, que cara de bunda é essa? — Ele entra antes que eu possa convidar.

—A cara da bunda da sua mãe — murmuro.

—Você está bem pior que a bunda tonificada da minha mãe. E aí? Como você está?

— Ela foi embora faz um tempo. Então mal.

— Imaginei. — Com um sorriso, ele tira três DVDs alugados do bolso do moletom e me mostra como se estivesse segurando uma mão vencedora em um jogo de pôquer.

— O que é isso?

— Filmes horrendos de terror francês. Pessoas sendo esfoladas vivas e coisa do tipo. Pra te animar.

— Legal.

— Pois é.

— Mas não podemos ver isso em casa de jeito nenhum. Se meus pais ou a Georgia chegarem, estamos ferrados.

— Não planejei assistir aqui. Vim te buscar porque imaginei que, como você é um poeta sensível bundão, estaria com o coração partido demais para dirigir.

Sorrio pela primeira vez no dia e mostro o dedo do meio para Eli.

Ele abre um sorriso largo, enfia os DVDs no bolso do moletom e me mostra os dois dedos do meio.

— Vou pegar minha jaqueta — digo.

— Pega uns cinco contos também, porque não vou dividir minha pizza da Roma's com você.

— Você nunca considerou que a pizza da Roma's é um roubo mesmo por cinco paus?

— É claro que não, cara. Como uma pizza pode ser ruim?

— A Roma's é o laboratório que pesquisa a resposta pra essa pergunta.

Eli abre bem os braços e imita um sotaque italiano:

— Ei! Por que você está falando coisas ruins da Roma's, hein? Essa pizza apimentada está na minha família há gerações, hein? — Ele faz o gesto italiano de beijo com os dedos.

— Você é muito babaca.

— Você ama este babaca aqui. Tá, vai, chega de conversa. Pega o casaco. Vamos pra Roma's. E vamos ver uns filmes de tortura francesa.

Na maioria das vezes, a gente não guarda as pessoas que ama no coração porque elas nos salvaram de um afogamento ou nos tiraram de uma casa em chamas. Quase sempre, nós as guardamos no coração porque, em um milhão de formas serenas e perfeitas, elas nos salvaram da solidão.

Em algum momento durante o trajeto, sem que eu nem notasse (por incrível que pareça, minha cabeça estava longe), o céu ficou cinza e triste. Quando chegamos ao estacionamento da cachoeira Fall Creek e à entrada da trilha, começou a garoar daquele jeito enevoado em que você se molha mas não tem motivo para usar um guarda-chuva. Quer dizer que o estacionamento está vazio. E isso é bom, porque a última coisa que qualquer ser humano normal precisa é encontrar nosso grupinho feliz de viajantes animados espalhando a areia de Eli na cachoeira.

— Bom, aqui estamos nós — Pierce diz para ninguém em particular, olhando pro nada. Ele ergue o gorro de seu casaco para se proteger da garoa. — Algum de vocês já veio aqui antes?

Eu e Jesmyn respondemos que não.

— A primeira vez que trouxemos Eli aqui foi quando ele tinha nove anos — Melissa diz. — Ele ficou completamente encantado. Adorou que podíamos entrar no carro, viajar algumas horinhas e ver algo tão majestoso.

Pierce ri. É um riso vazio e triste, mas claramente não tem essa intenção.

— Desde o começo do ensino médio, eu e ele fazíamos viagens de fim de semana de pai e filho para o oeste da Carolina do Norte. A gente pegava um hotel em Asheville e passava os dias fazendo trilhas até as cachoeiras. Conversávamos sobre um monte de coisa. — Ele pausa. — Mas obviamente não tudo.

Pierce pega o jarro de Eli das mãos de Melissa e começamos a andar com cautela pela trilha lamacenta e escorregadia. Pierce guia o caminho. Melissa segue alguns passos atrás dele e, depois, eu e Jesmyn seguimos atrás.

— Nunca vi os dois desse jeito — sussurro para Jesmyn.

Ela balança a cabeça.

— Já vi os dois brigando, mas de um jeito mais... carinhoso, acho.

— Dá pra entender.

— Sim.

Jesmyn tropeça numa raiz e pula alguns passos para a frente. Eu a seguro pelo cotovelo.

— Obrigada — ela agradece.

Logo depois, escorrego num monte de folhas encharcadas. A mão de Jesmyn pega meu tríceps, me equilibrando. Olho para ela.

— Carma.

As copas das árvores estão cobertas de névoa, uma renda cinza caindo. O vento atravessa os galhos com um som de ondas quebrando numa praia. *Uma praia no outono.*

Me pergunto se dá para sentir a chuva na prisão.

— Este dia me lembra uma capa de álbum de black metal — digo. — Perfeito pro Eli.

Depois de um instante, Jesmyn diz:

— O som da voz do Eli era assim. Chuva de pinheiros em outubro. Escura, verde e prateada.

Com uma pontada súbita, lembro da resposta de brincadeira dela (pelo menos espero que tenha sido de brincadeira) quando perguntei qual era a cor da minha voz. Não consigo chafurdar demais na minha dor porque noto que Jesmyn está tremendo. Sua jaqueta não foi feita para a chuva. Tiro meu casaco impermeável.

— Toma. — Coloco em cima dos ombros dela.

— Cara, não precisa. Você vai ficar com frio.

— Estou tranquilo. Estou de moletom.

— Tem certeza?

Verifico que Pierce e Melissa estão bem à frente.

— Não quero mais amigos meus morrendo. — É uma piada de mau gosto, claro. Mas Eli curtia um humor negro, então acho que ele não se importaria. O rosto de Jesmyn mostra que ela também não se importa.

Quando fazemos a curva para a cachoeira, o vento ficou mais forte e a névoa mais densa.

Pierce e Melissa estão a alguns metros um do outro à beira do lago, observando a cascata estrondosa cair dentro dele. Em silêncio, eu e Jesmyn nos juntamos a eles. É bonito e assombroso estar aqui.

Estar perto de cachoeiras sempre me lembra de como sou pequeno, frágil e finito.

Melissa limpa a garganta.

— Então... não sei direito como fazer isso. Vou fazer o que me parece certo e espero que tudo bem.

Concordamos.

Ela vai até Pierce, que abre o jarro. Tira um punhado de areia e a segura na palma da mão por um momento. A neblina da cachoeira e a garoa logo a saturam, fazendo com que caia em rastros de seu punho, pingando como lágrimas de arco-íris. Ela cobre os olhos e o nariz com a mão livre. Seus lábios ficam tensos e trêmulos.

Ela dá um passo em direção ao lago.

— Quando Eli tinha quatro anos, ele entrava no nosso quarto no sábado de manhã e subia na nossa cama. Então dizia "banana" no meu ouvido muito alto. Depois de um tempo, começamos a deixar um pote de bananas do lado de fora pra ele se servir. A gente o chamava de nosso macaquinho. Nosso George, o Curioso. — A voz dela parece vir de debaixo de um saco de pedras. Ela dá mais um passo à frente, se agacha e mergulha a mão no lago, deixando a água levar a areia embora como uma flor. — Adeus — ela sussurra.

Pierce tira um punhado de areia do jarro. Ele a segura por um momento, vendo-a escorrer e pingar à medida que absorve a névoa da chuva e da cachoeira. Ele começa a dizer algo, mas para. Tenta de novo e para.

— O dia inteiro, todos os dias, estudo e ensino a história das coisas. Vidas humanas de uma ponta à outra. Uma geração entregando o bastão para a outra. De pai pra filho. Fios ininterruptos atravessando tudo. E... — Ele para e limpa a garganta algumas vezes. — Agora, estou aqui, escrevendo o último capítulo da parte do meu filho da história da minha vida. Nunca imaginei que minha história incluiria a história completa do meu filho, do começo ao fim. Mas agora inclui.

Ele caminha até a beira do lago e se ajoelha. Mergulha a mão no lago como Melissa fez. Levanta e volta a se juntar a nós. Ele fala conosco sem nos encarar.

— Existe um ciclo da água. A água nunca vai embora. Nunca morre ou é destruída. Ela só muda de uma forma à outra num ciclo contínuo, como energia. Num dia quente de verão, você bebe a água que um dinossauro já bebeu. Pode ter chorado lágrimas que Alexandre, o Grande, chorou. Então devolvo a energia de Eli, o seu espírito, e tudo o que ele continha. Sua vida. Sua música. Suas lembranças. Seus amores. Todas as coisas bonitas nele. Dou isso à água para que ele possa viver assim agora. De uma forma pra outra. De uma energia pra outra. Talvez eu volte a encontrar meu filho na chuva ou no oceano. Talvez ele não tenha tocado meu rosto pela última vez.

Melissa se vira para Jesmyn e para mim segurando o jarro.

— Se quiserem…

Eu e Jesmyn trocamos um rápido olhar. Ela engole em seco e dá um passo à frente. Tira um punhado de areia, olhando fundo para ela como se procurasse alguma parte de Eli que pudesse reconhecer.

— Eu adorava as mãos dele. Eram fortes, macias e cheias de música. Eu adorava quando ele pegava na minha mão. Adorava fazer música com ele. — A voz dela é baixa contra a cachoeira agitada. Ela mergulha a areia no lago.

Melissa oferece o jarro para mim. Pierce olha fixo para o chão. Minha mão treme enquanto pego um punhado da areia e a ergo, observando-a. Meu coração bate naquele ritmo acelerado, me fazendo perder o ar. *Agora não. Agora não. Agora não.* Respiro para conter. Os outros três me encaram com expectativa. Limpo a garganta.

— Hum. Uma vez… a gente com um pouco de sono… eu e

o Eli começamos a conversar sobre o que eram as emoções e as memórias, do ponto de vista físico. Como toda emoção e memória é armazenada como substâncias químicas no cérebro. Amor, raiva… arrependimento… são tudo substâncias químicas. E as substâncias podem se decompor e estragar se você não as armazenar direito. Por isso, vou guardar as substâncias químicas que formam Eli na parte mais segura do meu cérebro, onde não possam estragar. Mas não tão guardadas a ponto de eu não conseguir chegar até elas todos os dias. — Mergulho minha parte de Eli no lago, a água fria arde minha mão.

Alternamos, cada um mergulhando um punhado de areia no lago enquanto cita algo que amava nele.

Ele era engraçado sem se esforçar.

Quando ficava triste, nunca usava isso como motivo para deixar outra pessoa triste.

Ele tinha um cheiro de limpeza, de sabonete comum.

Fechava os olhos quando tocava violão.

Tocava violão como se tivesse recebido um fogo sagrado.

Tinha uma inteligência voraz.

Se esforçava incansavelmente para se aperfeiçoar no que gostava de fazer.

Fazemos isso até toda a areia de Eli desaparecer na água.

Sempre que é a minha vez, minha boca diz uma coisa enquanto minha mente sussurra outra: *Desculpa*.

Embora estejamos encharcados e tremendo, ficamos imóveis e em silêncio ao redor da beira do lago, observando a cachoeira. Melissa segura o jarro vazio junto ao peito como se fosse um bebê que amamentasse uma última vez.

Jesmyn enfia as mãos dentro das mangas do meu casaco. Seu

rosto é suave sob a luz velada. Ela está com aquela expressão de fascínio que vi quando observou a tempestade, dessa vez misturada à tristeza.

Neste momento puro e sincero, é como se a chuva tivesse lavado as escamas de meus olhos que me impediam de ver; de entender com clareza.

Pensei que o que sentia por ela era um carinho e um afeto comuns, acentuados pelo fato de ela ser minha única amiga. Pensei que a dor de quando ela falava sobre Eli era culpa e luto comuns, acentuados pela magnitude da minha perda e da minha responsabilidade. Mas não é nada disso.

Eu me apaixonei por ela silenciosamente. Um movimento que escapou da minha percepção. O sol atravessando o céu. Entrou no meu peito como videiras cobrindo uma parede de pedra. Me inundou como um rio crescendo e enchendo.

Talvez o amor, assim como a água, retorna em algum ciclo infinito, apenas mudando de forma.

No intervalo de uma batida do coração não contemplo as consequências disso, e segurar algo tão verde e vivo em meio às cinzas me faz me sentir bem novamente, como se por acaso, às vezes, aquilo que parece caminhar rumo ao pôr do sol fosse na verdade caminhar rumo à aurora.

Só uma batida do coração.

Um murmúrio de vozes animadas descendo a trilha nos tira de nossas reflexões. Rumamos em direção à área do estacionamento. Primeiro Pierce. Melissa atrás. Depois Jesmyn. Depois eu. Ao passar, cumprimentamos os alegres caminhantes que descem a trilha rindo.

Mas é uma distração momentânea ao que agora me consome

enquanto observo Jesmyn à frente. *Você não pode amá-la. Você não pode amá-la. Você acabou de dissolver a energia criativa de Eli na água como suco de pozinho. Não tem direito de amá-la. Você não pode amá-la.*

Ela vira, como se sentisse meu olhar cravado em suas costas.

— Depois vou lembrar um monte de coisas que queria ter dito.

Ela espera até eu alcançá-la para podermos caminhar juntos. Pierce e Melissa estão esperando na entrada da trilha.

— Preciso usar o banheiro antes de pegarmos a estrada de volta — Melissa diz. Ela e Jesmyn seguem para o banheiro feminino.

— Melhor irmos também — Pierce diz.

Eu e ele vamos para o banheiro masculino. Fazemos o que temos de fazer e estamos lavando as mãos, um ao lado do outro. Ele encontra meus olhos pelo espelho. Os dele estão fracos, cinza e afundados no crânio.

— Que bom que a gente tem alguns segundos a sós — ele diz. — Tem algumas coisas que preciso desabafar.

Naturalmente, estou me cagando de medo. O lado bom é que já estou perto da privada.

— Preciso ser franco com você, porque acredito que este não deve ser um dia de besteiras.

— Claro.

— Não estou totalmente em paz com seu papel na morte do meu filho.

Ei, somos dois. E por falar em morrer, não me soa nada mal agora. Mas personifico o dr. Mendez e escuto, tentando manter a calma.

Pierce continua.

— Definitivamente não tenho a mesma posição que Adair. Não me daria paz nenhuma ver você acusado e sofrendo consequências legais. Mas, Carver, você *tinha* que mandar uma mensagem pro Mars no momento em que mandou? Estudo causa e efeito histórico todo dia. Você acha que é fácil pra mim superar isso?

Meu sangue pinga em meu peito e sinto a sensação de alguma coisa pesada escorregando de uma prateleira alta, mas, ainda assim, nada da compulsão de confessar que senti com a vovó Betsy e o dr. Mendez. Em vez disso, quero falar para ele sobre Billy Scruggs. Sobre Hiro Takasagawa. É ridículo. Mas sinto vontade de me defender.

Abro a boca para tentar falar.

Pierce me encara pelo espelho com seus olhos dolorosos.

— E então?

— Eu... não... me desculpa. Desculpa.

— Pois é.

Começo a caminhar para a porta.

Ele se vira e me encara no rosto, aproximando-se para eu poder sentir seu hálito metálico — como se estivesse chupando moedas. Sua melancolia se transformou numa chama azul-clara.

— Outra coisa que eu quero dizer. Está bem óbvio que você e a Jesmyn ficaram bastante próximos... mais do que nunca teriam sido se meu filho não tivesse morrido. E não tenho autoridade nenhuma pra mandar em vocês. Mas adoraria se nunca precisasse ver ou ouvir que você ficou com a namorada do meu filho morto. Porque, no mínimo, você não merece se aproveitar ativamente da morte dele. — A voz dele fica tensa sob alguma emoção que não reconheço. Talvez nem tenha nome.

Ele não espera por uma resposta mas vira e sai.

E a coisa pesada escorrega da prateleira. A sensação de ser enterrado vivo e cair num rio congelado me pega como uma garra gigante pneumática de metal. Balanço nas pernas instáveis e me seguro na pia para me equilibrar.

Ar.

Ar.

Ar.

Respira.

Respira.

Respira.

Minhas pernas estão trêmulas. Meus ossos e músculos são como gelatina. Caio no chão lamacento (tomara que seja lama mesmo), me encostando numa cabine. Estou torcendo para ninguém entrar e me ver neste estado.

Vários minutos se passam antes de eu ouvir alguém abrir uma fresta da porta com cautela.

— Carver? — É a Jesmyn.

— Sim? — Grito fracamente.

— Como... está aí dentro? Está tudo bem?

— Hum... — *Sim, estou ótimo; admirando o ambiente. Tem um aroma delicioso. Terroso, musgoso, com notas de odorizador de mictório e Pinho Sol.* Consigo ouvir Melissa falando algo para Jesmyn.

— Por algum motivo — Jesmyn diz com a voz alta e deliberada —, esses banheiros me lembram do primeiro dia de aula.

Não estou me sentindo especialmente rápido, mas pelo menos entendo o que ela quer dizer.

— Também.

Ouço Melissa dizer algo para Pierce. Talvez:

— Ele estava bem antes de vocês entrarem lá juntos. Entra pra ver se tem alguma coisa errada.

Pierce responde, talvez:

— Ah, por favor, Melissa. Ele está bem. Tendo um pouco de privacidade para pensar sobre... as coisas.

Tento me levantar mas caio com tudo de novo.

— Você está sozinho aí? — Jesmyn grita.

— Tô.

— Está... decente?

— Tô.

A porta se abre e Jesmyn entra. Ela me lança um olhar de ai-
-coitadinho e vem correndo para perto de mim.

Consigo soltar um riso fraco.

— Dignidade, hein? Tentando bater meu recorde de primeiro-
-dia-de-aula.

— Bom — ela murmura —, você trocou bater a cabeça na
parede pelo chão imundo do banheiro do parque.

Fico feliz por ela não me mandar respirar. Na minha experiência crescente com ataques de pânico, esse conselho raramente ajuda,
já que o corpo não está muito a fim de respirar.

Ela me ajuda a levantar e me segura pelo ombro enquanto me
apoio na pia, com a cabeça baixa. Consigo dar uma ou duas boas
inspiradas. Tenho uma visão súbita de Hiro, voando sobre a Terra
em seu carro alado. É estranhamente relaxante. Meu coração está
voltando ao ritmo normal, e as manchas pretas estão se dissipando
do meu campo de visão.

— Uau. Que saco.

— Isso aconteceu com você no dia de despedida do Blake?

— Não.

— O que ele te falou aqui? Ou não quer conversar sobre isso?

— Prefiro não conversar sobre isso.

— Quer tentar sair?

— Mais uns minutinhos?

Ela assente.

— Conhece alguma piada? — pergunto.

— Falei pra minha mãe que a vela perfumada que ela comprou
no outro dia tem cheiro de um vovô bonitão. Achei isso bem engraçado.

Sorrio.

— É mesmo.

Depois de mais alguns minutos, consigo andar sem ajuda. Após tanto tempo no banheiro, o ar fresco e úmido tem cheiro da origem de toda a vida. Vamos até o carro sem dizer uma palavra. Pierce não olha para mim. Não que eu queira particularmente que ele olhe. Melissa parece ter uma noção do que aconteceu mesmo sem saber dos detalhes.

Voltamos em silêncio quase absoluto.

Mas Pierce e Melissa nos contam que estão separados e que pretendem dar início ao divórcio. Não temos muito o que responder sobre isso, por mais que Melissa nos garanta, sem que ninguém tenha perguntado, que não tem nada a ver com a morte do Eli — eles já estavam considerando fazia um tempo. Acho difícil de acreditar. Ouvi em algum lugar que uma porcentagem enorme dos casamentos se desfaz depois da morte de um filho.

Não que eu tivesse alguma chance de me redimir aos olhos de Adair, mas agora não tenho nenhuma chance. Primeiro o irmão. Depois o casamento dos pais. Sou um anjo destruidor para ela. Uma praga em sua vida. Sou a proverbial borboleta batendo as asas, mas as minhas asas estão cobertas de antraz.

Fico contente por meu ataque de pânico ter me deixado quase entorpecido e exausto demais para refletir sobre as reverberações contínuas se expandindo a partir da pedra que atirei neste lago.

Quase entorpecido demais. De tempos em tempos, olho para Jesmyn, que — e talvez eu esteja imaginando isto — se senta mais perto de mim do que no primeiro trecho da viagem. Considero a epifania do dia e como isso complica as coisas.

Essas substâncias químicas. Se ao menos houvesse um jeito de drená-las da minha cabeça.

283

Mando uma mensagem para Jesmyn quase assim que chego em casa depois de deixá-la na dela. Agradeço pela ajuda durante mais um ataque de pânico. Agradeço por ter me deixado emprestar meu casaco a ela, porque não queria vê-la molhada e com frio. Falo para ela como sinto saudades do Eli. Falo da primeira parte do que Pierce me falou no banheiro. Falo que estou contente de poder ter visto a cachoeira Fall Creek antes de talvez ser preso.

Falo tudo para ela, menos o que mais quero falar.

TRINTA E TRÊS

Meu sangue urra nos meus ouvidos no momento em que a diretora entra na sala de biologia avançada, interrompendo a aula sobre fotossíntese. Ela chama meu professor de lado e eles conversam em sussurros sigilosos e urgentes, lançando olhares furtivos para mim. A diretora volta para o corredor.

— Hum, Carver? — meu professor chama.

Não é nenhuma surpresa. Vou para a frente da sala, com a adrenalina queimando minhas costelas.

— Pode pegar suas coisas?

Todo mundo se vira nas cadeiras, seus olhares repuxando minha pele. Escuto seus murmúrios. Meu rosto queima. Volto para minha carteira, pego minhas coisas e saio da sala de cabeça baixa.

A diretora me espera no corredor.

— Carver, desculpa tirar você da aula. Tem dois detetives aqui que precisam falar com você. Se puder vir comigo.

Meu coração se encolhe na forma de uma bola de aço gelada. Minha cabeça gira, delirante. *Eles estão aqui para finalmente me prender. Encontraram alguma evidência. Acabou pra mim.*

Faço que sim e sigo a diretora até a secretaria. O tenente Farmer e o sargento Metcalf estão lá. Não digo nada. Nem mesmo oi. O tenente Farmer segura dois envelopes grandes. Ele me entrega um.

Pego como se estivesse cheio de aranhas.

— Carver, esse é um mandado de busca e apreensão de arquivos eletrônicos no seu celular e notebook. Enviamos uma cópia por fax para o seu advogado. Ele deu uma olhada. Fique à vontade para ligar pra ele ou ler o documento.

Não digo nada, mas abro o envelope e tiro o papel de dentro, como se eu conseguisse atestar se é legítimo. Parece.

— E? — pergunto.

O sargento Metcalf estende um saco.

— O celular aqui. O nome disso é saco de Faraday e bloqueia as transmissões saindo e entrando do seu celular, então nem se dê ao trabalho de limpar quaisquer informações remotamente.

Tiro a arma do crime do bolso e a jogo no saco.

— O que vou fazer sem meu celular? — *Não vou ter meu celular pro show do Dearly.*

O tenente Farmer ri com sarcasmo.

—A polícia do Estado vai tirar coisas dele durante uma ou duas semanas; nesse meio-tempo, você vai ter que se virar. Gerações de adolescentes sobreviveram sem celular antes de você.

— Notebook também, por favor — diz o sargento Metcalf. Ele estende uma versão maior do saco em que coloquei o celular.

Tiro o notebook da mochila e o entrego.

— E as lições de casa que tenho aí? Além disso, tem um monte de contos e coisas que escrevi.

A diretora intervém:

— Carver, você não vai ser cobrado por nenhuma tarefa de casa que esteja no seu computador.

— Não precisa ter receio de algum arquivo ser apagado — diz o sargento Metcalf. — O trabalho do Departamento de Investigação do Tennessee é garantir que nada seja deletado do seu notebook.

—Tá bom. É só isso. Posso… — começo a dizer.

O tenente Farmer me estende outro envelope.

— Este é um mandado de busca para o seu quarto. Vamos direto daqui para a sua casa. Acabamos de falar com a sua mãe e ela vai nos encontrar lá. Também conversamos sobre isso com o seu advogado, mas fique à vontade para ligar pra ele.

— Como vou ligar com o meu celular no saco ali? — Sei que estou sendo sarcástico, mas o comportamento deles, essa história de virem até a minha escola, parece calculado para me intimidar. Está funcionando, e sinto raiva deles por isso.

— Pode usar os telefones da escola — a diretora diz.

Ligo para o sr. Krantz. Ele está a caminho do tribunal. Fala pra eu ir para casa supervisionar a busca dos oficiais e filmar tudo.

A diretora me dispensa pelo resto do dia. Vou de carro para casa. Quando chego, minha mãe já está lá e alguns policiais à paisana acabaram de estacionar. Falo para ela filmar com o celular dela, e é o que faz.

Eles reviram cada centímetro do meu quarto. Erguem cada livro e folheiam. Olham embaixo do meu cobertor. Buscam em todas as minhas gavetas. Analisam meu cesto de roupas com luvas de borracha. Tiram cada foto e pôster da parede e olham atrás. Desparafusam a luminária e espiam dentro dela. Abrem as entradas de ar e apalpam em volta dos dutos. Acho que considerando a hipótese de eu ter escrito "matei meus três melhores amigos de propósito" num papelzinho e ter enfiado ali dentro. Eles me perguntam se tenho um diário. Não tenho, mas não respondo e fico olhando pra cara deles, confiante de que é isso que o sr. Krantz me aconselharia a fazer. Eles encontram um pen drive e meu iPod e os guardam em sacos. Levam alguns dos cadernos em que escrevo ideias de contos.

Vendo tudo, sinto como se estivessem revirando minhas tripas, arrancando a carne dos meus ossos. Abutres numa carcaça. Sua fome: destruir minha vida mais do que já foi destruída.

TRINTA E QUATRO

Estou à flor da pele quando sento diante do dr. Mendez. Estava temendo esta visita porque sei a primeira coisa que ele vai dizer.

— Me conta uma história — ele diz.

— Não.

A expressão dele não se altera. Ele seria um ótimo jogador de pôquer. Ele inclina a cabeça para o lado e deixa o silêncio respirar, esperando que eu me explique. Mas não digo nada.

— Por que não? — pergunta finalmente.

— As pessoas contam histórias para criar uma onde não existe nenhuma. Já existe uma história aqui. Sabemos o que aconteceu.

— Sabemos? — o dr. Mendez continua muito imóvel. Não apenas uma falta de movimento passiva. É mais profundo que isso. Está ativamente imóvel.

Não consigo mais ficar sentado. Levanto e ando de um lado para o outro.

— Sim. Mandei mensagem para o Mars e sabia que ele responderia, e ele tentou fazer exatamente o que eu sabia que ele faria, e meus amigos morreram por causa disso.

— E quanto ao Billy? O Hiro?

Estou elevando a voz. É satisfatório alimentar este silêncio com raiva, botar fogo neste pasto calmo.

— *Eles não existem. São frutos da minha imaginação. São uma mentira que estou contando pra nós dois.* Eu sei disso e a polícia também sabe. Aliás, eles estão com o meu celular e com o meu notebook agora, então tomara que não tenha tentado me ligar. Eles vasculharam meu quarto. Eu vou pra cadeia.

— Eles te disseram isso?

— Assim, *basicamente.*

— Sinto muito por isso estar acontecendo.

— Eu também.

— Se eu tivesse uma varinha para fazer isso tudo desaparecer pra você, eu faria.

—Tente arranjar uma então.

O dr. Mendez continua me encarando firme de trás de seus óculos retangulares de aro transparente.

—Você comentou que faria um dia de despedida para o Eli.

Paro na frente da minha poltrona e me jogo nela, fazendo-a escorregar alguns centímetros para trás.

— Sim.

—Você fez?

— Sim.

— Como foi?

— Ah. *Fantástico.* — Pontuo "fantástico" com dois joinhas ácidos e irônicos.

O sorriso plácido do dr. Mendez faz eu me arrepender na hora do meu sarcasmo e da minha raiva.

— Desculpa — murmuro.

—Tudo bem.

— Foi um desastre.

Pausa. Espera.

Então continuo:

— Os pais do Eli… têm problemas. Faz tempo que eles não se

dão bem. Agora vão se divorciar. Disseram que não foi por causa do que aconteceu, mas é. E foi superconstrangedor ficar com eles. Além disso, o pai do Eli basicamente me considera responsável. Ah, mas ele não quer que eu vá pra prisão e não me odeia tanto quanto a irmã do Eli, que definitivamente quer me ver pular a prisão e ir direto pra cadeira elétrica. E, claro, a irmã do Eli não foi ao dia de despedida, mas queria muito que os pais dela fossem por algum motivo. Foi uma situação muito estranha.

— Imagino que drasticamente distinta da experiência com a avó do Blake.

— Pois é. Além disso, tive outro ataque de pânico. Num banheiro imundo pra cacete. Meu segundo na frente da Jesmyn.

— Sinto muito.

Minhas pernas começam a se agitar.

— Estou cansado dos ataques de pânico. Estou tomando o Zoloft como você prescreveu.

O dr. Mendez assente e levanta. Volta à sua mesa, abre uma gaveta trancada, pega uma caderneta e volta, senta e começa a escrever.

—Vou aumentar sua dosagem de Zoloft. — Ele tira a prescrição da caderneta e me estende a receita.

Fico imóvel, olhando para o papel. Mas não estendo a mão para pegar.

— Isso vai parar com os ataques?

— Se não parar, vai ser um passo na direção certa. Vamos resolver isso.

— Até lá, sento aqui e conto histórias. — Finalmente, pego a prescrição.

O dr. Mendez deixa a caderneta de prescrição na mesinha ao lado, se recosta e cruza as pernas, entrelaçando as mãos na frente do corpo e pousando o cotovelo no joelho.

— Juro que existe um método nessa loucura aparente. Você confia em mim quando digo isso?

— Acho que sim. — Mal consigo ouvir minha própria voz.

— Acredita em mim se eu disser que o objetivo do nosso trabalho aqui, o objetivo dessas histórias, não é pedir pra você mentir para si mesmo nem pra ninguém?

— É a sensação que dá, mas acredito, sim.

— E não é sugerir que não temos responsabilidade por nossas ações.

— Tá bom.

— Se eu disser pra você que tenho bons motivos para crer que isso pode ajudar, você acredita?

— Sim.

— Juro pra você: se não funcionar, vamos tentar outra coisa.

Esta é uma das únicas coisas na sua vida que não está tentando destruir você. Meus olhos se enchem de lágrimas e abaixo a cabeça.

— Tudo bem. — Suspiro voltado para o chão.

— Me conta sobre o dia de despedida do Eli. Parece uma experiência de confrontação. Pessoas. Emoções.

— Pois é.

—Você conseguiu confrontar alguma coisa que não tinha conseguido confrontar antes?

— Hum. Sim. — Encaro o tapete. Ergo os olhos e o dr. Mendez está observando, à espera. — Eu... percebi que talvez sinta alguma coisa pela Jesmyn.

— Imagino que isso gere questões complicadas.

—Você acha? — A calma do dr. Mendez não alimenta o meu sarcasmo. — Uma hora, o pai do Eli estava todo: "Ah, a propósito, estou percebendo como você olha pra ela e não quero nunca ver você saindo com a namorada do meu filho morto".

— E gera questões emocionais dentro de você?

— Óbvio. Tem isso também.

Ele esfrega o queixo e bate nos lábios com o indicador.

— Será que algum grande componente da culpa que você alimenta está relacionado ao seu afeto crescente pela Jesmyn?

— Pode ser. — *É um pouco mais do que "pode ser", mas não preciso revelar o quanto exatamente esse cara entrou na minha cabeça.*

— Nem todas as experiências precisam nos ensinar a mesma coisa. Não tem problema se o dia de despedida do Eli permitiu que você confrontasse um lado diferente de seu ser emocional do que o dia de despedida do Blake.

— Acho que sim.

— Então... Me conta uma história?

— Quero que você me diga exatamente como lidar com a questão da Jesmyn.

— Queria ter uma resposta simples. Não estou apenas sendo recatado aqui.

— Eu aceitaria até uma resposta complexa — murmuro. — Qualquer resposta.

— Estou seguro de que alguma vai se apresentar no devido tempo. Às vezes, as respostas surgem por um processo de eliminação.

Dou uma risada triste.

— Estou me esforçando bastante em eliminar todas as respostas que me permitam me sentir um ser humano normal e feliz. Mas quer ouvir algo curioso?

Ele arqueia as sobrancelhas e assente para eu continuar.

— Quando o pai do Eli me falou que me considera responsável, eu não quis aceitar a responsabilidade como fiz com a avó do Blake.

— O que você estava sentindo?

— Queria contar pra ele sobre Billy e Hiro. Apesar de ser idiota e eles não existirem. — Lágrimas turvam minha visão.

O dr. Mendez me dá um momento para eu me recompor. Depois se recosta na cadeira e se acomoda.

— Que tal me contar uma história?

Suspiro e olho dentro da geladeira da minha imaginação por alguns segundos.

— Então, tem um cara chamado... Jiminy Merdeira.

TRINTA E CINCO

Agora, além de todo o resto, Jesmyn também não sai da minha cabeça. O dia de despedida do Eli abriu uma porta que não consigo fechar de novo.

Não que eu tenha me esforçado muito.

TRINTA E SEIS

— Não, espera aí. Você não vai pra um show esgotado do Dearly com uma garota bonita vestido feito um Ernest Hemingway deprimido — Georgia fala.

Dou de ombros.

— Ah.

— Ah, nada. Você tem a sorte de eu, Maddie e Lana termos vindo de Knoxville a tempo de resolver isso. O show começa às oito. Vamos levar você pro shopping Opry Mills.

Diminuo minha voz para um sussurro rouco; consigo ouvi-las conversando e rindo no quarto da Georgia.

— Maddie e Lana sempre me assediam sexualmente.

— *Ah, faça-me o favor!* Você adora a atenção de garotas universitárias.

— Não, não adoro. Parece que elas sempre estão me zoando.

— Elas estão.

— Viu?

— Mesmo assim, você adora.

Experimento as roupas enquanto Maddie e Lana gritam e assobiam tentando me deixar vermelho. Quando terminamos, estou usando uma calça jeans cinza-escura que aperta minhas bolas, um par de botas Chelsea marrons e uma jaqueta preta. Mas estou bonito. Devo admitir mesmo a contragosto. E estou ansioso para o show e para ver Jesmyn. Vê-la todos os dias não diminui essa ansiedade em nenhum grau.

Nem mesmo Maddie e Lana se alternando para tentar estapear minha bunda no caminho para o carro diminuem meu bom humor.

Esqueço o Acidente.

Esqueço a promotoria e o sr. Krantz.

Esqueço meu celular e meu notebook no Departamento de Investigação do Tennessee, esperando algo incriminador ser tirado deles.

Esqueço os dias de despedida do Blake e do Eli.

Esqueço a vovó Betsy morando na encosta de alguma montanha no leste do Tennessee.

Esqueço Pierce e Melissa morando em casas separadas.

Esqueço Adair e o juiz Edwards me encarando como se meu nome tivesse sido trinchado em sua pele com um prego enferrujado.

Esqueço as pessoas na escola fofocando sobre mim e Jesmyn.

Esqueço Billy e Hiro.

Esqueço os ataques de pânico.

Tento lembrar a última vez em que me senti tão bem e não consigo.

Jesmyn aparece no alto da escada. Fiz questão de chegar quinze minutos atrasado. Ela está usando uma calça jeans preta justa de cintura alta com rasgos nos joelhos, uma camiseta preta que mostra um pedacinho da barriga, botas pretas até o tornozelo e a jaqueta cinza que usou no dia de despedida do Eli. Seu cabelo está cortado em uma franja reta que cai um pouco sobre os olhos. Ela está com uma maquiagem esfumada no olho combinando.

Vê-la dá a mesma sensação de passar por uma lombada rápido demais, quando todos os seus órgãos ficam leves por um instante.

—Você cortou o cabelo.

—Você percebeu!

— Claro! Você não tinha franja.

— Ficou legal?

Aja com naturalidade.

— Sim, com certeza — digo, sem naturalidade nenhuma.

Ela me observa de cima a baixo.

— E, olá, sr. Virei um Rockstar.

— Georgia me fez comprar roupas novas pro show.

— Ela tem bom gosto. Fazemos um ótimo par.

Sinto uma fosforescência e fico zonzo.

— Ah! Esqueci uma coisa. — Ela corre para o quarto e volta com o iPod na mão.

Jesmyn está na metade da escada quando acontece — é a mesma sensação de ir à escola vestido para uma manhã quente e, quando a aula termina, o ar tem cheiro de pedra molhada e o vento do norte sopra forte e frio. *Eli. Você está indo pro show do Eli com a namorada do Eli enquanto o espírito do Eli desce por um rio ou flutua numa nuvem, esperando para cair como chuva. Enquanto o Eli repousa numa urna.*

Ao chegar ao pé da escada, ela me abraça acompanhada de uma lufada de frutas cítricas e mel.

Ela tira o celular do bolso e o estende na altura do braço.

— Chega mais.

Eu me aproximo e tento sorrir normalmente. Ela tira uma foto, digita alguma coisa e guarda o celular no bolso. Depois pula, bate palma e solta um gritinho agudo.

— Eba! Estou tão ansiosa pra esse show!

Espero que ela continue com esse humor. Se continuar, vai estar animada por nós dois. E vou precisar, tenho certeza.

Entramos no meu carro e ela senta de pernas cruzadas. Pega o cabo auxiliar do meu rádio e vira para mim. Tem um riso nervoso na voz que nunca ouvi antes.

— Tá. Tenho uma surpresa. — Ela respira fundo e pluga o iPod enquanto saímos com o carro. Ri e cobre o rosto. — Não acredito que estou fazendo isso — ela murmura.

A música começa — uma paisagem sonora eletrônica sensível e verdejante com batidas de bateria eletrônica. Então começa uma voz suntuosa e quente. Os primeiros dias do verão. É ela; percebo na hora. É a primeira vez que a ouço cantar.

Isso faz minha medula óssea latejar. Perco o fôlego, mas não como em um ataque de pânico.

— É...

Ela me espia, corando de trás dos dedos. Suas unhas estão pintadas de preto fosco.

— ... você?

Ela confirma.

É claro que ela seria talentosa nisso também. Não tenho descanso. Ela está se esforçando ativamente para me destruir por dentro.

— Nossa. Você é *incrível*.

— Até parece! Estou trabalhando nisso faz tempo.

— Então... quer ser uma pianista clássica ou isso? — Aponto para o rádio.

— Todas as anteriores. — Ela pega o iPod. — Tá bom, já deu. Coloco minha mão sobre a dela.

— Quero continuar ouvindo.

— Humm... Não!

— Sim! Inclusive, quero uma cópia. — *Porque isso também me faz esquecer de tudo. Ah, como faz!*

★

Embora os arranha-céus não tenham chaminés, o centro de Nashville sempre cheira a fumaça de lenha no meio de outubro. E é o clima perfeito para jaquetas. O ar da noite tem gosto de sidra de maçã gelada e o céu exala estrelas. Estacionamos e andamos alguns quarteirões até o Ryman. A multidão cresce à medida que nos aproximamos. Grupos andam por todos os lados, conversando animadamente.

Me empertigo um pouco quando vejo um grupo de universitários olhando para Jesmyn ao passarmos. *É isso mesmo, caras.* Mas eu queria estar segurando a mão dela.

Então:

— Carver! Jesmyn! Ei!

Viro e vejo Georgia, Maddie e Lana acenando.

—Ah, merda — murmuro e aceno.

— O que foi? — Jesmyn pergunta, virando na direção delas.

— Nada. É só que... Maddie e Lana podem ser desagradáveis.

Georgia me abraça e abraça Jesmyn.

—Vocês estão morrendo de vontade de ver o show tanto quanto eu?

— Mais — Jesmyn diz.

Evito contato visual com Maddie e Lana.

— Oi pra você também, Carver — Lana fala alto.

— Oi.

— Oi, Carver — Maddie diz, tão alto quanto Lana.

— E aí?

— Não vai apresentar a sua amiga pra gente? — Lana pergunta.

— Esta é a Jesmyn. Jesmyn, Lana e Maddie, amigas da minha irmã.

— E? — Maddie pergunta.

299

— Pois é, Carver! Não somos suas amigas também? — Lana questiona, cravando os olhos em mim.

Me seguro para não revirar os olhos porque isso só vai piorar as coisas.

— E... minhas amigas.

— *Ahhhhh* — elas dizem em uníssono.

Elas se apresentam calorosamente para Jesmyn, que me lança um olhar de "Qual é o seu problema?".

Georgia olha pro celular.

— Tá, vamos pegar nosso lugar. Onde vocês vão ficar?

— No mezanino — Jesmyn responde.

— Legal — Georgia diz. — A gente pode encontrar vocês depois.

— Tchau, Carver — Maddie diz, ainda alto. Ela encara Jesmyn nos olhos e balança a cabeça.

Aceno. Subimos para o mezanino.

— Aquelas duas pareciam simpáticas.

— *Pareciam.* Desde o primeiro segundo que minha irmã levou essas amigas da faculdade pra casa, elas adoram me atormentar. Acham muito engraçado.

Jesmyn faz um biquinho e pega meu queixo.

— *Ai, coitadinho. Benza Deus.*

Sorrio e afasto meu queixo.

— Não começa.

Achamos nossos lugares no mezanino.

— Você ouviu aquela playlist do Dearly que fiz pra você? — Jesmyn pergunta.

— Claro.

— E?

— Achei incrível.

— Ouvi dizer que ele é muito melhor ao vivo.

Nunca a tinha visto desse jeito. Ela está radiante. Consigo sentir o calor dela no meu rosto. Ela estica o pescoço para tentar ver a montagem do palco.

— Desculpa — ela murmura, ainda esticando o pescoço. — Estou pirando no equipamento do teclado.

— Tudo bem — digo sincero, porque, pela maneira como ela se posicionou, tenho uma visão livre da geografia entre a orelha e o queixo dela. De repente, meu desejo de dar um beijo ali é tão grande que me faz delirar.

Mas então Pierce surge sobre meu ombro — um diabinho de desenho animado —, sussurrando: "Você não merece isso. Este momento não é seu. Ela não é sua e nunca vai poder ser. E você nunca vai poder ser dela. Você está pegando emprestado por algumas horas. Vocês dois pertencem ao meu filho morto".

Ela vira para mim, prestes a dizer algo, mas sua expressão muda ao me ver.

— Que foi?

— Nada.

— Você está bem? Está com cara de Carver.

— Sim... só pensando... numa ideia de conto. Sobre um músico.

Os olhos de Jesmyn dançam.

— Quero ler quando estiver pronto.

— Claro.

Ela vai começar a dizer algo, mas as luzes diminuem para o show de abertura começar.

Durante a apresentação, ela vira para mim e diz alguma coisa. Consigo ler os lábios dela, mas finjo que não para ela ter de colocar a mão em forma de concha na minha orelha e aproximar os lábios.

— Esses caras são ótimos! — ela grita.

Eu poderia responder com um aceno de cabeça, mas opto por colocar a mão em volta da orelha de Jesmyn e aproximar meus lábios dela, para dizer:

— Super. Eles mandam muito bem.

Eles tocam por uns quarenta e cinco minutos e saem do palco. Eu e Jesmyn conversamos sobre nada em particular enquanto os *roadies* trocam os equipamentos no palco.

Enquanto conversamos, um desejo confessional conhecido mas também novo toma conta de mim: quero me declarar para ela. No segundo em que essa vontade começa, porém, vejo o rosto de Pierce. Vejo o rosto de Adair. Vejo o rosto do juiz Edwards. Vejo os rostos dos policiais e da assistente da promotoria que me interrogaram. Vejo os policiais revirando meu quarto. Vejo o rosto do Eli. *Aí está você, cara, usando meu ingresso para ir a um show com a minha namorada depois de mandar a mensagem que me matou. Por que não fala que está a fim dela? Talvez vocês dois possam ficar juntos. Afinal, meu pai não disse que você não podia. Só disse que não queria ver.*

Jesmyn olha pra mim.

— Está se divertindo?

Eu não tinha me dado conta de que a estava encarando; minha mente estava muito longe.

— Ah… sim. Com certeza.

— Ainda vamos transformar você num amante de música.

— Cara, tanto faz. Sempre ouço você ensaiando e adorei a música que tocou pra mim.

— Quero dizer que vamos fazer você gostar de músicos que *não* são eu.

— Certo, mas vamos fazer você curtir mais livros.

— Fechado.

Então as luzes diminuem de novo. Jesmyn pula na cadeira e solta um gritinho. Agarra meu punho com os dedos quentes e macios como troncos banhados pelo sol, seus anéis frios contra minha pele.

Sinto uma dor física quando ela me solta para participar da salva estrondosa de aplausos para o Dearly.

Ele entra no palco, alto, esguio e magro, de calça jeans preta, botas pretas e uma jaqueta jeans preta sobre uma camisa xadrez típica de Velho Oeste. Os integrantes da banda dele, elegantes e arrojados, vêm logo atrás e assumem suas posições no palco, iluminados por pontinhos de luz branca que fazem parecer que estão tocando num céu estrelado. Dearly vai para o centro do palco, pendura a guitarra e se aproxima do microfone, com o cabelo escuro desgrenhado em volta do rosto barbudo.

A banda começa como um tsunami. Dearly começa a cantar. Jesmyn estremece ao meu lado. Está hipnotizada. Entendo o porquê. A música também agita alguma coisa dentro de mim.

Alguns minutos depois da segunda música começar, Jesmyn apoia a mão no meu ombro, puxando-me para perto dela.

— Este show teria convertido o Eli.

Não que eu já não tivesse pensado isso, mas essa é, literalmente, a última coisa que eu queria que ela falasse no meu ouvido.

Ele termina a terceira música, pega uma toalha, limpa o rosto e toma um gole de água.

— Ei, Nashville, é bom estar em casa. Ou quase isso. — Todo mundo vai à loucura. Ele examina a multidão. — Muito obrigado a todos por terem vindo hoje. Vocês são meus amigos. São quase minha família. É uma honra estar neste palco.

Jesmyn me puxa de novo.

— Ele é do Tennessee. De bem perto da cachoeira Fall Creek, na verdade.

Minha barriga se irrita e range, revirando-se. Tento desfazer o nó. *Ciúme é um sentimento feio. Ainda mais quando é de...* e a verdade

303

é que não sei de quem ele é. De Dearly? De Eli? De todas as pessoas vivendo normalmente ao meu redor, aproveitando um show sem medo de que esse possa ser o último que elas vão ver antes de serem presas? De Jesmyn, por ser capaz de aproveitar de maneira tão incondicional?

Enquanto Dearly troveja, se eleva e sangra ao longo da apresentação, Jesmyn tem a mesma expressão de quando observava a tempestade. Quando observava a cachoeira. Como se uma sinfonia de cores caísse em cascata sobre ela. Ela alterna o foco entre Dearly e a loira insuportavelmente linda e descolada que toca teclado na banda dele.

Por favor, só se divirta. Deixe que ela empreste parte da euforia dela, a beleza que está enxergando.

Ainda mais que desejá-la, desejo não desejá-la.

Meus pensamentos descem numa espiral — sangue escoando pelo ralo. *Onde está sua capacidade de criar algo tão poderoso? O que em você poderia enfeitiçá-la dessa forma? Sua escrita só tem o poder de matar, não de fazer com que ela veja cores vibrantes.* A música é sublime. Estou furioso comigo mesmo por permitir que ela evoque emoções tão ruins em mim. É como ficar bravo com o pôr do sol.

Não é isso que você merece?, Pierce me pergunta com seu olhar vazio, duro e sombrio como bronze. *Aproveitar o ingresso do meu filho morto. Aproveitar o show do meu filho morto. Se divertir ao lado da namorada do meu filho morto no lugar do meu filho morto.*

Viro para ela. Seu rosto; seus olhos cintilantes que estão vidrados e distantes durante os momentos mais calmos; seus lábios acompanhando a letra em silêncio; seu movimento no ritmo da música. É como se eu não existisse ao lado dela. Algum véu fino nos separa.

Dearly termina uma música e a banda sai do palco. Ele fica sozinho com o violão.

— Dedico esta próxima música a um amigo que perdi no colegial.

— Ah — Jesmyn murmura. Ela fica visivelmente tensa, se preparando.

Lágrimas escorrem pelo seu rosto enquanto ele canta. Toco as costas dela e ela se aproxima um pouco de mim. A música também puxa longos fios escarlates do meu coração, fazendo-o se desfiar num crepúsculo azul. Consigo me perder nela até o fim. Durante esses minutos, minha mente descansa.

Jesmyn seca os olhos nas duas músicas seguintes, para as quais a banda volta. Quando ele dá boa-noite ao público e sai do palco, ela alterna entre secar os olhos e bater palmas. A multidão grita pedindo mais. Dearly e a banda voltam para o bis.

Quando começam a tocar, a multidão vai à loucura. Jesmyn grita e me puxa para perto dela.

— Eles vão fazer um cover de uma música do Joy Division chamada "Love Will Tear Us Apart".

Assinto como se conhecesse.

Mesmo tendo passado a última hora em crise, não estou pronto para o fim. Quero continuar vendo Jesmyn se banhar nos sons em que ela vê cores.

E não sei o que dizer a ela quando o mundo volta a ficar em silêncio e precisamos preenchê-lo com palavras.

A fila de autógrafos é quilométrica, mas está claro que não vamos sair até Jesmyn ter um pôster assinado.

Finalmente, chegamos à frente da fila, onde Dearly está sentado atrás de uma mesa, assinando camisetas, pôsteres, CDs e uma ou outra parte do corpo.

Jesmyn compra um pôster e o entrega para Dearly com as mãos

trêmulas. Ele exala uma confiança tranquila. Imagino que eu teria a mesma confiança se fizesse o que ele faz na frente de multidões de fãs gritando seu nome.

— Oi. Espero que tenham se divertido hoje — ele diz, com um traço súbito de timidez ao encarar os olhos dela.

Jesmyn ri e passa a mão no cabelo.

— Ah, sim, total. Foi incrível — ela balbucia.

O jeito como está toda nervosa e sorridente olhando para ele. Meu estômago se revira de novo.

— Semana passada a gente estava perto de onde você cresceu — Jesmyn diz enquanto Dearly assina seu pôster.

Ele ergue os olhos com um pequeno sorriso triste.

— Ah, é? Não vou muito pra lá.

Jesmyn arruma uma mecha de cabelo atrás da orelha.

— Então... eu também sou musicista.

— Legal — diz Dearly. — Toca o quê?

— Piano clássico. Mas também componho e gravo músicas.

— Cara, a música era meu refúgio quando eu tinha a sua idade.

— Eu adoraria tocar teclado pra você depois que terminar a faculdade — Jesmyn diz.

O tom meloso dela faz meu sangue ferver.

Dearly se vira para um homem atrás dele, conversando com algumas moças bonitas que parecem VIPs.

— Will? Ei, Will? Me dá seu cartão. — O homem dá um cartão para Dearly.

Dearly se vira e passa o cartão para Jesmyn.

— Quando terminar a faculdade, entre em contato com o Will. Ele é meu empresário. Mas *só* quando terminar a faculdade, hein?

— Tá — Jesmyn diz, sem ar. — Então. Mais uma coisa. Aquela música que você tocou para o seu amigo significou muito pra gen-

te. Acabei de perder meu namorado, que era o melhor amigo dele.
— Ela aponta para mim.

Constrangido, passo o peso de um pé pro outro, tentando parecer relaxado.

— Sinto muito — Dearly fala baixo. — Já passei por isso. — Um sentimento diferente substitui seu acanhamento. — Espero que encontrem paz em algum momento.

—Você encontrou? — Jesmyn pergunta.

Dearly está com um olhar distante e saudoso.

— Ainda não.

— Alguma dica? — Jesmyn ignora a impaciência evidente das pessoas atrás de nós.

Dearly também ignora.

— Continue com as pessoas que você ama e que amam você. Continue com a música.

— Parece um bom conselho — Jesmyn diz. — Enfim, o show foi incrível. Obrigada.

Dearly nos agradece pela presença e saímos, abrindo espaço para os próximos devotos na fila receberem a Comunhão.

— Tá, estou, tipo, *vibrando* agora. Acho que vou passar a noite inteira acordada tocando. Foi muito intenso — Jesmyn diz.

— Sim, foi legal — digo sem convicção nenhuma, fingindo me concentrar na estrada.

— Tipo, não achou alucinante?

— *Pshiu.* — Faço um movimento como se minha cabeça explodisse.

— Como alguém consegue ser tão talentoso?

— É, pensei que você fosse pedir o Dearly em casamento. — Espero que ela perceba o comentário como uma piada, para que eu possa falar de maneira inconsequente. Mas até eu noto que minha risada é um pouco cáustica.

Se Jesmyn fosse uma personagem de videogame, sua "barra de exuberância" teria zerado depois desse golpe.

— Hum. *Não.*

— Eu estava brincando — murmuro.

— Então eu não passo de uma groupie idiota que quer ficar com um rockstar?

— Não. Mas, tipo, você se ofereceu pra ser tecladista dele. — Eu deveria calar a boca, mas não consigo. É como quando você mijava nas calças quando era criança: você sabia que estava fazendo uma coisa errada e nojenta, mas não conseguia parar depois de ter começado.

Ela inspira fundo pelo nariz.

— Querer tocar teclado na banda de alguém não é querer casar com ele. Além disso, ele é um homem adulto. Com namorada.

— Ah, que bom que você pesquisou.

Ela revira os olhos.

— Por que você está sendo horrível comigo agora? Depois do melhor show da minha vida, você está seriamente falando muita merda pra mim.

— Só estou conversando.

— Não o tipo de conversa que eu teria com o Eli depois de um ótimo show.

— Eu não sou o Eli.

— Olha, dá pra parar com essa esquisitice toda? Não sei qual é o seu problema ou por que está agindo desse jeito, mas dá pra parar, por favor?

— Beleza.

Percorremos o resto do caminho num silêncio tenso. Em um momento, fazemos contato visual e trocamos sorrisos breves e duros.

Tem tanta coisa que eu queria dizer para ela e tem tanta estática no meu cérebro. Não tenho uma linha clara de pensamentos.

Paramos na casa dela com minha cabeça ainda a mil.

— Então tá. Bom. Obrigada — Jesmyn diz, levando a mão à maçaneta da porta. — Vou...

— Jesmyn.

Ela olha para mim, esperando.

— Eu... — *Não diga que gosta dela de outro jeito. Se fizer isso, se sucumbir, use qualquer frase menos essa.* — Gosto de você de outro jeito. Gosto *gosto* de você. Tipo, mais do que como amiga.

A expressão dela me diz na hora que não era isso o que ela esperava ouvir. O ar fica tenso.

Ela balança a cabeça e cobre os olhos com as mãos, abaixando a cabeça e gemendo baixo.

— Carver. Carver.

Meu sangue acelera.

— Não escolhi que isso acontecesse.

— Eu sei que não, mas não posso. Você deve saber disso. Simplesmente não consigo.

Não sei nem se eu posso. Mesmo assim. Estou nessa agora. A única saída é do outro lado.

— Por que não?

— Por que não? Sério?

— Quero dizer, o motivo óbvio eu sei.

— Bom, certo. O motivo óbvio é *o* motivo. — Ela cobre o rosto com as mãos, abafando a voz.

— Você não sente nada por mim?

— Você é meu amigo. Eu gosto de você.

— Não foi isso o que eu quis dizer e você sabe disso.

Ela ergue as mãos à frente dela como se segurasse uma caixa invisível.

— Carver, eu não posso. Não posso lidar com *isso* agora. Tenho que me preparar pra audição da Juilliard. Meu *namorado*, seu *melhor amigo*, morreu há dois meses e meio. *Não estou pronta* pra outro relacionamento.

— Mas com o Eli você estava pronta em três dias.

— Ai, meu De... Você jura que não vê a diferença? Eu não fiquei com o Eli depois que meu último namorado tinha acabado de morrer. Estou desmoronando; me estilhaçando.

— Como assim? O que há de errado comigo?

— Não há nada de errado com *você*.

De repente me sinto ridículo nas minhas roupas novas. Como se Jesmyn enxergasse através da minha fantasia.

— É porque não sou tão talentoso quanto o Dearly? Ou o Eli?

— Seu talento não é o problema. De jeito nenhum. Eu li o conto que você me deu.

— E claro que você não comentou nada sobre ele.

— Não fico por aí dizendo pras pessoas o quanto elas são talentosas. Eu mostro pra elas. Mostrei pra você o respeito que tenho por você, o que, pelo jeito, você não tem por mim.

— Você não teve problema em dizer pro Dearly que ele era talentoso.

— Bom, eu e ele não almoçamos todos os dias.

— Não que você não queira.

— É sério que você está com ciúmes de um dos meus músicos favoritos?

Fico boquiaberto, tentando entender como dizer que não, mesmo que a resposta seja sim.

— Não — digo. Isso está indo muito mal. Mas não consigo parar. Uma voz malévola está me dizendo para botar fogo na minha vida. — Eli não era *tão* incrível assim. — As palavras queimam meus lábios ao saírem. *O que você está fazendo?*

310

Jesmyn me encara como se eu tivesse dado um tapa na cara dela.

— Você está se ouvindo? — Ela ergue um indicador. — Uma semana atrás a gente estava fazendo um dia de despedida pra ele. *Uma semana.* — A voz dela é fraca e cheia de lágrimas.

Ficamos nos encarando sem dizer nada. Jesmyn balança a cabeça. Seca os olhos.

— Eli iria querer que ficássemos juntos se ele não estivesse mais aqui. — Falo isso mais para mim mesmo, na esperança de que ela não escute para não me fazer repetir.

Ela vira para mim, os olhos em chamas. Aponta um dedo trêmulo na minha cara.

— Eu não sou uma coleção de selos que alguém deixa num testamento, entendeu? Não sou uma propriedade pra ser passada adiante.

Veja sua vida queimar. Veja sua vida queimar.

— Não quis dizer que...

Mas ela já abriu a porta. Vira para mim.

— Preciso dizer pra não me mandar mensagem, não me ligar nem falar mais comigo? — Ela sai e bate a porta com tanta força que fico surpreso pela janela não ter se estilhaçado.

Ela dá alguns passos em direção à casa dela antes de se virar e voltar. Abre a porta. Uma onda de esperança ilógica e infundada me perpassa. Ela vai dizer: "Olha, nós dois estamos emotivos demais agora. Vamos esquecer que tudo isso aconteceu e continuar amigos".

Ela se inclina na porta aberta.

— Mais uma coisa. Você poderia ter uma chance. *Poderia.* Talvez. Mas agora? — Com mais uma batida da porta de tremer a janela, ela vai embora.

Fico catatônico por um momento. É o mesmo estupor de quando descobri o que havia acontecido com a Trupe do Molho. Me questiono se estou imaginando o que aconteceu, porque é horrível demais pra ser verdade.

Enquanto a porta da frente de Jesmyn continua fechada e escura, a dor começa a me inundar como nos filmes em que um submarino está afundando. Um pequeno jato de água. Depois outro; maior. E outro. Vão ficando mais grossos. Impossíveis de consertar. Até, finalmente, o mar entrar com tudo, sedento e preto, para matar todos que ainda estão vivos.

Sinto ódio do meu amigo morto Eli.

Ainda mais que isso, sinto ódio de mim.

Chego em casa onze minutos depois do meu limite da meia-noite, mas não ligo muito. O que meus pais vão fazer? Me proibir de sair com os meus amigos?

Entro no quarto deles e dou abraços de não-andei-bebendo-nem-fumando-maconha e depois vou pro meu quarto. Mas então ouço risos roucos da porta de Georgia e reconsidero. Nunca que vou conseguir dormir.

Saio e sento nos degraus da entrada, apoiando os cotovelos nos joelhos. Não faço ideia de quanto tempo fico lá porque não tenho um relógio de pulso nem — no momento — um celular.

O som da porta da frente se abrindo me assusta. Olho por sobre o ombro.

— Ei — Georgia diz. — Você está aí. Quando chegou?

— Faz um tempinho. Cadê a Maddie e a Lana?

— Lá dentro. Bêbadas, mandando mensagens para os ex. A gente trouxe uma garrafa de vodca da faculdade.

— Que bom, porque realmente não consigo lidar com elas agora. *Mesmo.*

— Espera aí — Georgia diz. Ela entra e volta alguns minutos

depois com uma coberta. Senta e nos cobre, aproximando-se de mim, trêmula. — Pronto. Desembucha.

— Não quero falar sobre isso.

— Jesmyn?

— É.

— Você está muito a fim dela.

— Tô.

— Tá na cara.

— Que ótimo.

— Mas ela não está a fim de você agora porque é esquisito demais.

— É.

— Só isso?

— Não é o suficiente?

— Sim. Mas é só isso?

Suspiro e aperto os olhos fechados.

— Eu estraguei tudo. Falei o que sentia pra ela. Disse um monte de coisas idiotas. Ela está bem puta.

Georgia abraça meu braço e apoia a cabeça no meu ombro.

— Ah, Carver.

Esfrego a lateral da minha cabeça como se estivesse tentando tirar uma mancha.

— Ela era tudo o que eu tinha. Era a minha única amiga aqui.

— Eu sei.

— Estou muito solitário.

— Aposto que sim.

— Quero ser feliz de novo antes de morrer. É tudo o que eu quero.

Ficamos ali por um longo tempo, sem falar nada, sob o círculo de luz melancólico e desconsolado da varanda, tremendo e ouvindo a canção moribunda dos grilos na escuridão fria. O ar está pesado com o orvalho quando finalmente terminamos nossa vigília vazia.

TRINTA E SETE

Antes, eu achava que um coração partido era como contrair um resfriado ou engravidar. Só acontece um de cada vez. Depois de pegar, não dá para pegar outro até o primeiro ter terminado.

Na verdade, é mais parecido como quando você janta até ficar cheio. Mas, no minuto em que alguém fala "Tem torta!", você de repente tem espaço no estômago para a sobremesa, separado do seu estômago de jantar. Você tem um coração de amor, separado do coração de luto, do coração de culpa e do coração de medo. Todos podem ser partidos individualmente à sua própria maneira.

Então, tenho todo o espaço para um novo tipo de coração partido.

É o que descubro no domingo depois do show do Dearly, quando passo o dia todo sofrendo no quarto para me proteger até Maddie e Lana irem embora. O que é um saco, porque precisava muito de um dia com Georgia.

Redescubro na manhã de segunda, quando chego à escola sozinho. Eu e Jesmyn nem sempre vamos juntos à escola. Mas sempre nos encontramos para conversar alguns minutos antes da aula. Agora não.

A ficha cai *de verdade* no almoço. Nós *sempre* almoçamos juntos. Sento no refeitório barulhento e vibrante, na esperança de que ela me veja, na esperança de que meu desamparo possa reconquistá-la. Mas não a encontro em lugar nenhum. Acho que ela deve estar almoçando em uma das salas de música. Ela diz que sua amiga Kerry e os outros nerds da música fazem isso.

Por isso, sento sozinho e me entrego a ilusões, imaginando que ela esteja sentada lá, tão perdida quanto eu. Na melhor das hipóteses, consigo imaginá-la exalando um leve ar de melancolia, de maneira que alguém pergunta qual é o problema e ela responde: "Nada".

Mas, pelo menos, alguém se importa com ela a ponto de perguntar. Todo mundo fica longe de mim. Deve haver algum limite para parecer solitário que ultrapassei. As pessoas sentem pena de você, mas ficam com medo de não terem o necessário para preencher o abismo ecoante dentro de você, então nem tentam.

A única pessoa que olha na minha direção é Adair. Ela passa com quatro de suas amigas e me lança um olhar de víbora de bem feito. Minha solidão é um néctar para ela. *Não se preocupe, Adair, o fantasma do Eli está se vingando de mim por ter tentado ficar com a namorada dele.*

E assim vai. Estou começando a considerar que a cadeia não deve ser tão ruim assim. Terça. Quarta. Quinta. Sexta. A única diferença no sábado e no domingo é que ninguém vê como estou sozinho. E então começa tudo de novo: segunda. Terça. Quarta. Quase nunca vejo Jesmyn e, quando a vejo, não me olha nem sem querer.

Meus pais conseguem perceber meu isolamento. Deve estar radioativo. Meu pai me leva à livraria Parnassus e me fala para escolher o que eu quiser. Mas não estou no clima para muita coisa.

A polícia devolve meu celular e meu notebook na quinta. Deixam no escritório do sr. Krantz. Ligo o aparelho o mais rápido que consigo. Vai ver Jesmyn me mandou uma mensagem, sem saber que eu ainda estava sem celular.

Nada.

Considero mandar uma mensagem pra ela. Ligar. Deixar um bilhete. Alguma coisa. Mas então lembro do rosto dela quando me mandou não fazer isso.

Conto as horas até a minha sessão com o dr. Mendez na próxima sexta. Ele é basicamente tudo o que restou pra mim. E, se não o pagássemos, nem ele eu teria.

TRINTA E OITO

Esta é a hora em que eu normalmente estaria ouvindo Jesmyn praticar. Em dias mais felizes. É engraçado (e, por engraçado, quero dizer "terrivelmente triste") se referir como "dias mais felizes" ao período em que você estava lidando *só* com a morte dos seus três melhores amigos, o ódio dos entes queridos deles e a perspectiva de ser preso.

Do quarto, onde estou sentado tentando ler *Matadouro 5* para literatura inglesa avançada, escuto minha mãe atender o telefone.

Algo na formalidade de sua voz chama minha atenção e me esforço para ouvir.

— Certo... Às cinco? Que canal? Tá. E... Certo. Ligamos pro senhor depois? Tá. Vou falar pra ele. Muito obrigada.

Minha mãe atravessa o corredor rapidamente até o escritório do meu pai e ele para de tocar violão.

Por favor, não venham para cá. Por favor.

Escuto os dois vindo na minha direção. Tenho certeza de que, em algum momento, minhas glândulas de adrenalina recentemente sobrecarregadas vão acabar explodindo com um estalo.

— Carver? — meu pai chama, batendo na porta, ao lado da minha mãe. Eles não estão sorrindo.

Viro mas não digo nada.

— Acabamos de receber uma ligação do sr. Krantz. Ele avisou que, daqui a uma hora, a promotoria vai fazer uma coletiva de imprensa pra falar sobre o seu caso. Ele acha que vão anunciar uma decisão.

— Tá — digo finalmente, com o sangue vociferante, transformando todos os músculos em mingau.

— Encontra a gente na sala daqui a uma hora pra assistir? — minha mãe pergunta.

— Tá. — Meus intestinos parecem esmagados lentamente por um rolo compressor.

Meus pais saem. Me preparo para o que com certeza vai ser uma das horas mais longas da minha vida. Quero tanto mandar mensagem para Jesmyn. E nem sei o que dizer. Primeiro, teria de pedir desculpas. Depois disso, se ela estivesse disposta a ouvir mais, tudo o que teria a dizer seria: *Em algum lugar, alguém tem a resposta à pergunta: "A vida de Carver Briggs vai ser arruinada?". (Correção: mais arruinada ainda). E preciso esperar uma hora pra descobrir essa resposta.*

A hora se passa. Sento na sala entre meus pais.

— Certo, Kimberly — o apresentador diz. — É verdade que vamos ao vivo agora para o Tribunal do Condado de Davidson, onde a promotora do Condado de Davidson, Karen Walker, fará um anúncio?

— É isso mesmo, Peter. Eles vão anunciar qual ação pretendem tomar em relação ao acidente automobilístico que tirou a vida de três adolescentes no dia 1º de agosto. Alguns de nossos telespectadores devem se lembrar de que foi um acidente relacionado a mensagens de texto.

Minha mãe treme ao meu lado. Respiro com dificuldade; parece que meus pulmões estão cheios de cimento úmido. Meu pulso martela nas têmporas, uma dor de cabeça começa no fundo do crânio.

A câmera corta para um palanque vazio com vários microfones. A promotora sobe nele.

— Obrigada a todos por virem. O acidente que tirou a vida de Thurgood Edwards, Blake Lloyd e Elias Bauer no dia 1º de agosto foi uma tragédia em todos os aspectos. A pergunta em aberto, porém, era se também se tratava de um crime. Nos últimos três meses, nosso gabinete, em conjunto com o Departamento de Polícia Metropolitana de Nashville e o Departamento de Investigação do Tennessee, investigou essa questão de maneira diligente. Concluímos que...

Minha visão se estreita até atingir o tamanho de um raio laser.

— ... esse acidente trágico...

Não sei como vou reagir quando falarem. Quando disserem que acabou pra mim. Não sei se vou chorar. Se vou gritar. Se vou ter um ataque de pânico. Se vou simplesmente desmaiar.

— ... *não* foi resultado de conduta criminosa, e nosso gabinete não vai indiciar o quarto jovem sobrevivente envolvido...

Minha mãe explode de soluçar. Meu pai expira e enfia o rosto entre as mãos, chorando. Fico completamente imóvel e mudo. Não sei direito se ouvi o que acredito ter ouvido, como quando você assiste à TV meio dormindo e precisa ruminar cada frase para ter certeza de que não foi sua imaginação.

— ... Manifestamos mais uma vez nossos pêsames às famílias Edwards, Bauer e Lloyd. Aproveitamos esta oportunidade para advertir os jovens sobre os perigos de mandar mensagens enquanto dirigem. Mesmo quando essa atitude não chega ao nível da conduta criminosa, ela tem consequências terríveis, como vimos. Nosso gabinete vai continuar a...

De um lado, minha mãe me aperta num abraço.

— Ah, Deus seja louvado — ela murmura repetidamente. Seu sotaque do Mississippi aparece mais em momentos de grande carga emocional. Meu pai me abraça do outro lado. Continuo olhando atordoado para a televisão.

O celular da minha mãe toca.

— Alô? Ah, meu Deus, sim, o senhor não faz ideia. Sim. Sim, ele está, vou passar pra ele. E muito, muito obrigada. Certo. Tá bom, tchau.

Minha mãe me passa o celular.

— Sr. Krantz — ela murmura.

— Alô?

— Carver! Então? Parece que se livrou, hein, rapaz.

— Hum, sim, que ótimo. — Tento refletir seu entusiasmo.

— Eu sabia que seria um exagero tentar incriminar você. Eles tomaram a decisão certa.

— Sim.

— Mas pode ser que você não esteja completamente livre do perigo ainda. A promotora ainda pode reconsiderar, então não saia por aí falando do acidente. Além disso, o Edwards ainda pode entrar com um processo civil pedindo uma indenização monetária. E seria mais fácil pra ele ganhar sem uma absolvição criminal. Enfim, preciso correr. Tenho um cliente. Parabéns e se cuida, viu?

— Tá.

Desligo e inspiro fundo. Estou exausto. Quero ficar sozinho.

— Preciso deitar um pouco — digo.

— Tudo bem, querido — minha mãe diz, me abraçando de novo. — Vou buscar um frango quente do Hattie B's pra comemorar.

Em outra vida, só essa notícia já teria feito a minha noite.

Vou para o quarto, caio na cama e fico olhando para o teto. Choro até as lágrimas quentes entrarem nas minhas orelhas, abafando o som como se eu estivesse embaixo d'água.

Não faço ideia de por que estou chorando. Acho que estou feliz, mas não tenho tanta certeza. Felicidade seria não lidar com nada disso. Acho que estou aliviado, porém uma decepção estranha atenua qualquer alívio. É como se eu tivesse passado dias amarrado a uma estaca, com as cordas deixando meus punhos e tornozelos em carne viva; minha língua inchada e rachada pela sede. E o homem de capuz preto que vinha com uma tocha para acender a lenha sob mim vira e sai andando, deixando a tocha queimando no chão. Mas continuo amarrado à estaca.

Meu celular vibra no bolso.

Jesmyn! Ela viu a notícia. Está me ligando pra me parabenizar, pra me dizer que, se a promotora não acha que vale a pena me punir, ela também não acha.

É um número que não reconheço. Um repórter? Será que a polícia espalhou meu número por aí enquanto estava com o meu celular?

— Alô?

— Carver Briggs? — pergunta uma voz feminina fria e formal do outro lado da linha.

Ultimamente, passei a odiar quando as pessoas dizem meu nome e sobrenome ao telefone. Levanto e começo a andar de um lado para o outro.

— Sim. Sou eu.

— Por favor, espere um momento enquanto transfiro para o juiz Frederick Edwards.

E a voz dela desaparece antes que eu possa dizer: "Não, por favor, não. Qualquer pessoa menos ele".

Sento; minhas pernas se transformaram em tentáculos de polvo.

Ouço o outro lado da linha atender e uma respiração longa.

— Sabe como consegui esse número? — A voz do juiz Edwards parece gravada em granito.

— Hum. Não, senhor. Vossa Excelência. Não sei. — Minha voz

é aguda e tensa, como uma corda de guitarra apertada demais. Sei que parece uma voz culpada.

— Arrisque um palpite. — Não um pedido. Um comando.

Sinto como se tivesse um osso entalado na garganta.

— Da polícia?

— Depois que Thurgood morreu, a polícia entregou os pertences pessoais dele para mim. Entre eles, o celular. Para conseguir seu número, bastou verificar o último número a contatar meu filho antes de ele morrer.

Ele deixa o silêncio respirar, assim como o dr. Mendez faz. Mas a respiração é diferente: alguém juntando forças para me trespassar com uma espada.

— Ah. — Como responder? *Parabéns, bom trabalho.*

— Imagino que tenha ouvido a notícia.

— Sim. Vossa Excelência. Ouvi.

— Imagino que esteja se sentindo bastante sortudo.

— Eu... eu...

E então ele me corta, o que é ótimo, porque não tinha uma boa resposta para esse comentário.

— Bom, você não teve *sorte.* Se repetir o que estou prestes a te dizer para qualquer pessoa, vou ficar muito descontente. Estamos entendidos?

Minha boca fica seca.

— Sim, Vossa Excelência.

— Pedi pessoalmente à promotora para não entrar com um processo.

Estou pasmo.

— Obrigado, senhor — digo finalmente. — Juro que...

Ele ri com amargura.

— *Obrigado?* Não foi um favor pessoal a você. No entanto, você tem uma grande dívida comigo e pretendo cobrá-la.

— Certo. — *Aí vem o martelo.* Me preparo.

— Soube que você embarcou numa série de "dias de despedida", durante os quais, se entendi corretamente, passou um dia com a família da vítima e teve um último dia de rememoração?

— Certo. — *Vítima.*

— Certo o quê?

— Certo, Vossa Excelência.

— E até agora você os fez com a família Lloyd e a família Bauer.

— Sim, Vossa Excelência. Como Vossa Excelência…

— Descobriu? Adair Bauer entrou em contato com o meu gabinete, com a polícia e com a promotoria para contar sobre eles. Ela achou que deveríamos investigar se você tinha dito algo autoincriminatório. Queria que conversássemos com os pais dela. Não era uma má ideia.

Foi por isso que ela insistiu tanto para que os pais dela topassem.

— Ah. — E então acrescento rápido: — Vossa Excelência.

— Agora quero meu dia de despedida para Thurgood.

— Vossa Excelência, eu…

— Neste domingo, você estará na minha casa às cinco e meia da manhã. Vai se vestir para atividades físicas vigorosas. Também vai trazer roupas apropriadas para a igreja. Não é uma igreja para ir com uma camiseta qualquer como se fosse ao Starbucks. Vai se vestir como foi ao velório do meu filho. Entendido?

— Sim, Vossa Excelência.

Ele desliga.

TRINTA E NOVE

Me sinto ingrato aos deuses do destino por não estar mais feliz com o fato de a lâmina do processo não pender mais sobre meu pescoço. Fantasiei sobre isso. Mas quando contava com a presença de Jesmyn na minha vida. Também quando contava que eu não passaria um dia inteiro com a segunda pessoa que mais me odeia no mundo.

Na escola, algumas pessoas me cumprimentam ao passar por mim nos corredores. Suas expressões transmitem uma espécie de: *Não sei direito como parabenizar você por não ter sido incriminado, mas fico mais à vontade em cumprimentá-lo agora que legalmente você não é um assassino.*

Minha professora de literatura inglesa avançada me chama de lado depois da aula e diz como está contente com a notícia. Minha escola foi bem imparcial durante essa história toda — basicamente só falaram comigo quando os policiais estavam lá para confiscar meu celular e meu notebook. Acho que estavam com medo de me mandar conversar com o orientador da escola e eu o envolver numa investigação de homicídio.

Não sei por quê, mas isso tudo me deixa ainda mais deprimido. Então já estou com um humor péssimo na minha hora de almoço solitária. Quando o almoço está quase acabando, percebo que vinha me permitindo uma centelha de esperança de que Jesmyn cederia e viria me procurar para pelo menos me dizer que estava contente por eu não ir para a prisão.

Mas talvez ela não esteja contente. Talvez esse seja o grau do ódio dela por mim agora.

Vou até o meu armário pegar meus livros para a próxima aula. Abro e uma nuvem fina de cinzas escuras ataca meu rosto. Espirro e pisco com os olhos lacrimejantes.

Tenho quase certeza de que isso não é o Eli. Tem um cheiro forte e amadeirado. Tipo de madeira queimada na lareira de uma casa chique.

Os Bauer têm uma lareira.

O interior do meu armário está coberto de cinzas. A engenhosidade para fazer isso… Alguém deve ter dado um jeito de soprá-las pelas aberturas do armário.

Vejo um pequeno cartão de cor creme no fundo do armário. Pego e mais cinzas caem dele. Não é um cartãozinho porcaria. Parece caro. Em uma fonte simples e elegante, diz: ASSASSINO.

Consigo sentir o olhar de Adair e dos outros queimando minhas costas. Estou observando o meu armário imundo com atenção, como se contivesse a resposta a uma pergunta, segurando o cartão, fantasiando em entrar e fechar a porta atrás de mim. Esperar até poder sair sem vê-la.

— Cara, o que aconteceu? — alguém pergunta. Ignoro e, deliberadamente com cuidado, guardo o cartão no bolso da camisa. Sobre o coração. Espero que ela me veja fazer isso.

Com os olhos baixos, saio do prédio, vou para o estacionamento, entro no carro e vou embora. Nunca matei aula antes. Ninguém se dá ao trabalho de entrar na AAN para matar aula.

Chega um momento em que você percebe que nunca vai poder fazer alguém gostar de você, nem mesmo parar de odiar você, e a única defesa possível é a maior de todas — cagar pra aquilo. Mas isso exige cagar pra aquilo, e ainda não cheguei a esse ponto. Então estou indefeso.

Quando chego em casa, vou ao banheiro e olho no espelho.

Ainda tem cinzas no meu cabelo.

Ainda tem cinzas no meu rosto.

QUARENTA

— Então, desde a nossa última conversa, me peguei pensando sobre o pobre Jiminy Merdeira e o restaurante para gatos que ele abriu com os lucros do dispositivo de segurança roubado da traseira do caminhão de Billy Scruggs. — O dr. Mendez tem um brilho maroto no olhar por trás dos óculos de aro de aço.

— Desculpa pelo sobrenome. Eu estava bravo — murmuro. De repente, estou envergonhado pelo meu ataque na nossa última sessão.

O dr. Mendez faz que não tem problema.

— Teve certa, digamos, elegância escatológica. Você acha que por ser um homem adulto formado em psiquiatria não vejo mais graça em cocô?

— Não.

— Como você está?

— Muito mal.

Espera.

Suspiro.

— Eu, hum... — Examino o chão. — Estraguei as coisas com a Jesmyn. Talvez pra sempre.

— Quer me contar o que aconteceu?

— Não muito.

Aquele olhar firme e calmo do dr. Mendez.

— Mas você vai ficar aí sentado sem dizer nada até eu contar. Ele dá de ombros. *Provavelmente.*

— Bom. Fomos para um show juntos. Era pra ela ter ido com o Eli. Tudo estava indo bem. Ela mostrou uma música dela no caminho. Era incrível. Ela estava tão *linda*. Eu estava usando roupas novas que minha irmã me ajudou a escolher. E então... acho que comecei a ficar com ciúmes. Do quanto ela ama músicos. Do Eli. De... sei lá de quem. No fim da noite...

Eu me recosto, esfrego a boca e observo por sobre o ombro do dr. Mendez. Ele está tão imóvel que faz os sons saírem da minha boca.

Continuo:

— Isso é tão constrangedor. No fim da noite, falo que estou apaixonado por ela e ela diz que não sente o mesmo e tudo vai por água abaixo e falo que o Eli nem era tão incrível assim e blá-blá-blá. Faz quase duas semanas que a gente não se fala.

O dr. Mendez assente e bate o dedo nos lábios, meditativo.

— Você se considera indigno de ficar com a Jesmyn?

Começo a dizer "claro", mas me contenho.

— Talvez — digo depois de alguns segundos de contemplação. O dr. Mendez se inclina para a frente.

— Será possível que você tenha introduzido um caos nessa relação, talvez para sabotá-la, porque, em algum grau, se sente indigno de estar com ela?

Uma porta se abre dentro da minha mente e eu a atravesso.

— Sim. É possível.

De alguma forma, isso me tranquiliza. Não corrige nada. Na verdade, só deixa mais claro que a culpa foi minha. Mas mesmo assim...

— Parece que vocês dois eram muito próximos. Se eu fosse

uma pessoa de apostar, apostaria que essa relação vai ficar bem de novo.

— Alguma ideia de como fazer isso acontecer?

— Honestidade. Humildade. Ouvir mais do que falar.

— Certo.

Ficamos nos encarando por um tempo.

— Então — digo. — A promotora decidiu ontem não apresentar acusações contra mim.

O rosto do dr. Mendez se ilumina. Ele ri e bate palmas.

— *Fantástico!* Preciso muito acompanhar melhor o noticiário local. Que maravilha! — Ele parece tão aliviado quanto eu gostaria de estar.

— Sim, pois é. Quero dizer, pois é.

— Mas?

— Mas acabei aceitando fazer um último dia de despedida. Com o pai do Mars.

— O juiz.

— O juiz que me odeia.

— Hum.

— É neste domingo. Estou com muito medo.

— Aposto que sim.

— Alguma ideia de como lidar com isso? Por favor, me dê uma resposta de verdade só desta vez e nunca mais vou incomodar você de novo.

Ele respira fundo e entrelaça os dedos em volta do joelho.

— Seja honesto. Seja humilde. Ouça mais e fale menos.

QUARENTA E UM

— Não, mas é estranho, né? Como a gente já tem um monte de sobrenomes agora e não precisa mais inventar nenhum — Blake diz.

— Tipo antigamente, quando as pessoas eram chamadas pelo que faziam. Então um João Ferreira era ferreiro. Mas não temos "João Programador" ou "João Entregadordepizza" — digo.

Temos um ataque de riso, uma gargalhada que ecoa pelo corredor.

— Bill... RecepcionistadoWalmart — Eli diz.

— Amber Estrelapornô — Blake diz.

— Jim e Linda Lixeiro — digo.

— Dr. Manhattan! — Eli diz.

— Esse nem faz... — começo a dizer.

Mas Eli parou e está olhando para um garoto magro e baixo com cabelo afro, óculos de aro preto e All Star de cano baixo desenhado com caneta permanente. Sentado no chão, encostado num armário, está desenhando num caderno grande.

O menino ergue os olhos, surpreso.

— É... você curte *Watchmen*?

— Super, cara — Eli diz. — Posso ver?

O menino dá de ombros.

— Claro. Ainda não está pronto. — Ele entrega o caderno para Eli.

Eli examina o desenho, admirado.

— Cara, está incrível. Se você me dissesse que ilustrou o *Watchmen* de verdade, eu acreditaria.

O menino sopra as unhas e as esfrega na camiseta de gola V.

— É óbvio que ilustrei o *Watchmen*.

Eli ri e estende a mão.

— É uma honra. Eli Bauer.

O menino aperta a mão de Eli.

— Mars Edwards.

Eu e Blake nos apresentamos.

— Ei, a gente está indo pra casa jogar *Spec Ops: Ukrainian Gambit* — Eli diz. — É mais legal com quatro jogadores. Quer vir?

Mars fica radiante com o convite.

—Valeu, cara. — Seu sorriso volta a diminuir. — Queria poder ir. Mas tenho um lance da igreja com o meu pai daqui a uma hora, mais ou menos, e ele é bem intenso. Ele ficaria tipo: "Thurgood", que é o meu nome de verdade, aliás, "nunca cancelamos compromissos nem mudamos de planos por nenhum motivo".

Rimos com a imitação de Mars; nem precisamos ter conhecido o pai dele.

—Você almoça com alguém? — pergunto.

— Normalmente não. Ainda estou conhecendo o pessoal — Mars diz.

— Quer almoçar com a gente? — pergunto.

— Sim, sim, seria legal. Normalmente uso a hora do almoço pra desenhar umas coisas esquisitas.

— Ótimo, porque a gente usa a hora do almoço pra praticar ser esquisito — Blake diz.

No dia seguinte, Mars almoça com a gente. E, a partir de então, a Trupe do Molho está completa. Um dia, ele desenha um retrato meu.

Eu o enquadro e o penduro na parede.

Estou observando o retrato agora; encarando meus olhos sem conseguir dormir, ouvindo os rangidos e estalos da minha casa; ouvindo o zumbido do meu sangue.

Queria poder conversar com Jesmyn. Queria saber se ela fica deitada na cama pensando em mim. Queria saber se ela sente falta de mim deitado embaixo do piano dela. Mais um membro-fantasma coçando.

Contemplo o dia que se estende diante de mim como uma vasta terra desconhecida coberta de névoa. Não faço ideia do que vai acontecer ou de como vai acontecer.

Não, não é bem assim. Tenho uma ideia.

Novembro. Eu e Mars deveríamos estar imersos na abundância do nosso último ano juntos. Mas é isto que temos.

Penitência.

Histórias.

Dias de despedida.

Enquanto paro na frente da casa perfeitamente restaurada da família Edwards no leste de Nashville, na penumbra antes do amanhecer, não estou apenas me cagando de medo; estou me sentindo ridículo. Montei uma roupa de treino com um short velho de educação física, tênis que comprei para fazer trilhas, uma camiseta e um moletom. Precisei sair escondido porque meus pais pensam que vou visitar o campus da universidade Sewanee hoje. Até parece que vou contar pra eles que vou sair com o cara que tentou me prender.

Exatamente às cinco e meia, chego à porta da frente. O frio faz minhas pernas descobertas arderem, mas não sei se estou tremendo por causa da temperatura ou do nervosismo. Hesitante, bato na porta. Escuto passos barulhentos e determinados.

O juiz Edwards abre a porta, vestindo um short de corrida preto com as iniciais do Corpo dos Fuzileiros Navais dos Estados Unidos em letras brancas e uma jaqueta preta e elegante de corrida. Ele faz roupas de exercício parecerem elegantes. Olha para o relógio e me encara feio.

—Você está atrasado.

Meus intestinos viram gelatina.

— Desculpa, Vossa Excelência — gaguejo. — Meu relógio diz exatamente cinco e meia.

Ele estende o braço para eu poder ver o relógio em seu punho.

— Cinco e trinta e dois.

Começamos bem.

— Desculpa, Vossa Excelência. Sinto muito.

— Ensinei Thurgood a ser criteriosamente pontual. Fazemos um desserviço à memória dele agindo de outra forma.

— Sim, senhor, Mars sempre foi…

— Não entendi, quem?

— Mars, senhor, sempre foi…

— Não conheço ninguém chamado Mars além do deus romano da guerra.

— Seu filho, senhor.

— Meu filho chamado Thurgood Marshall Edwards?

— Sim, senhor. Perdão.

— Então vamos honrar a memória dele chamando-o pelo nome.

— Sim, senhor.

—Vamos. Eu dirijo.

Eu tinha ficado curioso para saber se algum dos irmãos mais velhos de Mars viria. O irmão mais velho é juiz do Corpo de Fuzileiros Navais. A irmã está terminando o doutorado na Universidade de Princeton, e o outro irmão estuda medicina na Universidade Howard. Não fico nem um pouco surpreso em não ver nenhum deles, e menos surpreso ainda em não ver a mãe do Mars. Ele sempre dizia que ela e o pai dele brigavam muito.

Entramos na Mercedes reluzente do juiz Edwards que brilha como vidro preto. Os bancos de couro marrom são firmes e frios contra as minhas coxas. Sem dizer uma palavra, o juiz Edwards liga os dois aquecedores de banco e sai com o carro.

Parece que estamos no vácuo do espaço pelo tanto que conversamos. *Ouça mais e fale menos*, o dr. Mendez sussurra na minha cabeça. *Sem problema, doutor*, penso.

Depois de uns dez minutos, chegamos à Shelby Bottoms Greenway, uma trilha de asfalto quilométrica ao longo do rio Cumberland onde as pessoas correm, pedalam e passeiam com os cachorros. Vim poucas vezes aqui.

O juiz Edwards estaciona e saímos do carro. Ele vai até o porta-malas, pega uma garrafa de água e a joga para mim.

— Beba.

Eu me atrapalho, a derrubo e a pego do chão. Obedeço, mesmo sem sede nenhuma. Algo no tom de voz dele me indica que seria insensato recusar.

O juiz Edwards faz alguns alongamentos rápidos. Nunca tinha notado isso porque sempre o vi de terno, mas seu corpo parece esculpido. Ele é tão duro que parece que toda a maciez e frivolidade, por dentro e por fora, foram queimadas; consumidas; definhadas pela seca.

Imito seus movimentos de alongamento. Não faço a menor ideia do que estou fazendo.

— Vamos — ele vocifera de repente como um sargento. Então ele parte antes mesmo de eu levantar.

Preciso acelerar meu passo o máximo possível para alcançá-lo. Mesmo assim estou correndo quase na minha velocidade máxima para acompanhar o ritmo dele. Não sou nenhum atleta. Não estou totalmente fora de forma porque faço caminhadas, mas sou um péssimo corredor. Meus tênis pesados de trilha — feitos para andar sobre terrenos acidentados — chocam-se contra o pavimento, chacoalhando meu joelho. Meu peito arfa e implora por ar. O odor salgado e acobreado do sangue está na minha boca e no meu nariz. Meu pulso aperta meus ouvidos. Começo a ficar para trás.

À minha frente, o juiz Edwards se vira. Mesmo no escuro, seus olhos ardem.

— *Mantenha o ritmo.* Thurgood adorava se superar. Adorava se testar. Adorava conquistar. Não era de desistir. Agora *mexa-se.*

Eu me mexo. Pelo que parecem horas. Como se estivesse sendo perseguido por cães. Todas as células do meu corpo estão chorando, implorando por oxigênio. Estou encharcado de suor e a umidade me dá calafrios. Meus joelhos latejam. Meus pés doem. Começo a tossir sem parar. Vou ficando para trás de novo.

O juiz Edwards para e dá meia-volta, correndo no lugar, esperando por mim. Ele mal ofega.

Eu o alcanço e me curvo, com as mãos nos joelhos, tossindo catarro.

— Vossa Excelência, o quanto o senhor pretende correr? — pergunto ofegante. — Não sei se...

— Onze quilômetros.

Onze quilômetros?! Quase morri quando tive de correr um quilômetro e meio na educação física. E foi no meu ritmo, não no do juiz Edwards.

— Quanto a gente já correu, senhor?

— Cerca de três quilômetros.

Levo um susto.

— Sinto muito, senhor. Não acho que eu consiga correr onze.

Ele se agacha para me encarar nos olhos sob a luz fraca. Seu rosto está constrangedoramente próximo do meu e ele usa um tom de ameaça nada disfarçado.

—Você sente que não consegue respirar? Como se uma avalanche tivesse caído sobre o seu peito?

Faço que sim.

— Seu coração dói como se estivesse partido ao meio?

Faço que sim.

— Todo o seu corpo dói? Dói *mesmo*, como se você quisesse morrer?

Faço que sim.

—Você sente que vai vomitar por todo o chão? Como se quisesse se virar do avesso?

Faço que sim.

Ele se aproxima ainda mais. Sua respiração tem cheiro de fome e enxaguante bucal, como se ele continuasse escovando os dentes mesmo sem comer nada.

— Agora você entende como me senti quando recebi a ligação avisando que meu filho tinha morrido. — Sua voz treme.

Mas eu já sei!, meu cérebro grita. *Porque senti o mesmo quando descobri*.

Ele recua, ficando ereto como uma viga de aço, enquanto espero um ataque de tosse passar e tento ganhar um segundo ou dois com uma história de como Mars uma vez comprou almoço para um sem-teto e fez um desenho para ele vender ou trocar por mais comida se ficasse com fome depois.

— Uma vez, Thurgood…

— Não — o juiz Edwards diz, com um tom de tenho-uma--ideia-melhor, erguendo o dedo para me interromper. — *Ah, não*. Este não é o dia para *você* me dizer quem *meu* filho era. Este é o dia pra você entender o que tirou de mim com sua imprudência, sua estupidez e sua impaciência. *Agora recupere seu fôlego e mexa-se.*

Toda palavra é agonizante. Dor em cima de dor. Bater o dedão numa quina quando seu pé está gelado. Tirar a casquinha até a ferida ficar em carne viva.

Controlo minha tosse e o juiz Edwards volta a correr, seguido por mim. Cada inspiração queima meus pulmões. Cada camada protetora que criei — cada bastião que construí — está erodindo, derretendo, me deixando exposto. Emoções que tentei enterrar estão começando a jorrar. *Ele sabia que isso aconteceria.*

Estou tendo dificuldades para tirar os pés do chão. Meu pé tropeça numa fenda minúscula do pavimento e caio estatelado, esfolando os joelhos e as mãos. Fico deitado, atordoado pelo choque súbito que tirou o pouco do ar que me restava. Meus olhos se enchem de lágrimas enquanto tento levantar.

Ouço passos enquanto o juiz Edwards volta correndo para perto de mim.

— Está machucado? — ele pergunta, num tom que sugere que está mais preocupado que eu esteja saudável o bastante para ele continuar me destruindo.

Balanço a cabeça mas não digo nada porque os soluços se amontoaram nas fronteiras das minhas cordas vocais, esperando para se derramarem.

Levanto com as pernas instáveis. O ar é frio e cortante nas minhas terminações nervosas recém-expostas. De repente, a náusea toma conta de mim. Dou poucos passos até a beira da trilha antes de pôr para fora o jantar de ontem. Sai pelo meu nariz e o mundo todo cheira a vômito.

Bom, dr. Mendez, estou mandando bem no aspecto da humildade. E não dá pra ser mais honesto do que literalmente vomitar na frente de alguém. E tenho certeza de que estou ouvindo mais do que falando.

337

Quando me viro para o juiz Edwards, ele me passa uma garrafa d'água.

— Beba — ele diz. Sua voz tem um levíssimo tom de compaixão. Bebo, bochechando a água na boca.

Devolvo a garrafa para ele.

— Pronto — digo, ouvindo a resignação fatal na minha voz. —Vamos. — Talvez eu possa correr até a morte. Inclusive, olhando bem a floresta densa e emaranhada dos dois lados, não é inteiramente improvável que ele tenha me trazido aqui para me matar mesmo. Reencontrar a Trupe do Molho seria um progresso na minha vida agora.

— Acho que já deu. — Ele começa a andar na direção de onde viemos. Imagino que vá começar a correr, mas não.

Vou mancando atrás dele, sufocando a dor e o enjoo.

O sol está nascendo, uma faixa de seda rosa alaranjada e luminosa sobre as fileiras negras de árvores, mas ainda está frio e escuro na trilha, e estamos tão silenciosos quanto o amigo e o filho que viemos homenagear.

— Traga a toalha com você — o juiz Edwards diz. — E suas roupas de igreja.

Pego a toalha que ele me fez colocar sobre o banco do carro, busco meus sapatos sociais e meu terno pendurado no meu carro, e entro na casa depois dele, mancando, ainda ofegante.

De todas as casas da Trupe do Molho, a do Mars era onde menos ficávamos. Mars e Eli curtiam a minha casa porque podiam ficar secando a Georgia. Todos gostávamos da casa do Blake porque tinha a vovó Betsy. E a do Eli tinha o melhor videogame. Além disso, sempre havia a chance de Adair aparecer com um grupo de amigas bailarinas esguias. Havia algo na casa do Mars que nos deixava nervosos. Tinha um ar antisséptico, frio, brutal, eficiente. Blake não peidava lá. Nem se estivéssemos sozinhos. Ele esperava até sair com o carro pra soltar. "Não é o tipo de lugar em que se peida", ele explicou certa vez (ao contrário das lojas e da entrada da escola). Quando ficávamos na casa do Mars, sempre ficávamos no oásis bagunçado de seu quarto.

Paro na entrada enquanto o juiz Edwards sobe a escada. Fico com medo de fazer qualquer coisa sem uma ordem direta. Escuto-o revirando coisas.

— Em cima — ele grita. — Banheiro do corredor.

Subo a escada devagar. Até esse esforço está me exaurindo depois da corrida. Chego ao banheiro.

O juiz Edwards aponta para onde organizou as coisas com perfeição.

— Água oxigenada. Curativos. Toalhas. Tome banho, faça curativos, fique apresentável para a igreja.

Concordo com a cabeça e ele sai. Penduro o terno num gancho atrás da porta e tiro a roupa. Me sinto vulnerável de ficar pelado na casa do Mars. Ainda mais porque nunca teria *sonhado* em tomar banho na casa dele. Parte de mim se pergunta se o juiz Edwards planeja entrar no meio do banho, me arrancar de lá e me jogar na rua, molhado e sem roupa. "Agora você sabe como me senti nu quando você matou meu filho", ele diria.

Depois, enquanto a água quente me atinge, alivia meus membros doloridos, lava o cheiro de vômito do meu nariz e enxágua o sangue dos joelhos e das mãos, me pergunto se, em vez disso, ele vai desligar a água quente de maneira abrupta, me deixando tremendo e me contorcendo na água gelada. "Agora você sabe como me senti quando você tirou de repente meu filho de mim", ele diria. Mas termino e me seco. Aplico a água oxigenada ardente nos meus ferimentos e os enfaixo. Visto a camisa, o terno, a gravata e os sapatos sociais e desço a passos surdos, me sentindo um pouco menos vulnerável. O juiz Edwards está esperando por mim. Já tomou banho e vestiu seu terno preto-acinzentado impecável, com uma camisa que brilha branca como uma nuvem e uma gravata vermelho sangue.

Ele aponta para a mesa da sala de jantar. Tem uma tigela, uma colher, uma garrafa de leite e uma caixa de cereal.

— Coma.

Meu estômago está completamente vazio, mas não estou com fome, não sei por quê. Mesmo assim, sento, sirvo um pote de cereal para mim e como.

O escritório do juiz Edwards é ao lado da sala de jantar. Ouço-o entrar, sentar e riscar papel com uma caneta. O ar está bastante pesado.

Conte pra ele quem eu sou, Mars sussurra para mim num embalo silencioso. *Nunca contei.*

Não consigo, sussurro. *Tenho medo.*

Do quê?

Dele. Você não tinha?

Sim. Mas eu faria isso se fosse o contrário. O que ele poderia fazer com você?

Sei lá.

Falar que você me matou?

Talvez.

E Billy? Hiro? Jiminy?

Você parece o dr. Mendez falando.

O dr. Mendez parece um cara esperto.

— Está na hora — o juiz Edwards diz, saindo do escritório com um maço de papéis na mão.

Pego a minha tigela e começo a levá-la para a cozinha.

—Thurgood sempre deixava a tigela na mesa.

Paro e deixo a tigela de volta na mesa.

— Isso me deixava maluco.

Pego a tigela de novo.

Ele ergue a mão, exasperado.

— Deixe. Vamos.

Enquanto saímos, noto o juiz Edwards olhando para trás, na direção da tigela sobre a mesa, vazia e imóvel.

Meu estômago ferve enquanto estacionamos na igreja metodista africana New Bethel, um grande e moderno prédio marrom. Me faz lembrar do velório de Mars e só isso já teria bastado para me derrubar, mesmo se eu não tivesse vomitado minhas tripas antes.

— A igreja era uma parte importante da vida de Thurgood — o juiz Edwards diz, quebrando o silêncio fúnebre que caiu sobre a entrada de carros. — Ele fazia parte do grupo de jovens. Cantava no coral.

— Sim, senhor.

Vejo meu reflexo no retrovisor lateral. Estou pálido como um pote de iogurte grego. Talvez um pouco mais verde nas extremidades. Sabor limão.

Estacionamos e saímos. Sigo o juiz Edwards enquanto nos aproximamos da multidão agitada. As pessoas o cumprimentam calorosamente. Ele não olha para trás para confirmar se estou por ali nem para me apresentar. Recebo alguns cumprimentos simpáticos também, mas obviamente como um visitante genérico, não como acompanhante do juiz Edwards. Recebo olhares gentis, mas curiosos.

Dentro da capela central, o juiz Edwards se vira para mim com o sorriso residual da conversa que teve com alguém que conhece. Ele expulsa o sorriso imediatamente quando fazemos contato visual, certificando-se de que nada dessa simpatia recaia sobre mim por acidente. Ele aponta para mim e depois para o banco central.

Faço que sim e sento na ponta do corredor.

— Meio — o juiz Edwards ordena.

Vou depressa para o meio. Os bancos vão sendo ocupados ao meu redor conforme as pessoas vão sendo guiadas para os seus lugares. Percebo que estou praticamente no centro de todos. Uma senhora de idade vestida de roxo, usando um enorme chapéu majestoso também roxo, se senta à minha direita. Um homem de terno elegante cor de marfim brilhante se senta à minha esquerda, com a esposa e os filhos.

Mas o juiz Edwards não se senta ao meu lado. Em vez disso, senta numa poltrona de couro vermelho atrás do púlpito, cruza as pernas, entrelaça as mãos no colo e espera com uma expressão que não sei se reconheço.

O culto começa com oração e música acompanhada por uma banda. Levanto com as pernas trêmulas e tento cantar. Não sou Jesmyn nem mesmo Mars, mas imagino que é melhor dar tudo de mim, já que o juiz Edwards está me observando. De modo geral, porém, prefiro isso à corrida mortal antes do nascer do sol. Ainda estou com receio de por que o juiz Edwards está sentado lá em cima, mas acho que ele precisa sentar em algum lugar e, por motivos óbvios, não quer sentar ao meu lado. Vai ver é lá que ele sempre senta porque é VIP ou sei lá o quê.

De manto preto, o pastor se levanta e faz um sermão que dura vários minutos, intercalado por "amém" e "aleluia" dos congregantes. Dou uma desligada. Minha cabeça precisa de um descanso. Mas então ele prende minha atenção.

— Irmãos e irmãs, vocês ouvem de mim toda semana. Mas

hoje, temos uma honra especial. Um de nossos irmãos mais estimados, o juiz Edwards, pediu para discursar a vocês. Então, se não se importam, vou encurtar meu sermão e oferecer o resto do tempo a ele.

Alguns "claro" e "uhum" dispersos e ansiosos da congregação.

Uma onda de adrenalina me obriga a me sentar mais ereto. *Isso pode ser muito ruim. Mas talvez ele vá me perdoar em público. Vai ser como uma cena de filme em que ele me absolve e desce do púlpito com lágrimas nos olhos e me abraça enquanto todo mundo aplaude. E tudo fica bem. Isso pode acontecer, né?*

O juiz Edwards caminha lenta e majestosamente até o púlpito. Tem o porte de alguém acostumado com lugares lotados de pessoas que se levantam quando ele entra. Ele tira um papel do bolso do paletó e o deixa sobre o pódio. Examinando a congregação brevemente, seu olhar enfim repousa em mim. E ali fica.

Não há perdão nenhum nele.

Quando ele fala, mal o reconheço. Sua cadência e seu discurso são de um pregador — um ótimo pregador.

— Irmãos e irmãs, somos chamados a lidar com os outros como Cristo Jesus lidou.

Amém, aleluia, claro, uhum.

— Com misericórdia.

Amém, aleluia, claro, uhum.

— Com perdão.

Amém, aleluia, claro, uhum.

— Com. O. Puro. Amor. Dele.

Amém, aleluia, claro, uhum.

— Como ele, devemos sofrer muito. Mas e quanto à...?

A multidão espera com fervor. Alguém grita:

— Diga-nos, juiz!

Alguém grita:

343

— Pregue, juiz!

— Justiça?

Amém, aleluia, claro, uhum.

A voz dele se ergue.

— E. Quanto. À. Justiça?

Amém, aleluia, claro, uhum.

— Em Jó, vemos a questão: Deus torce o direito? O Todo-Poderoso desvirtua a justiça? — ele pausa. Deixa a multidão clamar pela resposta. — Às vezes pode dar a impressão que sim.

Amém, aleluia, claro, uhum.

— Você pode ter a sensação de que é obrigado a dar mais do que pode dar. Suportar mais do que é capaz de suportar. *Sangrar mais do que pode sangrar. Chorar mais do que pode chorar.*

Amém, aleluia, claro, uhum.

Seus olhos ardem nos meus. Quero desesperadamente desviar o olhar, mas não consigo. Aquela sensação de alguma coisa pesada e frágil escorregando de uma prateleira. Cair no gelo. Lembro-me de respirar.

— Mas *Deus é grande.*

Amém, aleluia, claro, uhum, aplausos dispersos.

— Deus é bom.

Amém, aleluia, claro, uhum, mais aplausos.

— Deus nos ama e, portanto…

Amém, aleluia, claro, uhum, mais aplausos.

— Deus não é *injusto.*

Amém, aleluia, claro, uhum, aplausos, *louvado-seja-Deus.*

Uma camada de suor escorre da minha testa. Estou enjoado de novo. Até aquela tigela de cereal pode ter sido um erro. Todos os olhos no salão parecem seguir o olhar do juiz Edwards até mim.

— O salmo trinta e sete nos diz que o Senhor ama o direito

e jamais abandona seus fiéis, mas a *posteridade dos ímpios será extirpada*.

Amém, aleluia, claro, uhum, aplausos, *louvado-seja-Deus*.

— Espera por Iahweh e observa o seu caminho; ele te exaltará, para que possuas a terra: *tu verás* os ímpios extirpados. — Sua intensidade cresce. Mas nenhum suor em sua testa.

Amém, aleluia, claro, uhum, aplausos, *louvado-seja-Deus*.

— Vocês podem não viver para ver a justiça do homem em todo o mal que sofrem, irmãos e irmãs.

Amém, aleluia, claro, uhum, aplausos, *louvado-seja-Deus*.

— Podem não provar esse leite doce e o mel em seus dias nesta terra.

Amém, aleluia, claro, uhum, aplausos, *louvado-seja-Deus*.

— Mas Deus está vendo com o seu olhar que tudo vê.

Amém, aleluia, claro, uhum, aplausos, *louvado-seja-Deus*.

— E ele terá a justiça Dele, e vocês, a sua.

Amém, aleluia, claro, uhum, aplausos, *louvado-seja-Deus*.

— Eu trabalho no ramo da justiça.

Risos, *uhum*.

— No entanto, só aplico a justiça dos homens.

Amém, aleluia, claro, uhum, aplausos, *louvado-seja-Deus*.

— A *frágil* justiça dos homens.

Amém, aleluia, claro, uhum, aplausos, *louvado-seja-Deus*.

— Mas sejam pacientes, irmãos e irmãs. Pois todos que nos ofendem um dia vão responder diante do julgamento do Deus Todo-Poderoso. — Ele está praticamente berrando.

Amém, aleluia, claro, uhum, aplausos, *louvado-seja-Deus*.

— E ele terá a justiça dele.

Amém, aleluia, claro, uhum, aplausos, *louvado-seja-Deus*.

— E vocês terão a sua justiça. Louvado seja Deus.

Amém, aleluia, claro, uhum, aplausos, *louvado-seja-Deus*.

— Louvado seja Deus Todo-Poderoso que viu seu *próprio filho* pendurado na cruz, mas não reagiu! — Ele definitivamente está gritando agora. Seus olhos são uma espada vermelha flamejante, cravada devagar em minha barriga.

Minha mente busca uma maneira de conter o ataque de pânico. Vai para Billy Scruggs. Vai para Hiro em seu carro voador. Vai para Jiminy. Vai para a calma compreensiva do dr. Mendez. Mas a ira justa do juiz Edwards trespassa tudo. O mundo é um convés de um navio balançando. O suor pinga em meu rosto e escorre feito lágrimas. Meu peito arfa como se o ar fosse oleoso e não consigo controlar minha respiração. Pelo canto do olho, vejo a mulher ao meu lado dar uma olhada em mim, preocupada. Eu a ignoro e torço para ela não me perguntar nada.

O juiz Edwards termina diante de muitos "amém", "aleluia", "claro", "uhum", aplausos, "louvado-seja-Deus" e "obrigado" fervorosos, e me sento. Abaixo a cabeça e mordo a unha do polegar. O homem ao meu lado vira para mim e diz:

— O juiz Edwards é um pregador e tanto, não é mesmo?

Assinto. *Ele é um sucesso enorme. E adivinha: tudo aquilo foi direcionado contra mim, então acho que sou meio que a cocelebridade do dia. Toda história precisa de um vilão, e esse sou eu, no caso.*

A música volta a subir e todo mundo se levanta para bater palmas e cantar. Não consigo. Me afundo na exaustão e na privação do meu ataque de pânico durante o resto do culto. O olhar do juiz Edwards nunca me abandona. Se quiser, ele pode gritar comigo por não participar. Não consigo.

É uma coisa e tanto sentar no meio de centenas de pessoas bondosas que estão torcendo para você ir para o inferno, mesmo que elas não saibam que estão fazendo isso.

O trajeto da volta da igreja é tão silencioso quanto o da ida. Sinto que deveria dizer alguma, mas "Belo sermão!" não se encaixa muito bem.

— Sinto saudades dele todos os dias, Vossa Excelência — digo baixo. — Eu amava seu filho.

O juiz Edwards dá uma risada cortante e sarcástica, e freia no meio da rua. O carro atrás de nós buzina. Ele vira e me lança um olhar como se visse um cocô de cachorro molhado servido num prato chique de porcelana. Espanto incrédulo misturado com desprezo e repulsa.

— Não dou a *mínima* para o que você sente sobre o meu filho. Este dia não é sobre os *seus sentimentos*.

Seguimos o resto do caminho sem trocar mais nenhuma palavra.

O juiz Edwards vai até a cozinha. Volta um momento depois com uma caixa de sacos de lixo brancos e uma de pretos.

— Imagino que você saiba onde fica o quarto de Thurgood.

Faço que sim.

— Preto é para caridade. Qualquer coisa que alguém possa usar. As roupas, mas não os sapatos. Ele desenhava neles como uma criancinha.

Mars nos contou que o único motivo por que o pai dele o deixava usar All Star era porque eram os tênis que o avô de Mars usava. Mars disse ser um tributo, e o juiz Edwards acreditou, sabe-se lá como.

Fico paralisado, segurando as caixas.

— Branco é para lixo. As ilustrações são lixo — o juiz Edwards diz.

Ouvir ele dizer isso me corta como lascas de aço embaixo das unhas.

— Em caso de dúvida, opte pelo lixo. Estarei no escritório quando terminar.

— Tem alguma coisa que o senhor queira guardar?

— Branco é para o lixo. Preto, para a caridade. Está vendo uma terceira cor nas suas mãos? — ele diz como se falasse com uma criancinha ingênua e teimosa.

— Não, senhor.

— Mais alguma pergunta?

Balanço a cabeça e subo a escada com dificuldade. Queria mostrar o quanto ele já ganhou em todos os aspectos. Físico. Mental. Agora está atacando o emocional. E já vejo que vai funcionar.

Paro diante da porta do Mars por um momento, juntando coragem. Então entro. O odor de roupas sujas e comida velha ataca minhas narinas, como se essa porta não fosse aberta há meses. Talvez não tenha sido. É um forte contraste com a ordem e a esterilidade desumanas do restante da casa. Parece ruim, mas não é. O quarto do Mars meio que sempre teve esse cheiro. Esse era ele. Esta era a sua ilha — agora deserta. Sinto um baque de nostalgia.

O juiz Edwards fez questão de que, mesmo nos momentos em que estivéssemos separados, eu continuasse sofrendo.

Tiro a gravata, depois o paletó, e os deixo em cima da cama desarrumada do Mars. Arregaço as mangas e começo com as roupas limpas no chão.

Uma dessas camisetas pode ter sido a que ele estava usando no dia em que a Trupe do Molho ganhou um nome.

Uma ele pode ter usado no rodeio de esquilos.

Ele pode ter derrubado pedaços de seu sanduíche em uma enquanto Blake nos mostrava um de seus vídeos novos.

Antes de jogá-las num saco preto, levo-as ao rosto e inspiro. Suor limpo e alegre misturado a desodorante masculino e sabão em pó. Imploro à parte olfativa do meu cérebro para lembrar, para me permitir evocar esse cheiro de novo, porque nunca vou ter outra chance.

Todas as roupas jogadas no chão me lembram um fantoche de contos de fadas sem vida. Em pouco tempo, guardo todas as roupas do chão nos sacos. Depois vêm as da cama.

Enquanto tiro coisas debaixo da cama, encontro um pote de manteiga de amendoim mofado. Era o lanche favorito do Mars. Ele misturava manteiga de amendoim com xarope de bordo e mergulhava o pão nisso. Morremos de rir quando descobrimos.

— *Cara, é o lanche mais triste que já vi* — *Eli disse enquanto recuperava o fôlego, se contorcendo de dar risada.*

— *Sério* — *eu disse* —, *por que você não come uma lata de cobertura de bolo de uma vez?*

— *Pelo menos não estou comendo espaguete com ketchup e mostarda que nem vocês, seus nojentos* — *Mars disse.*

Blake olhou para mim e deu de ombros.

— *Contei pra ele da receita que a gente inventou. Estava boa.*

— *Cara, nunca mais conte isso pra ninguém.*

Jogo o pote num saco branco.

Tiro as histórias em quadrinhos das prateleiras e as deixo nos sacos pretos para caridade.

Alinho os sacos no corredor para ter mais espaço para trabalhar. *É isso que deixamos para trás.*

E então começo a vasculhar as gavetas. Mais roupas. Mais sacos pretos. A penúltima está cheia de materiais de arte usados. Saco branco.

Abro a última gaveta. Ela transborda com desenhos do Mars. Eu sabia que encontraria isso. Fico surpreso por não ter encontrado antes. E ainda não estou pronto para vê-los. Se as roupas eram seu corpo, agora estou lidando com a alma de Mars.

Me recosto na sua cama, coloco o rosto entre as mãos e choro.

Peço desculpas para Mars de novo. Folheio os desenhos — página após página e caderno após caderno de esboços de personagens. Ele praticava constantemente. O juiz Edwards tinha razão: ele adorava se superar. Não era de desistir.

Encontro um desenho dos irmãos do Mars.

Desenhos de algumas garotas da escola.

Um desenho da Trupe do Molho.

Então um desenho que não reconheço. Parece um projeto em andamento, unificado e coeso — algum tipo de história em quadrinhos. Chama *O Juiz*. Eu folheio as páginas. Parece sobre um juiz afro-americano que enfrenta o submundo do crime como uma espécie de super-herói numa cidade corrupta *à la* Gotham.

Minha mente logo se lembra de Hiro. Mas não voando pelo céu no carro com as asas mecânicas da grua. Em vez disso, vejo-o confrontando o presidente da Nissan com a ideia que pensa que vai salvar vidas. Vejo-o fazendo seu apelo com as mãos cheias de papéis.

Pra mim chega.

Cansei de ser destruído.

Nenhuma outra história vai morrer aqui hoje.

Meu medo se esvai como se eu tivesse uma hemorragia. Levanto rápido e espero a vertigem passar. Pego *O Juiz* e alguns dos outros desenhos. Reúno minhas histórias de Mars Edwards. E desço a escada com as pernas vacilantes, sentindo a gravidade puxar minhas entranhas na direção dos meus pés.

O juiz Edwards está sentado entre seus livros de couro, digitando furiosamente em seu notebook. Ele sequer afrouxou a gravata desde a igreja.

Seus olhos continuam na tela quando paro no batente da porta.

— Terminou?

— Tem algo que acho que Vossa Excelência precisa ver.

Ele vira para mim em sua cadeira.

— Eu perguntei: *terminou?*

Estendo o maço de papéis, com *O Juiz* em cima.

— Mars fez esses desenhos e acho que o senhor precisa dar uma olhada neles antes de eu jogar fora. Vai se arrepender se não fizer isso.

Ele se levanta e se assoma diante de mim. Seu rosto é uma máscara bruta e incandescente de fúria derretida.

— *Thurgood.* O nome dele é *Thurgood.* Esse é o nome na lápide dele. E como você ousa me falar de *arrependimento?* — Ele cospe as palavras como se fossem veneno sugado de uma picada de cobra.

Perco o fôlego. Estou com medo e quero sair correndo. Mas não faço isso. *Você não tem nada a perder. Conte uma história pra ele.*

— Ele odiava ser chamado de Thurgood. Queria ser chamado de Mars. A gente o chamava de Mars. Ele se chamava de Mars. E ele fez essa história em quadrinhos. Acho que é inspirada no senhor. Por favor, me deixa contar…

— *Cala a boca. Cala essa sua boca imprudente e assassina.* — Sua saliva pinga fria em meu rosto. Ele inspira longa e furiosamente pelo nariz.

— Preciso contar para o senhor…

Ele aponta para a porta da frente com tanta violência que a manga de sua camisa estala.

— Saia. Agora. Antes que eu decida meter um processo em você e em seus pais para tirar todos os seus centavos.

— Não. — Ergo os olhos de maneira desafiadora para encará-lo. — Ainda não, Vossa Excelência.

— Você está oficialmente invadindo minha propriedade. Saia ou vou tirar você à força como é meu direito por lei.

— Não até você ouvir o que tenho a dizer.

Ele dá um passo veloz à frente e me pega pelo braço — o que está segurando os papéis. Eles saem voando. Ele me gira tão rápido

351

que quase tropeço no meu próprio pé com a tontura súbita. A única coisa que me mantém erguido é seu punho me machucando. Ele meio que me ergue, meio que me empurra em direção à entrada.

— Senhor, por favor. Por favor. Me deixa transformar este dia num dia de despedida de verdade. Me deixa contar pra você sobre o Mars que você não conheceu.

— *Fora*.

— Posso contar pra você sobre ele. Posso contar as partes dele que você não conheceu. Ele... — Minhas palavras se dissolvem num grito de dor. Ele está pulverizando meu braço.

Com a outra mão, o juiz Edwards abre a porta da frente com tudo e me empurra contra a porta externa de vidro. Está me lançando com tanta precisão que consegue fazer a lateral do meu corpo bater na maçaneta para abrir a porta externa sem estilhaçar o vidro. Depois me empurra com a força explosiva de um pistão.

Desço voando os dois degraus, tropeço na lateral do meu sapato, caio no cimento e escorrego de lado. Raspo a parte de cima da minha orelha esquerda. Não sei como, mas consigo não acertar nenhum dos lugares que machuquei na primeira queda. Fico caído ali por tempo suficiente para ver o juiz Edwards fechar a porta de vidro com um clangor e depois bater a da frente com tanta força que faz a porta de vidro abrir de novo.

Me levanto dolorosamente. Estou sangrando em alguns lugares. Está encharcando minha calça. Usei esse terno em três velórios e numa das piores experiências físicas, mentais e emocionais da minha vida. Eu deveria atear fogo nele. Isso se recuperar o paletó um dia.

Vou mancando até o meu carro sem olhar pra trás, pisando em lindas folhas mortas — algumas tão douradas quanto o sol cintilante de novembro por entre as árvores.

Quando chego em casa, meus pais estão no cinema. É um alívio. A última coisa de que eu precisava era eles me vendo entrar com uma calça social rasgada e ensanguentada e uma camisa com as mangas arregaçadas. Eu não tinha inventado uma boa história de como isso poderia acontecer numa visita ao campus da Sewanee. Tiro a calça arruinada e a enfio na lixeira, cobrindo-a com mais lixo. Lavo e enfaixo meus machucados novos.

Então caio na cama e durmo sem sonhar por quase três horas. Quando acordo, meus pais estão em casa. Vou à cozinha pegar um lanche e me perguntam como foi minha visita à Sewanee.

Ótima, digo. Parece um lugar legal. Não que eu não queira contar o que passei. Só não saberia por onde começar.

Passo as duas horas seguintes sem fazer quase nada. Tenho uma versão daquela sensação deprimida e ansiosa de um domingo à noite. Só que é mil vezes pior que o normal. Como se todos os dias da minha vida a partir de agora fossem segundas-feiras. Fico revivendo os acontecimentos do dia na minha mente sem parar. Desejando ter dito e feito um milhão de coisas de maneira diferente.

Talvez todas as tentativas que faço de levar uma vida feliz de novo estejam fadadas ao fracasso.

Estou sentado à escrivaninha tentando ler um dos livros da minha enorme lista de livros para ler quando dois faróis de um carro preto brilhante e chique iluminam a frente da minha casa. Ele estaciona bem em frente. Meus pais não comentaram sobre nenhuma visita.

Então observo o carro com mais atenção. Uma onda de terror elétrico me perpassa quando o reconheço. O juiz Edwards sai, segurando um pacote embaixo do braço.

Ah, não. Não. Não. Isso não está acontecendo. Por que ele está fazendo isso? Ele veio para me matar. Não basta me destruir física, mental e emocionalmente. Está vindo literalmente para me assassinar. E vai sair impune porque é um juiz.

Vou correndo para a entrada e espio pelo olho mágico enquanto ele se aproxima. Seu rosto é estoico e indecifrável. Minhas pernas tremem tanto que tenho dificuldade de ficar em pé. Enquanto ele ergue a mão até a campainha, abro a porta com tudo. Noto sua surpresa momentânea. Não estou acostumado a ver essa expressão nele.

Ficamos ali por um momento, nos encarando como se esperássemos que as palavras que buscamos se materializassem magicamente na testa um do outro.

Abro a boca para falar, mas ele me interrompe. Suave. Gentil. Com a mão livre, tira *O Juiz* do bolso interno do casaco.

— Me conte sobre Mars. Me conte sobre o meu filho.

QUARENTA E DOIS

Ele está vestindo um casaco bege de pelo de camelo. Um colete azul-marinho sobre uma camisa xadrez roxa de gola aberta. Calça cáqui. Sapatos bordôs. Um quepe marrom. De repente, me dou conta de que está usando sua versão de roupa de ficar em casa. Uma tentativa calculada de parecer mais ameno.

—Toma — ele diz, me entregando meu paletó e minha gravata bem dobrados. Estavam no pacote que estava carregando.

Eu os pego, mas continuo sem dizer nada.

Minha mãe aparece.

— Querido, quem é... — Ela fica paralisada ao ver o juiz Edwards. — O que o senhor está fazendo aqui?

— Boa tarde, senhora. Vim ver se...

Meu pai aparece e empalidece ao ver o juiz Edwards.

—Vossa Excelência. Podemos ajudar com alguma coisa? — Quando meu pai fica bravo, seu sotaque irlandês fica mais intenso. Parece que ele acabou de sair de um avião vindo da Irlanda.

O juiz Edwards encara os olhos dele com firmeza.

— Estava prestes a perguntar para sua esposa se posso pegar Carver emprestado por algumas horas... Se ele me permitir. Para saber mais sobre o meu filho.

— Você tentou *tirar* nosso filho de nós. — Uma fúria intensa

355

irradia da minha mãe. Felizmente, ela a controla melhor do que Georgia. Mesmo assim, meu pai toca o braço dela de leve.

O rosto do juiz Edwards mostra que ele vê a questão com mais nuances. Mesmo assim, responde com calma:

— Eu clamei por justiça. Entendo se tivermos visões muito diferentes do que isso quer dizer.

— Mãe, ele também pediu pra promotora não abrir o processo — digo. *Agora estou defendendo esse homem?*

— Prefiro que não espalhemos isso por aí, *como eu disse.* — Ouço um vestígio do velho juiz Edwards em seu tom.

— Desculpa.

Ele assente e o novo juiz Edwards, mais gentil, retorna a seu rosto.

— Se isso for verdade, obrigada — minha mãe fala baixo.

Ele assente.

— Sei que o senhor é um juiz, mas se isso for algum tipo de... — Meu pai se interrompe, com deferência e respeito, mas com uma pontada afiada.

— Truque? Manobra? Não é. — O tom do velho juiz Edwards retorna. — Significaria muito para mim, e os últimos meses foram difíceis, como sei que vocês imaginam.

Minha mãe olha para ele com um clarão súbito de compaixão. Lanço um olhar para ela que diz: "Esta é uma oportunidade que preciso aproveitar".

— Se você quiser, querido — ela diz.

— A decisão é sua, Carver — meu pai diz. — Você não precisa ir.

— Quero contar sobre o Mars — digo. — Sei coisas sobre ele que o juiz Edwards não sabe.

Meus pais trocam olhares desconfiados, mas continuam em silêncio.

— É importante — digo. — E se fosse alguém querendo falar sobre mim pra vocês?

Eles baixam a guarda. O juiz Edwards aperta a mão deles.

Eu e o juiz Edwards saímos e sentamos no carro dele por um momento. Minha adrenalina ao vê-lo à porta está evaporando cautelosamente.

—Você pode ficar aliviado em saber que gastei todas as minhas ideias para o dia. Então estou aberto a qualquer sugestão que você possa ter — o juiz Edwards diz.

Ele está com uma cara de quem precisa de um sabor doce e forte; eu com certeza preciso.

—Vossa Excelência gosta de milk-shake?

—Vamos dispensar o "Vossa Excelência" por hoje. E sim.

— Manteiga de amendoim e banana? O que há de errado com chocolate e baunilha?

— Poderíamos ter pegado o de abóbora no lugar — digo.

O juiz Edwards bufa.

— Pior ainda.

— Manteiga de amendoim e banana era o sabor preferido do Mars. Talvez você também goste.

— Eles têm que complicar tudo — o juiz Edwards resmunga e dá um gole. — Nada mal. — Ele dá outro gole, erguendo o copo como se fizesse um brinde. — Tá bom. Melhor que nada mal. Entendo por que isso agradava Mars. — Toda vez que ele fala "Mars", sua língua tropeça no apelido.

Observo o parque da mesa de piquenique onde estamos sentados, mas não vejo nenhum esquilo. Explico o rodeio de esquilos para o juiz Edwards.

Ele ri baixo e balança a cabeça.

— Deus do céu. O avô de Mars marchou ao lado de Martin Luther King pra que seu neto pudesse perseguir esquilos impunemente no Centennial Park. Se isso não é progresso...

Sorrio pela primeira vez no dia.

— Foi exatamente o que ele achou que você diria.

O brilho se apaga rápido do rosto do juiz Edwards. Ele dá outro gole no milk-shake e o saboreia, admirando a escuridão.

— Tenho certeza de que Mars achava que eu era duro demais com ele.

— Ele achava.

— Eu era. É verdade. Mas entenda que os jovens negros não têm o direito de cometer erros neste país. Precisei ensinar isso pra ele. Precisei ensinar que ele podia ser filho de um juiz, mas, se agisse como os rapazes brancos, como os amigos dele agem, ele seria tratado de forma bem mais severa. As pessoas, a polícia... não veem o filho de um juiz. Não veem um menino que trabalha duro e costuma se manter na linha. Veem mais um "marginal", o termo em voga para todos os rapazes negros em certos círculos. Vão procurar até achar uma foto dele usando roupas grandes demais, mostrando o dedo para a câmera ou agindo como um rapaz rebelde normal, e isso vai ser toda a prova que precisam de que ele fez por merecer.

"Quer saber por que pedi para a promotora não abrir um processo contra você? Vou dar uma pista. Não é porque eu queria ser seu novo melhor amigo. E definitivamente não é porque acho você inocente."

Ao mesmo tempo, quero muito saber e muito não saber.

— Vou dizer o porquê — ele diz antes que eu possa responder. — Não queria meu filho sendo julgado pela própria morte. E é isso o que aconteceria.

— Eu não faria... — Minha voz sai fraca.

358

— O quê? Não tentaria botar a culpa nele? Para se salvar das consequências?

— Não.

—Você diz isso agora. Mas é engraçado como a nobreza desaparece na hora de prestar contas. Além disso, não teria sido uma decisão sua. No fundo, não. Seria uma decisão do Krantz. E conheço Jimmy Krantz muito bem. Não. Fiz isso pra proteger meu filho. Fiz isso por ele, não por você.

Começo a me encolher. *Talvez essa tenha sido uma má ideia.*

O juiz Edwards gira o canudinho de seu milk-shake. Algo no gesto volta a me tranquilizar.

— Enfim. Não é pra isso que estamos aqui. A questão é que nunca pude esquecer que precisava ser duro com Mars, senão o mundo seria ainda mais duro. Vejo isso no tribunal todos os dias.

Minha onda de adrenalina começa a passar. Estou me sentindo corajoso o bastante para continuar entrando em território potencialmente delicado. Assumo o meu papel de pobre homem do dr. Mendez.

— É por isso que você quis que eu jogasse as ilustrações dele fora? Pra esquecer?

Ele se remexe, pouco à vontade, e abaixa os olhos.

— Nunca entendi as ilustrações. Não foi uma decisão minha mandá-lo pra escola de artes. Mas, quando eu e a mãe dele nos divorciamos, no nosso acordo fiquei com a custódia, enquanto ela ficou com o direito de decidir onde ele iria estudar. Pensei que a escola de artes fosse para me ofender.

— Não. Era o que ele amava.

—Agora eu entendo isso.

— É por isso que estamos aqui.

— Sim.

— Ele mostrou as ilustrações dele pra você alguma vez?

— Nunca.

Damos goles em nossos milk-shakes.

—Tenho certeza de que eu reagiria mal — o juiz Edwards diz. — E imagino que ele queria me agradar.

— Cara, qual é? — digo. — É mais legal com dois jogadores.

— Cara, já falei — Mars diz. — Hoje vou desenhar. Tenho trabalho a fazer.

—Vamos lá.

— Não.

— Cara.

— Cara. Você acha que vou me dar bem na vida se não trabalhar pra caralho? Acha que sou a única pessoa no mundo que quer escrever e ilustrar quadrinhos? Além do mais, os negros têm de se esforçar dobrado por tudo.

—Você definitivamente tem de se esforçar dobrado pra conseguir garotas.

— Ah, tá. Beleza. Saquei, engraçadinho.

— Mars. Só uma noite de folga.

— Uma noite de folga leva a duas. Duas leva a três. Três leva a...

— Quatro?

— Cem.

—Você parece o chato do seu pai falando.

— Não aprendi isso com ele. Esse sou eu falando.

— Ele ficaria impressionado.

— Sério, cara, posso te contar um negócio?

— Claro.

— Na real, estou cagando pra impressionar meu pai.

— Sério?

— Sim. Ele nunca vai entender ou curtir o que eu faço. Então por que vou ficar sofrendo pra cacete pra tentar impressionar meu pai?

— É, acho que faz sentido.

—Vou pegar toda a ética de trabalho de que ele vive falando e passar isso pro que eu amo fazer, e vou fazer isso de forma que ele não vai ter como não se impressionar algum dia. Mas não estou atrás da aprovação dele.

— Então é por isso que não vai ficar pra jogar?

— Exato.

— Mas é tão mais legal com dois jogadores.

— Sério mesmo, cara?

— Mars não ligava pra isso, na verdade — digo.

— Como assim? Eu reagir mal às ilustrações dele, isso que você quer dizer?

— Pra impressionar você.

Sombras de tempestade cobrem o rosto do juiz Edwards.

— É verdade?

Engulo em seco, lembrando do calvário do dia, sem vontade nenhuma de reviver nada daquilo, muito menos o lance de "provocar a ira dele". Mas insisto mesmo assim.

— Ele estava bem determinado a pegar tudo o que você ensinou pra ele e ser independente. Ele... não queria viver a vida dele atrás da sua aprovação. Queria viver por conta própria.

—Você concluiu isso?

— Ele me falou.

— Exatamente assim?

— Exatamente assim.

O juiz Edwards põe o milk-shake na mesa, apoia os cotovelos nos joelhos, entrelaça as mãos e as encara, com a testa franzida. Os músculos de seu maxilar ficam tensos e relaxam. Ele pisca rápido e seca os olhos. Tosse e limpa a garganta antes de falar. Sua voz é rouca pelas lágrimas.

— Fico contente de ouvir isso. Todo pai quer que seu filho procure sua aprovação. Mas fico contente pela coragem dele.

— É óbvio que ele te admirava. Você viu isso em *O Juiz*.

Ele se empertiga.

— Uma coisa e tanto aquilo, né? O trabalho que ele deve ter dedicado… Ele me deixa muito orgulhoso. Tenho muito orgulho de ele ser meu filho. Tentei ser um bom pai pra ele.

— Ele sabia de tudo isso. Dava pra perceber.

Apertamos nossos casacos contra nós com mais firmeza quando o vento sopra do norte, trazendo o aroma musgoso das folhas úmidas e da chuva.

— Esse é o tipo de coisa que vocês faziam? — o juiz Edwards pergunta.

— Bastante, sim.

—Vocês só saíam e conversavam sobre a vida e as coisas.

— Pois é.

— A gente deve ter perdido a cabeça, sentados numa mesa de piquenique à noite, tomando milk-shake nesse frio — o juiz Edwards murmura.

— Podemos ir, se quiser.

O juiz Edwards respira fundo e fecha os olhos.

— Não. Está agradável. Frio. Limpo. Como jogar água no rosto pela manhã. — Ele para, começa a falar algo e para. Começa. Para. Então, finalmente diz: —Vou te contar qual é a minha vontade às vezes.

Escuto.

— Não acredito que vou dizer isso em voz alta.

Escuto.

— Quando ele era bebê, eu o pegava no colo e tocava as mãos

362

dele admirado. Traçava as linhas delas. Comparava o tamanho de seus dedos com os meus. Me maravilhava com sua forma pequena, perfeita. Queria... — Ele para e desvia o olhar, piscando rápido. Ouço-o tentando conter as lágrimas com a respiração. Ele tira o quepe, esfrega o topo da cabeça, e volta a colocar o quepe. — Queria ter feito isso mais uma vez. Queria poder ter sentado meu filho no colo e traçado as linhas das mãos dele mais uma vez. Meu bebê. Ele tinha mãos talentosas.

— Sim, ele tinha.

Sentamos num silêncio prolongado, pontuado por pigarros e tentativas discretas de secar os olhos.

— Supomos que é melhor sobreviver às coisas, mas quem não sobrevive não precisa sentir falta de ninguém. Por isso, às vezes não sei o que é melhor — o juiz Edwards diz finalmente.

— Também não sei.

Ele vira para mim e balança o dedo entre nós.

— Isto aqui. Você já fez algo semelhante com seus pais? Em que você conta pra eles quem você é?

— Não.

— Então deveria.

Trocamos histórias do Mars. Algumas são engraçadas. Outras não. Algumas são animadoras. Outras não. Algumas importantes. Outras comuns.

Construímos a ele um monumento de palavras que escrevemos nas paredes de nossos corações. Fazemos o ar vibrar com a vida dele.

Até os nossos milk-shakes acabarem.

Até o juiz Edwards começar a bocejar e dizer que precisa acordar cedo para o tribunal; que não é mais tão jovem.

Até estar quase na hora de eu voltar pra casa mesmo.

Até o vento balançar forte, trazendo a chuva fria do outono, caindo como flechas prateadas.

QUARENTA E TRÊS

Ele não pede desculpas e eu também não. Não se oferece para me absolver e não peço isso. Aperta minha mão, tira do bolso do casaco um desenho que o Mars fez da Trupe do Molho e me dá quando me deixa em casa, alguns minutos antes da meia-noite.

Vou até o quarto dos meus pais e dou um abraço de boa-noite neles. Eles devem sentir algo em mim. Ainda deitados, me abraçam entre eles — quentinhos e sonolentos —, e choro como uma criança no quarto escuro dos dois. As lágrimas são pesadas, carregadas pelo que tenho dentro de mim. Quando paro, estou sossegado por dentro pela primeira vez em meses. Não feliz, não livre. Como águas que não baixaram, mas que finalmente ficaram tranquilas, tudo o que foi perdido e quebrado flutua logo abaixo da superfície sob um céu sem nuvens.

Sento na minha cama, sem estar pronto para dormir apesar da exaustão ao final deste dia que mais pareceu um ano inteiro.

Há algo na tranquilidade dentro de mim que está silencioso demais. Como aves que não cantam numa noite de inverno, e o ar gelado abafa todos os sons.

Tem mais uma coisa que preciso resolver.

Encaro meu reflexo na tela preta e inerte do celular. *Se você sobreviveu a este dia, consegue sobreviver a qualquer coisa. E o que você tem a perder?*

Pego o celular e mando mensagem pra Jesmyn, imaginando que ela não esteja acordada. **Desculpa. Praia no outono.**

Espero um minuto e não recebo nenhuma resposta. *Por que receberia?* Vou ao banheiro, escovo os dentes e visto meu short de pijama. Apago a luz.

Com os olhos fechados, vejo um brilho branco pálido iluminar meu quarto. Sento e vejo meu celular vibrar sobre a escrivaninha.

Meu coração bate com o que devem ser minhas últimas reservas de adrenalina nas veias. Meu celular se apaga. Considero não olhar. Se for a resposta que imagino, vai me deixar acordado a noite toda, com uma dor no coração me tirando do meu sono leve entrecortado como aconteceu no primeiro mês depois do Acidente.

Mas levanto para ver. Pego o celular.

Vem falar isso na minha cara.

Agora? Se a velocidade de uma resposta mede a dignidade da pessoa, agora tenho aproximadamente zero dignidade.

Agora.

Me visto como se estivesse fugindo de um incêndio.

Na esquina da casa de Jesmyn, espero observando as gotas de chuva tamborilarem no meu para-brisa e escorrerem em riachos, fazendo os faróis brilharem alaranjados como quando se tenta olhar para eles entre lágrimas.

Eu a vejo correndo de chinelo, com a jaqueta sobre a cabeça. Abro a porta de passageiro, ela entra e a bate atrás de si. Meu carro se enche do aroma de madressilva. Isso me deixa febril de nostalgia.

Ela está usando regata e legging, o cabelo preso num rabo de cavalo bagunçado.

Nenhum de nós fala nada. Ligo o carro para o aquecedor soprar nela, mas não faço menção de acender as luzes ou sair. Ela olha fixamente para a frente e esfrega os braços.

— Então. — Deve estar na cara que estou tentando enrolar até ter algo melhor para dizer.

— Então. — Ela estremece.

— Não sei direito como fazer isto. — Um longo (pelo menos é o que me parece) silêncio.

— Fico feliz de você não ir pra cadeia.

— Eu também. — Aperto o volante com força. — Olha. Desculpa. Eu errei. O que eu fiz. O que eu disse. A forma como eu agi.

Ela inspira fundo e expira.

— Carver, quero que você me fale agora. Se voltarmos a ser amigos, as coisas vão ficar estranhas entre a gente?

— Como assim?

— Você vai ficar se comparando o tempo todo com o Eli ou seja lá com quem for? Vai comparar o que temos com o que eu tinha com ele?

— Não. — É mentira. Não vou conseguir evitar. Mas me sinto forte o bastante para nunca deixar que ela saiba que isso vai acontecer. E, pra ela, é como se não estivesse acontecendo. Prefiro ter a dor de guardar esse segredo do que a dor da ausência dela.

Ela estende a mão e volta mais uma entrada de ar para ela.

— Ainda estou organizando minhas emoções.

— Eu sei.

— E não sei se *algum dia* vou sentir o mesmo que você sente por mim. Se você não conseguir viver com isso, é melhor me falar agora.

Ouvir isso me faz sentir como se meu coração estivesse sendo esmagado por moldes de massinha; mesmo assim, assinto e digo:

— Não tem problema. — Porque não tem mesmo. É melhor do que não ter Jesmyn na minha vida.

— Sem esquisitice.

Concordo.

— Sem drama.

Concordo. Alguns segundos se passam.

— O Eli era bem incrível — falo baixo.

— Sim. Ele era — ela murmura. Ela se aproxima e damos um abraço desajeitado dentro do carro. — Está ruim desse jeito — ela diz. — Sai.

Ficamos na frente do carro e nos abraçamos por um tempo irracional na chuva, que nos ensopa feito uma purificação. Agora ela cheira a madressilva molhada pelo orvalho. Coisas verdes renascendo, crescendo de novo.

Nos separamos e voltamos correndo pro carro. Ligo o aquecedor no máximo e esfregamos as mãos na frente das entradas de ar. Ela ergue os pés descalços para a entrada de ar no lado dela. Nós dois estamos tontos e risonhos. Isso diminui à medida que vamos nos aquecendo devagar.

— Foi bem praia no outono quando a gente não estava se falando nem se vendo — digo.

— Foi música rasgada.

Inclino a cabeça como uma pergunta.

— Enquanto a gente não estava se falando, eu ia correr na Harpeth River Greenway porque me ajudava a dar vazão a todas as sensações ruins. Aí, numa noite, depois de um dia especialmente ruim no ensaio, fui correr e vi uns pedacinhos de papel espalhados pela trilha. Peguei um e parecia ter uma letra de música escrita. Fiquei pegando todos e juntando feito um quebra-cabeça. Era uma música que alguém tinha rasgado.

— Cara, é um lixo bem com cara de Nashville.

— Né? Fiquei bem triste de pensar nessa música em que alguém tinha colocado todo o seu coração, rasgado e largado no chão. Música rasgada.

— Acho que vou roubar essa expressão.

— Fique à vontade.

— A música era boa pelo menos?

Jesmyn começa a rir tanto que não consegue falar, e lágrimas escorrem pelo seu rosto.

— Não — ela faz com a boca.

Rio com ela.

Quando paramos de rir, ela fica séria de novo e diz:

— Lembra como tudo era verde-catarro? Tudo ficou preto-azulado quando estávamos longe. Ainda não era a cor certa.

— Você vai chegar lá. Nós vamos chegar lá.

— A gente ainda pode ser a Trupe do Suor mesmo no frio?

— Acho que sim.

— Também acho.

Ouvimos a chuva bater na capota do carro enquanto um silêncio de seda passa entre nós. Envolve meu coração como naqueles dias em que a temperatura está tão perfeita que não dá pra sentir a própria pele quando você sai.

Finalmente, Jesmyn vira para mim, prestes a falar, com o rosto iluminado por uma aura diáfana laranja vinda da luz mosqueada do poste. A luz parece vir de dentro dela.

Já sei que vou dizer sim ao que quer que ela pergunte, porque não tem nada que eu queira mais do que dizer sim pra ela.

— Quer uma carona pra escola amanhã? — ela pergunta.

Sim.

QUARENTA E QUATRO

Às vezes, quando estou em meio à natureza, fico imaginando como deve ter sido plácido e idílico antes da chegada dos humanos. Uma calma tão profunda que precisa de uma testemunha. É assim que me sinto diante do dr. Mendez. Minha emoção lembra tanto a felicidade que um sorriso é a única demonstração aparente que pode expressá-la.

O dr. Mendez retribui o sorriso.

—Você parece bem hoje.

Eu me debruço, cabeça baixa, e ergo os olhos para o dr. Mendez.

— Posso te contar uma história?

Ele apoia os cotovelos nos joelhos e entrelaça as mãos como uma prece.

— Por favor.

Falei antes de saber exatamente o que contar, mas queria contar alguma coisa. Esfrego a palma das mãos. Depois esfrego a boca e o nariz. Fico olhando para o chão e mordo a parte de dentro da minha bochecha.

— Desculpa — sussurro.

— Leve o tempo que precisar — o dr. Mendez diz.

— No dia, hum, 1º de agosto, Carver Briggs estava na livraria em que trabalhava, guardando livros nas estantes. Seus três amigos, Mars Edwards, Blake Lloyd e Eli Bauer, estavam no cinema e tinham marcado de encontrar com ele depois. Eles sairiam para comprar milk-shakes e passear no parque, o que era uma tradição deles. — Engulo em seco e inspiro trêmulo. — Eles eram amigos desde o começo do ensino médio.

Minha garganta se aperta. Tusso e espero até ela relaxar.

— Ele sabia que eles viriam logo, mas eu... ele... estava impaciente. Então mandou uma mensagem: "Cadê vocês? Me respondam".

Começo a tremer e minha visão se turva com as lágrimas. O dr. Mendez está completamente imóvel. Espero um soluço secar no meu peito, inspiro e continuo, com a voz trêmula mas firme, sabe-se lá como.

— Pouco depois, ele descobriu que eles foram, hum, mortos num acidente que aconteceu mais ou menos na hora em que ele mandou a mensagem para eles. Para o Mars, na verdade. Ele mandou mensagem para o Mars, que estava dirigindo, porque sabia que Mars responderia, como ele pediu. Mesmo dirigindo. E ele sabia que Mars estava dirigindo.

Contenho outro soluço. Minhas mãos tremem violentamente. Cerro os punhos e continuo.

— E Carver tem quase certeza de que causou o acidente mandando essa mensagem, mas não tem certeza absoluta. O que ele tem certeza é que não queria fazer mal a eles. Nunca. Jamais. Se soubesse o que aconteceria, nunca teria feito isso. E ele sente muito. — Hesito. — *Eu* sinto muito.

Não consigo controlar meus tremores e começo a chorar. Me inclino tanto para a frente que o dr. Mendez só deve conseguir enxergar o topo da minha cabeça. Cubro os olhos com a mão e choro assim por um minuto ou dois. Dá uma sensação boa. Como chorar num sonho. O dr. Mendez se debruça e empurra a caixa de lenços para que ela fique ao meu alcance. Pego um, seco os olhos e o aperto na mão.

Finalmente, me recosto na cadeira, exausto. Rio um choro-riso congestionado.

— Desculpa. Pareço um bebê.

A expressão do dr. Mendez é solene. Ele balança a cabeça.

— Não. — Ele se recosta na poltrona e bate o dedo nos lábios. Olha fixo por cima do meu ombro. Começa a dizer algo, mas se contém. Me encara nos olhos. Nunca o vi com um olhar tão assombrado, como se tomado por uma tempestade. — Agora eu quero te contar uma história — ele fala com um tom de voz ameno. Quase como se pedisse permissão. — Não costumo fazer isso, mas desta vez sinto que preciso.

Faço o gesto de "fique à vontade" do dr. Mendez. Ele sorri ao se reconhecer. Vejo um leve tremor em seus lábios.

— Quando eu estava no ensino médio, tinha um amigo muito querido chamado Ruben Arteaga. A gente ficou de sair numa noite e acabamos brigando. Nem lembro mais o motivo. Algo idiota. Algo pequeno. Vamos cada um pro seu caminho. Vou pra casa; ele vai para uma festa em Juárez do outro lado da ponte.

O dr. Mendez balança a cabeça. Leva o dedo ao lábio como se para se impedir de falar. Mas limpa a garganta e continua, com a voz nublada.

— Acordo no dia seguinte e, hum, o Ruben não está na escola. Fico esperando que ele apareça; ele não aparece. Ligo pra ele depois da aula; nada. Descubro que ele foi encontrado num beco atrás de um bar, depois de sofrer uma surra violenta. Ele está vivo, mas por pouco. Aguenta um tempo com a ajuda de aparelhos. Mas então...

Uma única lágrima escorre pela bochecha do dr. Mendez.

— Desculpa. Ainda é difícil pra mim. — Sua voz embarga. Ele tira os óculos de armação azul-marinho e aperta a ponta do nariz.

Empurro a caixa de lenços para ele. Damos risada.

— Obrigado, doutor — ele diz. Ele suspira e volta a pôr os óculos. — Eu tinha certeza de que havia matado o Ruben. Se ao menos tivesse engolido meu orgulho e não tivesse brigado com ele... Se ao menos o tivesse impedido de ir... Se. Se. Eu olhava pra lua e via o rosto do Ruben. Olhava pras nuvens e via um dedo apontado pra mim.

— Pareidolia.

— Pareidolia.

— De todos os terapeutas do mundo, fui arranjar um que entende melhor que ninguém — murmuro.

—Você teve um pouco de sorte.

— Esse é o motivo das histórias?

— Foi só me envolvendo com outras histórias, histórias que me tiravam da equação, que consegui fechar essa ferida e me cicatrizar. O universo e o destino são cruéis e aleatórios. As coisas acontecem por inúmeros motivos. Acontecem sem motivo nenhum. Carregar nas costas o fardo dos caprichos do universo é demais pra qualquer pessoa. E não é justo com você.

— Então ainda tenho um longo caminho pela frente, hein?

— Este não é o fim de uma jornada, mas o começo. Agora sim você está onde a maioria das pessoas que perdem um ente ou entes queridos começa. Você cumpriu o trabalho de entender e contextualizar adequadamente seu lugar nessa tragédia, mas existem mais coisas pra cicatrizar. Você venceu a infecção na ferida, então agora ela pode se curar.

— Queria poder me sentir completamente bem de novo algum dia.

Os olhos do dr. Mendez, ainda que vermelhos e marejados, cintilam.

—Você não vai. E ao mesmo tempo vai. Lembro do sorriso de

Ruben ou sinto o cheiro de uma água de colônia que me lembra dele... como um monte de adolescentes, ele sempre usava perfume demais. E, quando essas lembranças batem, sinto aquela dor. Você também vai sentir. Mas sua vida vai ser plena e grande o bastante para absorver isso, e você vai seguir em frente.

Um momento se passa.

— Posso contar uma coisa? — pergunto.

— Claro.

Conto que vou fazer um dia de despedida com os meus pais num futuro próximo. Mais um dia de conhecimento, na verdade. Para eles poderem ouvir minha história. Para eu poder oferecer a eles tudo de mim que guardo sem motivos atrás de muralhas.

Conto que acredito que somos histórias de respiração e sangue e memória e que algumas coisas nunca terminam de verdade.

Conto que tenho esperança de que, depois de termos morrido, haja um dia em que um vendaval volte a encher nossas histórias de vida e que elas despertem de seu sono; e que eu escreva a melhor história possível — uma que ecoe no vácuo das eternidades por pelo menos um tempo.

Conto que tenho esperança de rever meus amigos algum dia.

Conto que tenho esperança.

QUARENTA E CINCO

Embora Adair esteja cercada por duas de suas colegas de dança quando nos cruzamos no estacionamento coberto de folhas, paro por um momento e me abro com ela. Me ofereço, na verdade. Não tenho nada para falar; só quero dar a ela a chance de dizer o que precisa dizer. *Não bastava tirar meu irmão de mim; você também tirou o casamento dos meus pais. Não bastava ele estar morto; tenho que te ver saindo com a namorada dele. Não bastava você nunca ter ido pra prisão; tenho que te ver todos os dias.*

Acho que consigo aguentar isso agora. Seja pela terapia, pela medicação ou pela soma dos dois, faz tempo que não tenho um ataque de pânico. Consigo absorver o que ela tem contra mim e sobreviver. Qualquer que seja o consolo, qualquer que seja a paz que isso traga a ela, quero que a tenha. Tento dizer isso a ela com minha expressão.

Mas ela olha por cima do meu ombro, meio que me observando de cima a baixo sem conseguir olhar na minha direção. Seus olhos cinza são tão duros e quentes quanto uma febre. Da qual ninguém nunca se recupera inteiramente. Que tira parte de você e nunca devolve. De que ninguém sobrevive por completo.

Ao menos, eu entendo.

QUARENTA E SEIS

Jesmyn para de tocar abruptamente, levanta e solta um grito, me assuntando.

— Que foi? — Coloco no chão o notebook com meu texto de admissão para a faculdade quase completo e saio de debaixo do piano para vê-la pulando pra cima e pra baixo, aos berros.

Ela está incandescente. Segura minhas mãos.

— Finalmente vi o azul! O azul certo!

Começo a pular e gritar com ela.

Quando paramos e acalmamos nossa respiração, digo:

— Chega de praticar por hoje. É hora de milk-shake de abóbora.

Levamos nossos milk-shakes para o Centennial Park e os bebemos sentados na traseira da picape de Jesmyn, ouvindo Dearly pelas janelas abertas da cabine, conversando e rindo. Nos envolvemos na coberta de ver estrelas para nos proteger do frio crepuscular do fim de outono — roxo como um hematoma cicatrizando —, admirando as poucas folhas ainda presas nas árvores caindo no chão em espirais, uma a uma.

QUARENTA E SETE

Estou na fila do mercado comprando uma coca-cola quando lembro que, uma vez, a Trupe do Molho estava falando sobre como seria engraçado se parabenizássemos as pessoas não por terem tido filhos, mas por terem transado. *Você teve um bebê? Que legal! Você transou! Parabéns por ter feito um sexo tão da hora!* As pessoas na igreja e no trabalho e tal diriam essas coisas pra você.

Começo a rir ali mesmo na fila, como ri daquela vez.

Como ri tantas vezes.

Em alguns dias — os bons —, é assim que eles me visitam.

QUARENTA E OITO

A voz de Georgia é radiante quando atende a porta.

— Ei! — Escuto ela conversando com alguém. — Carver! — ela grita.

Está meio tarde e dizem que vai nevar, então não estou esperando ninguém. Guardo meu livro e vou até a porta.

— Então, até quando vão as férias de Natal na UT? — Jesmyn pergunta a Georgia quando entro.

— Estou livre até a primeira semana de janeiro — Georgia diz.

O rosto de Jesmyn se ilumina ao me ver.

— Oi!

— Oi! O que você está fazendo aqui?

— Surpresa. Vai pôr seu tênis e seu casaco. Vamos para o parque Percy Warner.

— Hein?

Ela faz um gesto pra eu correr.

— Sem perguntas. Rápido.

Obedeço.

Georgia insiste em abraçar Jesmyn antes de irmos.

— Divirtam-se, crianças. Não façam nada que eu não faria.

— Tá bom — digo —, vou tentar não acordar antes das onze da manhã e não tomar banho enquanto estiver no Percy Warner.

— Ah, tá — Georgia diz. —Vamos mesmo fazer isso, Carver? Bem na frente da Jesmyn? Hein? — Ela enfia o mindinho na boca. — Preciso acabar com você?

— Cara, não! — Tento chegar à porta e descer a escada, mas Jesmyn, rindo, me segura num abraço de urso, prendendo meus braços ao lado do corpo enquanto tento proteger minhas orelhas. Para ser sincero, ela me abraçando é tão agradável que não me esforço muito para fugir.

Georgia avança e acerta minha orelha esquerda apesar dos meus berros e balançadas frenéticas de cabeça. Depois minha orelha direita.

— Assim está bom pra você?

— Sim, sua idiota nojenta.

Ela acerta minha orelha esquerda de novo.

—Tá. Agora você está bem.

Jesmyn me solta. Seco minhas orelhas com a manga.

— Que nojo, Georgia.

Jesmyn e Georgia se parabenizam, e eu e Jesmyn saímos.

O ar cintila como prata líquida e o vento frio traz o cheiro forte e imaculado de neve distante e de lenha queimando. Minha respiração vira fumaça sob o rubor das luzes cor de laranja dos postes.

—Vai me contar pra que é esse passeio misterioso?

A expressão de Jesmyn é enigmática demais para revelar alguma pista.

—Você vai ver.

— Que pena que você vai viajar nas férias de Natal.

— É, mas visitar minha avó é ótimo. A gente vai sair bastante quando eu voltar.

Chegamos ao parque e Jesmyn me guia para longe dos postes, até uma clareira aberta e escura. A grama adormecida estala seca sob nossos pés. Paramos.

— Esta é a surpresa. — Jesmyn olha para o alto.

Faço o mesmo. As nuvens se movem baixas e rápidas, tingidas pelo tom etéreo de laranja-prateado-cor-de-rosa das nuvens que trazem neve. Elas são pretas ao longe. Aqui e ali, as estrelas brilham antes de as nuvens voltarem a se fechar.

— Cadê? — pergunto.

— Essa é a cor da sua voz — Jesmyn murmura. — Nuvens de inverno à noite.

—Você disse...

— Eu estava zoando. Essa é a cor que vejo quando escuto você. É melhor mostrar do que tentar descrever.

Sou da cor do céu por dentro.

Erguemos os olhos, observando as nuvens finas passarem. Uma rajada zumbe baixo nos membros desfolhados das árvores ao nosso redor. Olho para Jesmyn. Ela está com sua expressão de fascínio de ritual sagrado. Ela me flagra observando-a. Volto a erguer os olhos.

Depois, sinto um leve puxão na mão. Abaixo os olhos. Jesmyn está com o mindinho entrelaçado no meu. Seus olhos estão fixos no céu, mas ela está com um leve sorriso. Aos poucos, vai subindo os dedos nos meus, tocando minha mão como um teclado, como se tocasse a música azul — a música azul certa — até nossos dedos ficarem firmemente entrelaçados.

Meu coração bate tão rápido e leve quanto as nuvens sopradas pelo vento. Por um momento, tenho o dom de Jesmyn e meu corpo canta um novo hino de cores que não consigo descrever.

Ficamos de mãos dadas por um longo tempo e observamos o céu ruborizado como se lêssemos uma página, deixando o mundo sussurrar em nossos ouvidos.

QUARENTA E NOVE

É sexta no fim de setembro quando chega uma tempestade numa manhã quente e abafada e chove o dia inteiro, mas as nuvens de chuva se abrem para um fim de tarde fresco estimulante, e dá para perceber que o verão finalmente perdeu o fôlego. *Aquela* sexta.

Foi um daqueles dias improvavelmente perfeitos quando o universo todo se encaixa. Todas as suas piadas são boas. Todo mundo está um pouco mais engraçado que o normal. Todos estão um pouco mais sagazes e rápidos. Um daqueles dias em que você sente que vai ser jovem e viver pra sempre. Um daqueles dias que dão a sensação de estar perpetuamente no topo quando se brinca no balanço do parque.

Mars está dirigindo. Passamos a tarde na casa do Eli vendo filme e nos enchendo de pizza.

— Sabe o que é engraçado? — Blake diz, do nada, quando estamos quase chegando na minha casa.

— Seu pinto? — Eli diz.

Damos risada.

— Não, meu pinto é normal e não é nada estranho — Blake diz, com uma expressão totalmente séria. — É um pinto saudável.

— Ah, tá, foi mal. Continua — Eli diz.

— É engraçado como colocar maionese basicamente transforma qualquer coisa em salada.

— Cara, *quê*? Não é verdade — Mars diz mais alto que a nossa gargalhada. — É como naquela vez em que você tentou nos convencer de que ninguém nunca tinha visto um gato cagando.

— Não, escuta só, se você colocar maionese no frango? Salada de frango. Maionese no atum? Salada de atum. — Blake soa totalmente sério. Ele andou pensando nisso.

— E se colocar no Sucrilhos? — pergunto. — Salada de Sucrilhos?

— Acho que sim — Blake diz.

— Maionese e M&Ms — Eli diz.

— Salada de M&Ms — Blake diz. — Não sou eu quem cria as regras, cara.

— Sério, galera, já comi uma salada de Snickers uma vez — Mars diz. — Foi num piquenique da igreja, sem zoeira. Chamava salada de Snickers e era basicamente chantilly, amendoim e barras de Snickers cortadas.

— Viu, Mars? Você até concorda — Blake diz.

— Cara, eu só disse que existia. Definitivamente não diria que acho que atende aos critérios de uma salada de verdade, pô.

— Isso é incrível — Eli diz. — Porque é saudável. Só chamar uma coisa de salada faz ela virar saudável.

— Sabe o que é louco? — digo. — Aquela gelatina pode ser salada mesmo sendo praticamente a coisa mais oposta a verduras na face da Terra.

— As regras de salada são arbitrárias pra cacete — Mars diz.

Ainda segurando a barriga de tanto rir, paramos em frente à minha casa bem na hora em que o sol se põe no horizonte, cercando-nos com um abraço de luz minguante à medida que o dia vira noite. Do nada, sou tomado por um êxtase indescritível. O tipo que não vem de uma fonte específica, mas transborda antes que você saiba o que está crescendo em você. Tudo é tão lindo, tão bom, que você sente que não precisa nem respirar mais.

—Amo vocês — digo, sem saber direito o porquê. Tento tornar minha sentimentalidade abrupta em mais uma piada. Às vezes, o melhor lugar pra esconder a verdade é bem na cara dela.

Uma pausa rápida enquanto eles consideram como acabar comigo.

— *Ahhhhh*, também amamos você, Blade — Eli diz, virando no banco da frente, erguendo o braço e me segurando num mata-leão.

— Abraço grupal! — Blake grita, e joga os braços em volta de Eli e de mim enquanto tento me livrar do mata-leão de Eli. Assim que consigo, Mars vira do banco de motorista e me prende num mata-leão, apertando a buzina com a bunda sem querer. Durante os próximos segundos, brincamos como se o carro de Mars fosse uma caixa de papelão cheia de filhotinhos. Abraçando, apertando e rindo. Ouvindo o coração um do outro. Cheirando o suor e o hálito um do outro.

Abro a porta e escapo, arrumando o cabelo bagunçado e recuperando o fôlego depois da bagunça e da zoeira. Blake se debruça na porta aberta com um elástico e atira bem no meu saco.

Formo um escudo com as mãos sobre a virilha para me proteger de mais essa humilhação.

— Tá bom, gente. Tchau.

Blake e Eli mandam beijinhos.

— *Te amamos, Blade!* — eles gritam.

Mando beijinhos de volta com uma mão enquanto a outra ainda protege minhas partes.

Eles sorriem e acenam. Retribuo o aceno.

Mars sai acelerando.

Começo a caminhar para entrar em casa, mas, por algum motivo, paro, viro e os vejo saindo de carro.

Nunca fiz isso antes. Não sei por que fiz.

Vai ver não estava pronto para me despedir.

Fico olhando até eles desaparecerem, apagando-se como o dia, rumo à escuridão.

AGRADECIMENTOS

Este livro não teria sido possível sem meus agentes incríveis, Charlie Olsen, Lyndsey Blessing e Philippa Milnes-Smith, ou minhas talentosas editoras, Emily Easton e Tara Walker. Minha gratidão imortal a todos vocês.

Obrigado a Phoebe Yeh, Samantha Gentry e a todos na Crown Books for Young Readers. Obrigado a Barbara Marcus, Judith Haut, John Adamo, Dominique Cimina, Alison Impey e Casey Ward da Random House Children's Books.

Minha eterna gratidão a Kerry Kletter. Seu livro fica ao meu lado quando escrevo para me lembrar como devo fazer. Não sei como já escrevi sem sua amizade, seu talento, sua sabedoria e seu olhar crítico.

E, por falar em olhares críticos, eu já estaria afundado sem o seu, Adriana Mather. Você, sim, sabe contar uma história. É a única coisa que você faz melhor do que fabricar canecas e criar porcos. Me perguntei várias vezes "O que a Adriana faria?", enquanto escrevia Georgia.

Nic Stone. Minha parceira do Working on Excelence e minha irmã da Crown. Mal posso esperar para o mundo ver o seu talento em breve. Tenho muito orgulho de conhecer você.

Natalie Lloyd, você me inspira com a magia de seus mundos e suas palavras, e me faz rir todos os dias.

Becky Albertalli, David Arnold e Adam Silvera: nunca vou me acostumar com a ideia de ser amigo de três das vozes mais poderosas que já escreveram para os jovens. Vocês me deram um apoio enorme. Não consigo agradecer o suficiente.

Amanda Nelson, você é uma inspiração com sua sagacidade e sua inteligência vorazes.

Dr. Daniel Crosby e Amy Saville, tudo que acertei em relação ao dr. Mendez foi graças a vocês. Tudo o que errei foi graças a mim. Devo muito a vocês.

Brooks Benjamin e Jackie Benjamin, obrigado por sua loucura e por serem duas das minhas pessoas favoritas.

Obrigado por sua comicidade em geral, Elizabeth Clifford.

Emily Henry, nunca poderia sonhar com uma amiga mais talentosa, engraçada, descolada e acolhedora.

Matt Bauer, Matt Page, Rykarda Parasol, Corinne Hannan, Katie Clifford, Wesley Warren, Jonathan Payne, Dylan Haney, Sean Maloney, Ashlee Elfman, Olivia Scibelli, Chris e Elizabeth Fox, Maura Lee Albert-Adams, Shane Adams, Melissa Stringer e Becky Durham, vocês são amigos incríveis e geniais.

Chloe Sackur, obrigado por dar uma chance para um livro jovem adulto com um pastor que manipula as pessoas com cobras. Não tive como agradecer lá, então agradeço aqui.

Stephanie Appell e a equipe da Parnassus. Pessoas e lojas como vocês são o motivo pelos quais as livrarias independentes são tão vitais para a paisagem literária. Nenhum algoritmo ou computador nunca vai fazer o que vocês fazem. Obrigado.

Obrigado aos meus colegas de escrita de Nashville: Jason Miller, Daniel Carillo, Ed Tarkington, Ashley Blake, Kristin Tubb, Rae Ann Parker, Alisha Klapheke, Courtney Stevens e Corabel Shofner.

Obrigado aos meus irmãos e irmãs de escrita mais velhos (em publicação) que me apoiaram tanto: Nicola Yoon, Kelly Loy Gilbert, Sabaa Tahir, Kiersten White, Benjamin Alire Sáenz e Rainbow Rowell.

Obrigado à minha professora de escrita do ensino médio, Clenece Hills, por ter me ensinado a ter medo da voz passiva.

Obrigado de novo, Amy Tarkington e Rachel Willis.

Um obrigado eterno àqueles que acampavam e trabalhavam no Tennessee Teen Rock Camp e no Southern Girls Rock Camp.

Obrigado a todos os meus colegas da Sweet Sixteener, em especial Nicole Castroman, Marisa Reichardt, Laura Shovan, Amy Allgeyer, Jeff Garvin, Kurt Dinan, Bridget Hodder, Julie Buxbaum, Kathleen MacMillan, Victoria Coe, Laurie Flynn, Kathleen Glasgow, Melissa Gorzelanczyk, Shannon Parker, Sonya Mukherjee, Darcy Woods, Jenn Bishop, Jessica Cluess, Sarah Glenn Marsh, Catherine Lo, Kali Wallace, Lygia Day Peñaflor, Lois Sepahban, Karen Fortunati, Randi Pink, Natalie Blitt, Kim Savage, Sarah Ahiers, Roshani Chokshi, Kathleen Burkinshaw, Meg Leder, Janet McNally, Brittany Cavallaro, Andrew Brumbach, Lee Gjertsen Malone, Julie Eshbaugh, Parker Peevyhouse, Natalie Blitt, Heidi Heilig e Ki-Wing Merlin.

Gratidão aos blogueiros, livreiros e bibliotecários incríveis, em especial Hikari Loftus, Owlcrate, Dahlia Adler, Mimi Albert, Caitlin Luce Baker, Sarah Sawyers-Lovett, Eric Smith, Randy Ribay, Will Walton, Kari Meutsch, Shoshana Smith, Ryan Labay, Sara Grochowski, Danielle Borsch, Demi Marshall, Joshua Flores e Stefani Sloma.

Mãe e pai, vovó Z, Brooke, Adam, Steve. Amo vocês.

Meu lindo amor e melhor amiga, Sara. Escrever enquanto ouço você praticar é o paraíso pra mim. Não é nenhum exagero dizer que eu não poderia ter escrito este nem nenhum outro livro sem seu amor, seu apoio e a felicidade que você me proporciona.

Meu menino querido, Tennessee. Você é o tesouro da minha vida. Nada me traz mais alegria do que ver você crescer e me chamar de pai. Obrigado por ser meu filho.

ESTA OBRA FOI COMPOSTA PELA VERBA EDITORIAL EM BEMBO E FUTURA
E IMPRESSA PELA GRÁFICA BARTIRA EM OFSETE SOBRE PAPEL PÓLEN SOFT DA
SUZANO PAPEL E CELULOSE PARA A EDITORA SCHWARCZ EM NOVEMBRO DE 2017

A marca FSC® é a garantia de que a madeira utilizada na fabricação do papel deste livro provém de florestas que foram gerenciadas de maneira ambientalmente correta, socialmente justa e economicamente viável, além de outras fontes de origem controlada.